魅丽文化 花火工作室

给我爱过的男孩们

那夏 作品

To the boys I loved

江苏凤凰文艺出版社
JIANGSU PHOENIX LITERATURE AND ART PUBLISHING, LTD

图书在版编目（CIP）数据

给我爱过的男孩们 / 那夏著. — 南京 : 江苏凤凰文艺出版社，2017.12
ISBN 978-7-5594-1364-2

Ⅰ. ①给… Ⅱ. ①那… Ⅲ. ①短篇小说－小说集－中国－当代 Ⅳ. ①I247.7

中国版本图书馆CIP数据核字(2017)第274539号

书　　名	给我爱过的男孩们
作　　者	那　夏
出版统筹	黄小初　邹立勋
选题策划	康现梅
责任编辑	胡小河　姚　丽
文字编辑	年　年
责任监制	刘　巍　江伟明
出版发行	江苏凤凰文艺出版社
出版社地址	南京市中央路165号，邮编：210009
出版社网址	http://www.jswenyi.com
印　　刷	湖南凌宇纸品有限公司
开　　本	880mm×1230mm 1/32
字　　数	180千字
印　　张	9.5
版　　次	2017年12月第1版，2017年12月第1次印刷
标准书号	ISBN 978-7-5594-1364-2
定　　价	36.80元

序

若我们敢，再次试试命运

文 / 鹿鹿安

三个月前，在贵阳的酒店里，我们重逢了。

她穿着一套藏蓝色的真丝睡衣，猫儿一样懒洋洋地偎在床上跟我聊天，互诉衷情，分享八卦，以及，安利我去买真丝睡衣。

那天正值年中大促，女人共同的话题无非是买买买，很神奇，她让我多花出去很多钱，除了那套睡衣，还有负离子吹风机以及贵妇品牌CPB。

促使我们相识的那本杂志创刊十年了，而我和她，也认识十年了。

在长沙场的分享会上，主持人问到我们的友谊，我说："现在我们是好闺密，老了以后就是老闺密。"现在想想，竟然对老年生活一点都不恐惧了呢。

毕竟她就算再过二十年，应该也还是会见缝插针地给我安利，让我花钱。

当然，她也有鼓励我努力赚钱。

十年写作生涯，我们似乎在同一时间进入到所谓的瓶颈。写得少了，不怎么愿意写了，甚至一度怀疑自己写不出来了。事业的瓶颈，带来了生活上的沉默，那种沉默是不知道如何向他人诉说的苦闷，以至于我们中间有很长一段时间没有联络。

直到那次重逢，她不知道被什么所激发，用她的原话来说——

拔出情绪的泥潭，还是需要自己憋足一口气。

她开始重新变身打字机，恢复短篇写作，很勤快，写完一篇丢给我一篇，篇篇都相当好看。那个时候，她对我说，还想出一本故事集，因为新故事越写越多，她喜欢的，也越来越多。再后来，我就看到了这本集子。光看一眼标题，我就不由得惊叹，篇篇经典，不负所望。我不仅可以记起每个故事的内容，还能回忆起看那些故事时的情景。

她是一个很老成的作者，文字冷静，有点刀锋上开花的感觉。尤其是早年，明明年纪轻轻，字里行间却总透露出不符合那个年纪的稳和狠。

那时我们一起喝酒，一起嗨歌，蓬头垢面地视频写稿，她一点都不忌讳自己居家时的邋遢模样被人看到，明明社交网络上的她光彩靓丽。

前几天，她突然跟我视频，我正满面油光地吃着冒菜，看到视频请求，吓得立刻挂掉。后来接通，我才发现她也好不到哪里去，同样油光满面，双眼无神，大概所有激情都奉献给了文字……吧。

过了这么多年，她还是喜欢安利我各种有趣的东西，安利我好听的歌。我说我手机内存不够，好久不听歌了。她又想提着刀来追杀我。

她说："当然要听歌呀，我听一首就能有一个灵感。你多听听歌，这样就能写稿子赚奶粉钱啦。我气得牙痒痒。"

她爱听粤语歌。

十年前就是。

上一本短篇集，我写我们共同唱过的《祝君好》，在午夜的街头，大声唱着，再大声笑着，然后又大声哭了几回。

这次她还让我写序，还重复了几次要求，标题要走心啊！我也不知道这个标题走不走心，我想到她，就想到了容祖儿的这首《破相》。

很奇怪，这首歌她反复向我安利，我却从未听她唱过。

她唱过什么？

唱过薛凯琪的《甜蜜蜜》，忘记Mr. Right，爱Mr. Wrong一次。

唱过陈慧娴的《夜机》，你要珍惜岁月，不必感叹，情缘或会某日再返。

唱过这本书的标题，唱给那些爱过的男孩子。

她率性而勇敢，飞蛾扑过火，南墙不回头。受过伤，破过相，像容祖儿在唱，"遇过无数个某君，段段缘份擦身，段段犹似利刃。"

她未曾被打倒过。

嗯，她最后把他们都变成了稿费。

后来，后来她就遇到了她的傻白甜先生。很遗憾，我至今没能和他见过面。

去年她结婚，我恰好沦为大肚婆，考量之后还是选择远远送上祝福，所以她婚礼上到底唱了什么歌，我也只能听她在后记里说说。

她挥别过去，开启人生新篇章，过得很不错，毕竟，她也发胖有十斤。

人生的瓶颈过后，她的生活似乎更精彩了。

她甚至收养了一只小橘猫，名叫小奶油。

在此之前，她日常跟我的对话是，“来，让我看看暖暖（我七个月的女儿）。”在此之后，我猜，她可能要换词，“来，看看我家小奶油。”

其实，我还挺期待的，我们未来越来越好的人生。

好好写稿，好好赚钱，好好买买买，好好生活，好好爱人。

好好期待下一个十年。

每个女孩青春的必经之路

文 / 米炎凉

序

大家都说，长篇小说考验的是作家的耐力，短篇小说考验的是作家的技巧。

我喜欢的短篇作家屈指可数，而那夏，是最早写杂志那会，最喜欢的作者之一。我尤其喜欢她早年的短篇，有熊熊烈火的灼热，也有杜鹃啼血的哀伤。

有一段时间，还收藏了她的不少文章，经常将它们推荐给我带的新编辑和一些在杂志投稿常常碰壁的作者。

现在回忆起来，我认识那那是二〇〇九年，那时的我和很多盲目偏执热爱文字，却始终找不到方向的人一样为了生活而做着将就的工作。

可是那年夏天，我遭遇了一桩嫁祸，我的一个朋友工作出了纰漏，但为了利益，她不惜将错推到了我身上。我这个人别的没有，只有一身坦荡磊落和并不招人待见的“清高”。事发后，顶着“欲加之罪”和巨大的压力把证据全部整理出来后就离开了那个地方。

不久后往那那的邮箱里投了一个稿子，没想到有了回音。

就这么认识了。

那那是个特别好的人，作为编辑，她特别惜才，带作者从来没有任何架子，不管新作者老作者都一视同仁，除了会给稿件意见，还经常主动跑来和我们聊天，就仿佛我们认识了很多年。

如果没记错的话，我们前后一共见过三面，都是在长沙，这中间却跨过了好多年，如果让我用个词语总结来这三次见面，我只能说：忽胖忽瘦。

我记得中间有一次见面，是她失恋，我、那那还有VV，在长沙一家私房菜馆里聊到半夜，我还记得我们那次点的菜有一盘清炒丝瓜，是VV喜欢的一道菜，我记得最深的是那那的绝望。

但我们都不知道应该如何安慰她，那天回去的时候，长沙下了暴雨，我在出租车上埋头看手机，结果出租车在马路上追尾，我的头重重地撞在前面的驾驶椅靠背上，去医院急诊照了CT，还好不严重。

回去已经是深夜11点多，那那发了条微博，她说，我们总是在等，等雨停，等开水煮沸，等心里的人消失。

雨还在下着，突然之间，我愣在那里，被击中。

这就是那那，她总能写出这样的句子。

而再次见面已经是二〇一七年，此时的她，已经有了归宿，偶尔还会在微博朋友圈秀秀恩爱。

她变了，但她也没变，她还是我最初认识的那个正义的那那子。

米兰·昆德拉在《生活在别处》中有一句话说："这是一个流行离开的世界，但是我们都不擅长告别。"

那那和我一样，是那种念旧的人。至今我还会和人说起，说起我心底对最初开始上刊的杂志的感情，也说起那那，说起写作的初心。

我们更不擅长，也不愿意与自己告别。与那个没有被残酷世界里那种所谓的规则改变的自己，与那个在利益面前依然能够坚守原则的自己，与遇到某些事件别人都不愿意发声的时候，会傻乎乎地站出来当出头鸟的自己。

二〇一七年夏天，我在丽江古城收到那那的微信，她说她想出一本故事集。

由于我自己的原因，我无法很快答应她去做这本故事集，我也想过给她推荐一个编辑，但是最后，还是决定让组内的责编来签这本故事集。

因为我真心喜欢她的故事，在选文的时候，甚至不需要去百度，就能报出很多文章名字，她惊讶——很多连她自己都忘记了名字的故事，我居然都记得。

怎么不记得呢，那些文章也曾躺在我的电脑里，被我一次一次推荐给别人。

《山茶始盛开，却是朱颜改》《刻在青春尽头的朱砂痣》……都是她原本没有打算收录进来的文，后续我要求换进来的。

对于那那来说，这个集子纪念的意义显然高于其他。

她说她要做一个粉粉的有少女心的封面。

我说好。

她说，文章的数量就定十七篇，十七是质数。

我说好。

她说，我的书都没有双封面，这次我们做双封面吗？

我说做。

我应允这些，也许有迁就的成分，但无关利益或其他，更多的是朋友之间相互了解熟悉之后的某种默契。

顺便告诉大家，这个封面图都是她亲自去选的，我说图我打 70 分，她说她打 90 分。

好了，我败给她了。

《给我爱过的男孩们》不是一本关于归途的书，而是来路。

是那那的来路，也是我的来路，是每个女孩青春的必经之路。

这一路，我们张望过，彷徨过，爱过痛过，而今我们正走向下一个路口，在老去之前，把故事讲给你听。

目录

CONTENTS

目录

C O N T E N T S

山茶始盛开，却是朱颜改

创作手札:

写于十七岁的秋天。还记得初次刊载时，这个故事被放在封面最显眼的地方，作为主推。

是人生中第一次真正意义上感到受宠若惊。

是倒回去再看一遍，也不会觉得拿不出手的故事。

虽然写作时的心境和如今的心境已有了不小的差异，但还是喜欢那时候的自己和自己写过的故事。

因为故事里住着年少、可爱、真挚的自己。

长明灯下石栏干，长共松杉守岁寒。
叶厚有棱犀甲健，花深少态鹤头丹。
久陪方丈曼陀雨，羞对先生苜蓿盘。
支里盛开知有意，明年开后更谁看？

【一五七七的德夫哈芬和二〇〇七的你。】

鹿特丹的冬天不大冷。但尽管如此，我还是围着一条厚厚的羊毛围巾。那条红白格子相间的长绒布亲昵地绕着我的颈子，我大半的面目便轻易地被模糊。

这个地势低于海平面一米的“欧洲门户”，总以是各式各样诱人的新鲜理由，吸引着来自各地的游客，其中，不乏我这样的黄皮肤。

今天的派特·海恩广场宁静得反常，只有少少的游客瞻仰着德夫哈芬的雕像。那个出生在一五七七年的，曾俘虏过西班牙“宝藏”船队的西印度公司船队司令，在被海风吹拂了数百年后的今日，仍时常被这里的居民提起——他们说，他是传奇。

我微笑着找到一个角落坐定，支起画架，像平日般等待陌生旅人的垂询。可兴许是今天的游人太少，又或是大家已跟着初临的冬季沉寂，整整一个下午，都没人肯来问我那句，“Would you please draw a picture for me？”

傍晚就这样伴着潮汐来袭，天空在这一刻蓝得如同倒扣在头顶的海洋。昏昏欲睡的我忽然被某个略带迟疑的声音叫醒。

睁开眼的刹那，我竟然看见你。

“Would you please draw a picture for me？”你问得小心翼翼。

现在已是二〇〇七，你并没有认出我，但我还是下意识地紧了紧围巾，只肯露出了两只雾气蒙蒙的眼睛。

如今你怀里抱着一个稚嫩的小女孩，她咿咿呀呀地啃着手指，笑若春风，仿佛当年的你。

从一五七七到二〇〇七，这四百三十年的光阴，成就了属于我的小小传奇。

我拿起炭笔，却终究无从下手。

十一月，山茶又要花开。

春城应如故，只是朱颜改。

【一九九九的飞天小女贼和愚蠢倒霉鬼。】

一九九九年秋天的昆明植物园，那一路的银杏和枫叶美得如火如荼。

我愤怒地踢着两颗小石子，焦急地寻找下手目标。可我找了没多久，便悲哀地发现，这群游客不是太嫩就是太老。正当我开始犹豫要不要收手，一个吟着诗的小女生赫然闯入了我的视野。

请不要责怪我没水准，像我这样蹩脚的新贼，偷个矫情的女生，恰恰好。

于是我故作轻松地跟在她身后，一边大无畏地忍受着从她嘴里不时蹦跶出的，类似“晓来谁染霜林醉，总是离人泪”的诗句；一边寻找“作案”的最佳时机……

可不管我多么谨慎，我还是失算了。

当我的手好不容易从她的背包里拈出那个干瘪的钱夹时，天杀的你出现了，你一手拧住我的手腕，一手拍她的肩：“这位小姐，你的钱包掉了。”

她当然是感激涕零地笑了，而你，浑蛋的你也义正词严地乐了。唯独我，哭丧着脸，不情愿地把钱夹塞给她：“钱真少，品位真差！”

我的刻薄并没有招致她的厌恶，相反，愚蠢如她还想掏票子感谢我们。

虽然最终她的美意被你的一番肺腑之言劝退，但我却记住了你那张貌似诚恳的，笑得春风满面的脸。我觉得，你真讨厌。

那个女生走后没多久，你跑过来跟我扒皮，你说："小孩子怎么能做坏事？"我恶狠狠地睨着你："呸呸呸！我连饭都没得吃了，还管他什么坏事不坏事？"

你似乎是被我的歪理弄得愣住了，过了好久，才回过神，走过来拍拍我的头："小朋友，我请你吃晚饭。"

你当然得请我吃晚饭，因为你，我未来三天可能都没有饭。

我拽着你上馆子，专挑贵得吓死人的点。我边剥一只小龙虾，边张牙舞爪地跟你乱咋呼："你知道吗？我是神偷！"

你看着我不说话，过了好久，你伸出手来敲我的脑门："警察先生请神偷小姐吃顿饭，希望她不要再作恶多端。"

我就这样被你的一句话给吓得噎住了，眼睛瞪得老大。你拿出你的工作证在我眼前使劲晃："你不要怕，我是来昆明度假的。"

好吧，我相信你是来度假。

二十八岁的警察先生来昆明度假，遇见了十八岁的小偷小姐，这是不是一个喜气洋洋的开头？

至少，那时我以为是的。

【我们曾以为惊天动地的大事，在后来的岁月里，竟会那样微不足道。】

你结完账要走了，我惬意地打着嗝说"拜拜"。

直到我确认你已消失在对面那家酒店的大厅，我才心满意足地打开自己的手机。

说真的，你挺笨，要知道，趁你去付钱那会儿，我早已把你遗忘在桌上的手机翻了个遍，并且悄悄地把你的电话号码输进了我的手机。

嘿，你要知道，想做个成功的小偷，认识个警察总是必要的啊。

告别了你之后，我开始一个人漫无目的地在街上走，十一月的月色一点也不美，山茶花凛冽的香气扑在我的脸上，我冻得直流哈喇子。

就在这时我的手机开始拼命响，我按掉，倔强地抬头，却骤然看见我家老头子的车停在前方。

我的眼泪开始没出息地拼命往下掉。

好吧，我承认，我这一哭，便宣告着我离家出走的壮举在实施了三十九个小时又四十三分后彻底破产，我觉得很憋屈。

老头子把车开得很慢，良久，他转过头来压低声音问我："你真的不想继续念了？马上就要毕业了……"

我咬着嘴唇低着头，隔了好一阵子，一脸郑重地看着他："警察会喜欢一个不爱念书的小姑娘吗？"他诧异地盯着我，脸色绛红，大概已被气得说不出话。

好了，现在你知道了，我是因为不想继续念那个所谓的重点高中，才跟我家老头子闹翻了。我愤怒地收拾好背包，在他一口一句"孽障"的叫骂声中，踉踉跄跄地逃出了家门。

请原谅那时我的年轻和愤怒，因为十八岁的我还不知道，原来生命里的遗憾那么多，而我们曾以为惊天动地的大事，在后来的岁月里，竟会显得那样微不足道。

只是，只是，我从未后悔与你的相逢。怪只怪我的技艺不精，偷不来与你的未来。

【吃饭很无聊，谈恋爱很无聊，我想无聊，你要不要跟我一起无聊？】

没过两天我又跟我的班主任闹翻了。

他在讲台上颤抖地拍着桌子："你给我出去！"我笑嘻嘻地跟他比了个"拜拜"的手势，就潇洒地走了出去。

可我没走出几步就哭了。

他不相信我，他一口咬定他那本被污水淋得透彻的教科书是我的"杰作"。我咬着牙笑嘻嘻地告诉他我的水准没有这么低，他便恼羞成怒地把我赶出了教室。

昆明的街道里到处都流窜着山茶花的香气，那种又冷又硬的味道让我窒息。

我攥着身上仅剩的七块钱去买茶花烟，买完之后却发现自己根本不会抽烟，也没有打火机。

那一刻，我竟是感到前所未有的委屈，眼泪像止不住的泉水，拼命往外涌。

我恶狠狠地把那些烟掰成两半，放在手里使劲揉。可揉着揉着，我竟然想起你春风满面的脸。

几乎在一瞬间，我从地上跳了起来。

我从口袋里摸出电话打给你，没等你开口，我就开始哇哇大叫："你不是警察吗，警察是不是该拯救肚子饿又想去犯事的小偷？"

不出所料，你很快便赶了过来。你跑得气喘吁吁，上气不接下气地指着我骂："麻烦精！"我抹干哭花的脸，跟你笑得嘻嘻哈哈："说吧，请我吃什么！"

我们坐在火锅馆里吃你的家乡特色，几杯啤酒下肚，我又开始跟你乱咋呼。

是的，你不算英俊，也不再年轻，可我却在看见你的刹那，有了莫名其妙的念头和付诸实践的勇气。

我借着酒劲，豪气地跟你拍桌子："你知道吗，其实吃饭很无聊，谈恋爱也很无聊，但我现在想无聊，你要不要跟我一起无聊？"

我想你一定是老了，否则你不会在我做出如此豪迈的告白后还能心平气和地帮我夹菜。似乎是过了很久，隔着那口沸腾的锅子，你抬起头看我的眼睛："我二十八岁了。"

好了，我明白你的意思了，你要我有常识一点，懂事一点。

【思君令人老，轩车来何迟。】

你走之前丢给我一句话，你说你明天的火车回重庆。

我死乞白赖地跟在你身后，你赶我走，我哭丧着脸说我没处可去了。我真的没处可去。

老头子的电话在我逃出校门后不久打过来，我几乎可以想象他在电话那头咬牙切齿的愤怒模样，他给我下最后通牒，他说“你给我滚回去道歉”。

我“啪”地切断了电话。

我拽住你的衣角不让你走，我说你带我私奔吧？我知道你肯定以为我有病，因为你傻呆呆地站在那里，一动也不动。

我们僵持在原地，然后我听见了老头子按喇叭的声音。他总是有办法找到我。

后来我还是走了，被老头子给拽走的。他把我跟拎小鸡似的拎上了车，我使劲拍窗门，跟你吼：“我送你吧？你几点的火车？”

你没有搭理我。

那天凌晨我从家里翻窗户跑了出来，黎明前的天空是宝石蓝的湖泊，缀满了零星的辰光。我蹲在火车站里一遍一遍地打电话给你，边打边骂你“没良心”。那些等车的乘客不住地回头看我，我凶巴巴地一一把他们瞪了回去。

就在这时我听见了你无可奈何的声音：“等了多久了？”我笑嘻嘻地站起来：“不久，不久……”

我的话还没说完，却已经一个踉跄，栽进了你的怀里——我的腿，麻了。

你把我扶正，正经地告诉我：“小朋友，赶快回去念书，我不需要你送我。”我眨巴着眼睛笑得异常甜蜜：“那你的意思是我念完书就可以跟你谈恋爱？”

你盯了我三分钟，只是叹了口气，然后就要往里走。我跟在后面不屈不挠地拽你的衣服：“你记得你说过的话！”

然后你就真的走了，我后悔没跟你要个临别的拥抱，于是我只好吭哧吭哧地发短信恐吓你：“不准换号码！否则我就继续去做神偷！”

我乖乖地回了学校，跟那个拍着桌子叫我出去的班主任道歉。我把躬鞠得异常漂亮，对不起说得异常诚恳。他一挥手，说，好吧，好吧，就这样吧。

我的同桌问我："你大彻大悟了？"我得意地笑了："我要恋爱了。"是的，我要跟你谈恋爱了。尽管，思君令人老，轩车来何迟。

【旅途的终点，是不敢老去的我，和已经老去的你。】

六月的尾巴，山茶早已凋零。我一个人咬着嘴唇边哭边打包行李。

我才跟老头子吵过一架，他数落我偷偷把志愿全填在了重庆。我昂着头像只骄傲的小公鸡，我跟他说我要去跟你谈恋爱。他气得甩了我一巴掌，在他听说你比我大十岁以后。

好了我就要去找你了，我要感谢你没有换掉你的手机号码，你还会在接到我电话的时候摆出你那个年纪的人特有的德行沉默和叹息。

现在是二〇〇〇年的夏天，重庆的太阳正如火如荼。我忽然很想念一九九九年的植物园，我很感谢那个有点笨的女生，因为她，我们才可以这样无限接近。

到达重庆之前我在火车上跟一个女生打牌，她说地道的重庆话，笑嘻嘻地握我的手："重庆欢迎伟大的你！"在那一刻我的鼻子有点酸，伟大的我，原来一个女生奔赴一场爱情，是可以用"伟大"来形容的。

火车穿过了无数的绿野和田地，我眯着眼睛靠在枕头上想已经老去的你。我还不敢老去，因为我还没有见到你。

火车到站已是凌晨，我咒骂自己有病，挑了这样一班车来找你。可是，这却已是到达这里的最快途径——我没有钱，我像十八岁时那样负气出走了，撇下了我家那位老喜欢跟我吵架的老头子。

后来我是在火车站附近的旅馆潦草地住了一晚，洗脸的时候我抬起头看着这里的星空，原来确实是不一样的。昆明，和这里。

一大清早我买好早饭，像所有陌生的人一般挤上公交车，去你工作的警察局找你。

我蹲在路旁的榕树底下啃一根玉米，静静地看你跟一位比我更年轻的小女生扒皮。

她苦苦哀求你："你能不能放过我男朋友，我保证他不会再犯事……"你的模样像一个标准的好警察："他伤了人，谁也帮不了他。"她哭得梨花带雨，歇斯底里，你赶她走，她却始终不肯离去。终于，你无可奈何地背过身去，而她，伤心欲绝地瘫坐在地，眼里全是绝望的光芒。

这世界到处都是分离。我似乎被嘴里的玉米粒哽住，傻乎乎的什么都忘了做。

我悄悄地跟着你走上楼，伸出双手从背后偷偷抱你，你的身子几乎快要僵硬，良久，我看见你颤抖的肩膀。

"你来了。"

【你不能不要我，警察不能不抓小偷的。】

你把我安置在你家附近的旅馆，你说："小朋友，你不要乱跑，这里不是昆明，没有爸爸来找你。"我看得出你眼底的关切，但我忍不住要跟你叫板："我是来读书的，我已经十八了，长大了，你要负责跟我谈恋爱！"

你的脸色暗淡、眼神空洞，只是静静地低下头："你十八了，我二十八了。"

令人窒息的沉默，你不说话，从裤袋里摸出烟，点燃，利落得让我咋舌。我开始拿枕头丢你，声嘶力竭地跟你喊："你骗我！"

枕头砸在你僵直的背上，而后弹了回来。你顿了顿，把它捡起来放在沙发上，头也不回地叮嘱我："早点睡，明天我请假陪你……过几天，你就回家吧。"

门被你轻轻带上了，我蹲下身去捡你落下的烟盒，它被揉皱了揉破了，我却还能看见那上面娟秀的字迹"与君初相识，犹如故人归"。

——他们叫它，茶花。

我把枕头从沙发上拿起来放在床上，推开阳台的门。

黄昏渐沉，霓虹开满城市的各个角落。我点燃你落下的烟，有些呛人。

我想给你发短信，但写了又删，删了又写，最后还是没有一个字。我拨你的电话号码，你没有说话我却已经哭了："你不能不要我，警察不能不抓小偷的。"

【倘若我可以偷走十年的光阴。】

第二天清早你来接我，我们不提昨天的种种，你说带我去坐船，我就兴奋地开始收拾打扮。是的，谁要被时光打败，我已打定主意要和你谈恋爱。

重庆的天气依然很好，江风刮在我的脸上，我的头发被拨乱。

你站在售票窗前跟那个中年女人买票。我看见你伸出两根手指跟她比画要两张，你的模样有点无奈、有点可爱，站在你旁边用脚尖画圈的我就咧着嘴笑了。

当你接过那两张票时，我瞅准机会，毫不客气地跳过去一把抓了起来："我要保管！"

我就是一个赖皮，所以你拿我没辙，我神气地把那两张票对折，塞进了裤袋，然后在剪票的时候，冲着那个工作人员大声喊："No！"

我不肯给他票。

他们都认为我不可理喻，用鄙夷的眼神看我，只有你默默地去补票。你的背影那么单薄，肩膀比过去更瘦削，我摸着口袋里的两张票，眼睛忽然像重庆的清晨一样，起了大雾。

我多么想一夜苍老，偷走我们之间相差的那些时光。谁要做个不合格的洛丽塔，我只想做你的老太婆。

站在船上的时候我们都没有说话，你想点烟，打火机却不断地熄灭，风太大了。你颓丧地把茶花放进裤袋里，望着白茫茫的江面。

良久，你终于开口："年底我要结婚了，她叫关绮瞳，在我们局里做文职的。"

我把手里的船票撕烂，狠狠地拍在你的胸膛，我哭了，第一次没有跟你瞎喊乱叫，我抬起头来看你，沉默的你。

是的，这世界再厉害的神偷，也总会有两样东西偷不来。

一是时间，一是爱情。

【你的眼睛像这个城市一样有氤氲的水汽。】

我们非但没有两散，还坐在一起心平气和地吃了一顿饭。

你使劲给我夹菜，我使劲往自己杯里添酒。喝多了的我又开始跟你胡说八道："她肯定很没品，居然喜欢你……"

整个火锅馆的人转过头来看你，我扯着嗓门朝他们喊："看什么看，没看过外遇啊！"

没错，我就要搞臭你，让她不要你，然后我会陪着你。

可是，不管我说得多离谱，你都始终沉默。

我"啪"地摔了筷子："你是不是一定要跟她结婚！"

你蓦地抬起头，眼里就像这个城市一样，满是氤氲的水汽。我突然不哭了。

我推开你的手，摇摇晃晃地往马路中间走，我站在马路的中央笑嘻嘻地看着你："你过来，亲我一口，我就马上走。"

你傻傻地站在街边，像一个失去了行动能力的小朋友。

然后，我看见红灯亮了，你突然扑了过来，推开了我。

我们在马路边接吻，又冷又硬的吻，充斥着啤酒的苦涩泡沫。我的眼泪大颗大颗地落下来，我说你能不能娶我。你什么都没有说。

当我们双双把头抬起来的时候，你的脸在刹那间失去光泽——在街的对边，你的女朋友和她的一帮朋友，静静地看着我们。

她是个成熟的好女人，所以她什么都没有说，只是大步流星地走掉。我们像两个呆子似的望着她矫健的步伐，失去了思考的能力。

我抹着眼泪凶狠地跟你说："按照约定，我会走。"

我真的打定主意要走，在你抬起头的那一刻。是的，我应该换种方式爱你，比如，更成熟一点地 say good bye。

【我看见有生之年里重庆最大的一场雾。】

在走之前我决定去找关绮瞳。

我跑去你警局的同事那里要她的电话和地址，他们起初不肯给我，我便固执地蹲在门口守。凌晨三点的时候，一个留平头的值班警察跑出来塞给我一张小字条，朝我无可奈何地摇头："小姑娘赶快回家吧。"

我平静地点了点头，然后去附近买了一包茶花。

我站在关绮瞳家楼下第一次抽烟，然后慢慢想起你当时的脸，是怎样的意气风发。我这才发现，是我把你推向了万劫不复的苍老。

五点刚过，天空开始慢慢转白。我把我的烟盒和你的烟盒叠在一起，丢进了垃圾箱。我给关绮瞳打电话，说想解释些事情。

她真是个好女人，这样的状况下还彬彬有礼地跟我说："请稍等。"

我忽然觉得累，倚着墙缓缓蹲下，却发现许久前那个在警局门口哭得歇斯底里的小女生。她怀里抱着个保温桶，忧心忡忡地站在对面的街口。

我就笑了。这世界的别离那么多，而能偶尔相见，总是好的。可是我，在今天之后，或许再也不会见到你了。

关绮瞳下来的时候我掐灭最后一根烟，我对她笑笑，指了指对面街："那里似乎有通宵的咖啡店，我们去那里说吧。"

一路上我偷偷看关绮瞳，她穿职业装，束发，是一丝不苟的温柔。我们走过人行道，走到那个小女生的身旁，她看了看我，又看了看关绮瞳，眼睛里像很久以前那样，闪耀着绝望的光芒。

在保温桶拧开的刹那，我看见有生之年里重庆最大的一场雾。

【被时光稀释的哀愁停泊在马斯河的彼岸。】

我还是为你和你怀里的孩子画好了画像。

在这张素描里，你已被风霜氤氲了模样。我迟疑了片刻才谨慎地问你：

“What's your name and …what's your baby's name？”你用不流利的英文告诉我，她叫念滇。

几乎在一刹那，我快要失掉呼吸。

我在画的角落偷偷描了一朵山茶花，然后把画递给你。你付我钱，跟我道谢，抱着孩子走开去。

你终究没有认出我，在七年后的今天。

我多么想问你是否还记得重庆终年不散的大雾，是否还记得有句诗叫“轻舟已过万重山”。是的，轻舟已过万重山，所有的哀伤都被时光稀释，停泊在了马斯河的彼岸。

七年前故事的结尾是这样，那个女生泼向关绮瞳的沸水被我挡了下来，我的脖子在刹那间转为狰然的殷红。但我依然镇定地向关绮瞳挥手，叫她快去找你。我还跟她说，这样我们就两清了。她似乎是被吓得丢了魂，跑得像被猎人追赶的野兔，我终于松了口气。

后来我独自去了医院，临走时那个女生呆呆地拽住我的手，请我送她去警局，她用偏执而激烈的语气对我说：“这样，我既帮他报了仇，又可以跟他在一起了。”

她说是你逮捕了她抢劫别人的男朋友。

我知道你一直是个好警察，但于她，你却是不共戴天的仇家。

那一路我走得异常艰难，脖子剧烈的痛楚，让我忍不住不时落下眼泪。我马不停蹄地打电话给关绮瞳，求她保守这个秘密，然后我拨通了我家老头子电话，我说：“我想回家了，爸爸。”

原谅我没有打给你，因为在那之前，我已经无数次挂掉你的电话。你那条“我分手了，我们结婚吧”的短信我至今存在那张电话卡里，然后，眼看它被藏成了时光深处的秘密。

【山茶始盛开，何日君再来。】

我家老头子把我接回了昆明，去学了两年美术，然后出了国。这么多年，我始终没有再见过你。

那次意外留下的疤痕医生告诉我说大概永远不会恢复如初了，可我并不是太难过。偶尔我也会抚摸着那道伤痕，淡淡地想你，没有怨也没有恨。

不知道当初泼我的那个女生好不好，我想，每个少女都有段为爱疯狂的时光，然后，一夜长大。譬如我，譬如她。

当我在鹿特丹看见你的时候我的心是那么平静，好像那段痴狂的日子已经离开我一个世纪。海风静静地吹，这里的天空蓝得如同宝石，有点像昆明。

我隐约知道你和我没见过的一个姑娘结了婚，过得不咸不淡，也算幸福美满。而当我今天发现你已是一个孩子的父亲时，我甚至感激时间的伟大。

现在又是十一月，昆明的山茶已经盛开。我紧了紧围巾，听着一首老歌。

今宵离别后，何日君再来？

所有的青春都已消逝在山茶花凛冽的香气里。

刻在青春尽头的朱砂痣

创作手札:

二十岁之前的我是略略有一些大叔情结的，这种情结也陆陆续续地体现在一些写过的短篇故事和第一本长篇故事《末世岛屿》中。

虽然在后来的生活中逐渐意识到情结不代表合适，但青春里的幻想不代表不可以有。

那时也很喜欢黄碧云啊，好像是一个时期的印记。

嗯，当然，我也的确是遇过帅大叔的，那段记忆被我划分在人生中“不实际的，不便说的”那个区域，已经很久不曾记起。

恋慕与忘却，便是一生。

——黄碧云

【乔克叔叔的记忆。】

朱宁琛带走我的那年，我十八岁，他二十八岁。他在孤儿院举办的善款募集会上初次见到我，而后便不顾别人的非议，固执地带我走。

那是二〇〇三年，大雪。我坐在他的车里，突然觉得人生好比一场虚无的梦境。因为你根本不会知道，你的下一场梦，会关于什么。

而他却仿佛窥视到我内心的惶恐，仅仅是安慰我："你需要一个家，真的。"

我忽然想起小学绘画课上曾经涂鸦过的房子，有着奇形怪状的烟囱，五彩斑斓的屋顶，还有，欢天喜地的小人儿。

彼时，我脸上的小丑妆还没有彻底卸尽，蓝色的泪滴若隐若现。他忽然转过头来望住我的眼，异常认真地问我："你的名字是妈妈取的吗？"

我茫然地摇头："不知道。"

然后他不再说话。

车内静得可怕，皑皑的白雪纷纷落下，遮盖了路途，失散了故人。

直到后来我才知道，朱宁琛领养我，其实是通过一定途径与手段的。因为在法律上，他并没有领养我的资格。

然而世事奇异便在于，我确切地住着他的公寓，被他宠着惯着，转去念最好的高中。他在人前说我是他侄女，我便乐得打哈哈。

我们的关系随着我的成长而不断变化，他是我的监护人，是兄长，是朋友。

那是某个午后，冬日里，朱宁琛系着一条我买的Hello Kitty围裙在厨房里瞎忙乎。

逆光中他的背影厚实而安好，我忽然很想抱一抱。

【你才是他侄女呢，你们全家都是他侄女。】

若是一个念头根深蒂固地植下，而后你便会发现，让其疯长，并不是一件难事。

这几年，朱宁琛不是没有交过女友，只是兜兜转转，却依旧沦落单身，窝在他的公寓里和我抢一只锅里的鱼丸。

我用筷子精准地戳起他碗中尚且温热的鱼丸，而后恶狠狠地扒拉至我碗中，无比得意地向他炫耀我的战果。

朱宁琛无奈地嘿嘿干笑几声，转过身去客厅找最新的电影碟片，末了不忘添一句话挖苦我："吃双份小心变胖。"

我原本灿烂的笑脸在瞬间石化，张牙舞爪地作势要打他。只见朱宁琛顺势倒向沙发，我却一个没刹住车，跌到他的怀里。

那是我成年后第一次拥抱朱宁琛，他的衬衣上有棕榈的香气，是若有似无的凉。

我只觉得耳根迅速发烫，而后听见朱宁琛从鼻腔里挤出的不自然的哼唧："明天家里要搬来个人，你收敛下你的坏脾气，别把人家吓着。"

我听过后一愣，而后迅速从他身上弹起，煞是蛮横地用脚踹他的腿："收敛你个鬼。"

我只当是朱宁琛没事拿我寻开心，却没想，第二日果真有搬家公司上门。

只见一箱箱的女士用品入户，我的脸色越来越沉："你又跑去哪里风流了？"

语气不是不酸的，只是朱宁琛全不介怀："我有预感，你会多一个婶婶。"

我瞪了他一眼，转身迅速回到房间，生怕自己下一步会抡起那些箱子，摔出门去。

“冤家迟早会路窄”的话可谓真理，所以就算我死活不肯出房间，也不能阻止朱宁琛的新女朋友前来散发她圣母般温柔的光辉。

当她端着汤汤水水推开我房门的时候，我对牢朱宁琛的照片PS得正酣——

“恨他，就PS他”绝非邪说。

圣母女友把晚饭小心翼翼地搁在我桌前，顺便端详了我的大作，末了还昧着良心夸奖我：“技术不错，小侄女。”

听到后面那三个字的我却仿佛抽风般地对她嚷：“你才是他侄女呢，你们全家都是他侄女。”

兴许是我撒泼的声音太大，朱宁琛闻讯从楼下的客厅赶来，我蛮横地瞪着他，仿若视他为仇敌。

然后，我听见朱宁琛和缓地说：“你也住校吧。”

我不可置信地望着朱宁琛，在心里反复地咒骂他们是一对狗男女，却仍是没有忍住眼里飙出的，势如破竹的泪。

【见过翻墙被抓的，还没见过翻墙被抓还跩成你那样的。】

我被朱宁琛和他的圣母女友送去住校。

教导主任的办公室里，我成了重点关照的对象。我站在门口始终保持一个不妥协的姿态，眼看着朱宁琛寒暄堆笑，在心里一百万次地咒骂他“披着人皮的禽兽”。

然而诅咒无效，我依然被朱宁琛和圣母送到寝室。圣母摆出一副家长的架势交代我要跟室友好好相处，我阴阳怪气地答道：“遵命，娘娘。”

圣母的脸色陡然转暗，用眼神向朱宁琛求救。朱宁琛睨我一眼：“都跟你说了，收敛收敛！”

我再度发飙，一脚踹开门，头也不回地回嘴：“收敛你个鬼。”

朱宁琛走后我窝在寝室里生了一阵闷气，决定回他公寓捣乱——

息事宁人绝非我的风格。

转成住宿生后我当然不能傻到从正门光明正大地走出去，所以，翻墙才是光辉的正途。然而当我爬到一半时，却听见有人在身后肆无忌惮地嗤笑："那位同学，找正门的话请往前走两百米，做人要厚道，翻墙记得打报告。"

汤若成握着一只棕色的牛皮记事本，站在我的身后，一脸的意气风发。我肚子里骤然升起一阵莫名的小火焰。

懒散地从墙上跳下，我慢悠悠地走近汤若成，对着他粲然一笑。

当然，伴随着我的笑容一起出现的决计不会是汤若成脸红心跳、手足无措的模样。没错，他的脸确实很红，但却差点没了心跳。

我一脚踹在他的小腿骨上，活脱脱一只母夜叉。他痛苦地哼唧了几声，我再度欢快地攀上了院墙。

我叫了一辆车回朱宁琛的公寓，十一楼。开门的片刻我稍有犹豫，然后是坦然，朱宁琛，谁叫你要收养我。

只是呈现在大厅里的却是一幅活色生香的画面。

朱宁琛，正在和圣母接吻。

那是我第一次看见朱宁琛同别人接吻，而他的表情，却多了几分决绝，少了几分温软。

困兽。没错，朱宁琛的模样，犹如一只生猛而哀伤的困兽。而此刻的圣母，眼角似乎还隐约挂着两行清泪，让人为之恻隐。

我呆若木鸡地看着他们熟练的表演，不知过了多久，才逐渐恢复理智。

我悄无声息地走上楼去。

正如我所说，朱宁琛在我成长的不同阶段扮演着各式的角色，他纵容我，宠溺我，甚至无条件地满足我时刻翻新的要求，只是这些年来，却唯独不肯让我进他的储物间。

他解释说是陈年旧物，我就冷哼："谁信。"

但也真的懒得计较。

而今日，我却真想计较。我找去他的房间，西服果真放在床上。他只穿黑，老成又薄凉。我仔细翻找他的口袋，果真摸出一串钥匙。

试来试去，许久才将门打开。

兴许是太久没有开启的缘故，房间里满是灰尘，我百无聊赖地东摸摸西看看，而后在一本日志上停住。

一九八六年，正是我出生的年份。我不动声色地把日志偷出，将朱宁琛的钥匙归位，而后独自回到卧房。

那天傍晚当我从房间走出来时朱宁琛吓了一大跳：“你逃课？”

我用眼神鄙视他：“你觉得呢。”

他面露尴尬，我装傻充愣。一起吃过饭，他便拉上圣母送我回学校。

“我和秦珊去跟主任解释一下。”忘记说，圣母的本名乃是秦珊。

我打个哈欠回应：“好呀，好呀。”

待到朱宁琛转身，才敢擦眼角的泪。

第二日我又去老地方翻墙，却不想汤若成一副恭候已久的德行：“见过翻墙被抓的，还没见过翻墙被抓还跩成你那样的。”

我白他一眼，很江湖地问：“说吧，要什么补偿。”

他一脸得逞的傻笑：“请我吃饭。”

我们一起窸窸窣窣地翻过院墙，我看着他利落的身手揶揄他：“敢情学校都养你这种表里不一的白眼狼？”

他无所谓地耸肩：“今天不该我值日。”

我们坐在小饭馆里抢鱼丸，抢到一半我却忽然没了食欲。汤若成当然不是傻瓜，看我一副噎住了的表情，便循着我的视线望过去。

只见朱宁琛和秦珊拎着大包小包从商场有说有笑地走出。

沉默了良久，汤若成试探着问我：“……你叔叔和婶婶？”

我突然泼皮：“滚蛋！”

【我等你我等你我等你我等你我等你。】

那天之后汤若成跟前跟后地赔礼道歉，语无伦次地说“我不知道那是你叔叔”。

我拿白眼翻他："谁说他是我叔叔。"

汤若成一脸无辜："我明明见他老跑去班主任办公室交流情感，一口一句你是他侄女。"

我宁静的心湖骤然间翻江倒海。

在我无趣且无味的住校生涯里，据说朱宁琛也并不好过。他开始收到莫名其妙的信件，而寄件人是一个叫苏若眉的女人。

某个周末我百无聊赖地蹲在公寓中，守着电视看《猫和老鼠》。哈哈大笑之际，却听见门铃急促的响声。打开门来一看，是 EMS 快件。

我扯着嗓门叫朱宁琛，睡得迷迷糊糊的朱宁琛一路走下楼来，才发现虽然信件来自苏若眉，但收件人却是秦珊。

朱宁琛忐忑地签收，打开一看，脸色倏忽变得更加惨白，手中的信件连同签字笔一同滚落。

我茫然地拾起掉落在地上的信件仔细端详，才发现不过寥寥一句，只是"我等你"三字竟不断重复，读起来既有几分悲凉，又有几分哀怨。

朱宁琛很快便将快件从我手中收走，临上楼时不忘叮嘱我，不要告诉你未来婶婶。

我哼哼唧唧地点头，而后继续看《猫和老鼠》。只是看着看着却越发伤怀，朱宁琛不是杰瑞，我不是汤姆。

就算我们是，这场捕获，也显得漫长而徒劳。

高三最后一段时间我已甚少回家，据秦珊所言，朱宁琛收到的信件却并没有减少。而近来的信，也无非是一些抽象模糊的字句。

而所有文字的中心亦无非指向一个——忘记过去，重新开始。

秦珊约我在咖啡厅见面，我喝着焦糖玛奇朵，听着她字字句句的担忧与疲倦。说到最后，她的眼里竟闪耀着绝望的光："我怕宁琛想要放弃我。"

我一口咖啡呛住，不知道该如何接话。什么时候，我竟成了她的情感顾问。

我回到学校，汤若成在食堂门口早已等得焦躁："你不是我女朋友还耍大牌。"

我嬉皮笑脸地回他："那我当你女朋友吧？"

汤若成突然正经起来："你当真？"

我扮一个大鬼脸："你觉得呢。"

我们都沉默了。

汤若成知道我的身世，也明了我对朱宁琛的觊觎。他曾经义正词严地指责我："你游走在不伦的边缘。"

我就拿白眼丢他："我们又没有血缘关系！"

【暗夜泅渡，爱与孤独。】

回到朱宁琛的公寓后，我才发现氛围不对。秦珊不再扮圣母热情周到，朱宁琛也疲于应对我的任性。

我看着朱宁琛厚实而温暖的身形，忽而发现，我们离最初的相遇，居然已走过好长一段时间，仿若上一个世纪。

夜里睡不着，我摸索进朱宁琛的书房，只见他伏在案上，似已入睡。

我蹑手蹑脚地走近，才发现他肘下竟压着一封封来历不明的信件，而搁在最上面那封，竟是写给秦珊的短句。

"我等你我等你我等你我等你我等你。"

我的泪无来由地疯狂涌出，没有谁的深情，能比朱宁琛来得更加深沉。

整夜我蜷缩在床上，迷迷糊糊却始终无法安然睡去。凌晨时分，我仿佛看见窗外有些许温润的白影，翻身起来拉开窗帘，才发现，不过是一场幻觉。

现在是炎热的夏天。

然而我渴望雪，浩瀚的雪，似乎只有那样的极寒，才能将此刻堆满我心间的爱与孤独统统冻结。

隔日起来我仍是一脸嬉笑，除却两只熊猫眼轻易将我出卖。我扯着嗓门喊："朱宁琛，我肚子饿了，圣母呢？"

朱宁琛面无表情地回以我一个陈述句："她搬走了，今天早饭叫外卖吧。"

我气呼呼地从椅子上跳起来，转到冰箱前寻牛奶，一边吸一边还不忘恶狠狠地揶揄他："你不是要找她当我婶婶吗！"

"不合适。"朱宁琛懒得抬头。

"哦……是不合适，还是不想合适。"我锲而不舍。

"关你屁事。"他气急败坏。

之后许久我们都没有再说话。

也许我与朱宁琛都在思考着一个相同的问题——真有叔叔和侄女用这样的方式对话吗。

至少我不信。

所以我终于抬起了头，笑嘻嘻地望住朱宁琛："我知道一个不错的婶婶人选，你有没有兴趣？"

朱宁琛就从手中的杂志中抬头，饶有兴致地回应我："谁呀？"

我就用手指向自己："我。"

朱宁琛没有说话，脸色骤然间变得异常难看。

我们在令人窒息的沉默中继续僵持着，然后，他的电话铃声突兀地响了。

我们是在医院见到秦珊的。

只有在真正靠近死亡的时候，我们才能感受到死亡的绝望。看着秦珊伤痕累累的手，我发现，自己的大脑一片空白。

我与朱宁琛一直守在秦珊的病床前，直到天色全暗，她才渐渐恢复意识。而她恢复意识后的第一件事，就是紧紧抓住朱宁琛的手，犹如落水的人想要抓住最后的浮木。

"你别不要我，你不爱我没关系，我输给你一段过去我也甘愿，你别不要我……"秦珊的恸哭让在场的护士都为之动容。

而只有我知道，我的爱情，在今夜宣告完结。

【是不是只有自虐方式，才会让年少的爱显得深刻。】

那个深夜我独自从医院出来，在超市买了几罐啤酒，喝得东倒西歪。

我吸着鼻子给朱宁琛拨电话，始终是关机。城市的霓虹都已经亮起，我的鼻腔却黏腻得发不出任何声音。

附近的酒吧招牌刺目，我随意挑一家，进去。

无外乎拼酒拼酒再拼酒。拼到最后，那个笑容有点像朱宁琛的男人笑着问我："敢不敢和我一起走？"

我的眼里忽然潮湿一片："你能陪我一起老吗？"

不记得到底有没有得到答案，之后我终于渐渐没了知觉。

第二日清晨醒来我躺在陌生的房间，日光正好落在我的眉间，照得皮肤干燥而痛。

我下意识地伸手摸向枕边的手机，十来通未接来电，有朱宁琛，也有汤若成。

我起床，穿衣，而后摇摇晃晃地去洗漱。是城里最上档次的酒店了，不算亏，我想笑，牵牵嘴角，却忽然呜咽起来。

我打了个电话给汤若成报平安，末了龇牙咧嘴地笑着威胁他不要多管闲事。他连连求饶："我怕了你，照顾好自己。你叔叔昨天半夜疯了一样地满世界找人，估计离你愿望达成的日子近了。"

我哑然失笑。

下午，我独自回到了朱宁琛的公寓。

朱宁琛见到我的瞬间，第一次甩了我耳光。

"你真让我失望。"他说。

我倔强地回嘴："关你屁事。"

他原本愤怒的表情里倏忽间流露出几分挫败与哀伤。我们沉默而尴尬地对望，我越发明白过来，从一开始，我们之间的关系就缺乏一个明确的定位，而今，更是早已错位，不可挽回。

我固执地躲进房间，不再同朱宁琛讲话。

他每日早出晚归，又要照顾秦珊，又要打理业务，自然难以和一心躲他的我打照面。

只是，一月后，我们却终究不可避免地狭路相逢。

那日，我蹲在厕所里三个小时，大脑处于死机状态，不知道该怎样起身，开门。原本坐在餐厅的朱宁琛终于察觉到异常，开始奋力捶门。

“你出来，你出来……”朱宁琛的话像哄孩子般温柔，却对心如死灰的我再不起作用。

我开始大声地抽噎起来，朱宁琛选择破门而入。

我被他打横抱了起来，他的姿态看上去那么温柔且小心翼翼。

我躺在床上，呆滞地望着他，嘿嘿地笑，笑声让自己都觉得毛骨悚然。

朱宁琛镇定地问我：“是谁？”

我茫然地摇头：“我不知道。”

然后我看见这个大男人隐忍的面容终于乍起波澜。他痛苦地抱住自己的头，如同犯错的孩子，渐渐开始颤抖。

我的眼泪就大颗大颗地落下来：“对不起，对不起……”

然而，一切已不容回头。

那夜朱宁琛哄我入睡，我们像初见那般胆怯而犹豫，我不敢直呼他的大名，他也怕惊吓到我，一面拍我的背，一面安抚我：“没关系的。”

我便真的渐渐睡了过去。

睡梦中，我忽然感到一阵湿意覆住我的嘴唇，我伸出手去想去抓住什么，却只触到冰冷的空气。

我的心渐渐犹如针扎——

是不是只有自虐方式，才会让年少的爱显得深刻。

【而在这恋慕与忘却之间，或许，便已是一生。】

朱宁琛最终陪我去了医院。

苍白的墙壁，朱红色的长椅，就连院外爬山虎也仿佛快落下碧绿的泪滴。我的面容第一次温和而洁白，仿佛穿越一段冗长而黑暗的隧道，终于，终于要走到尽头。

我们沉默地相依在长椅，阳光稀疏落下。我如同一个失去抵抗力的孩童，絮絮叨叨地同他提及我们之间的细枝末节。

“……你煮的鱼丸真的很好吃，回家再煮给我吃。”

“……你还记得我变给你的魔术吗？我可以告诉你诀窍。”

“……我想走，哪里都好。”

朱宁琛自始至终都没有说话，直至我被推入手术室，他才忽然攥紧我冰凉的手。竟然相对无言。

手术过程中我恍惚地睡去，梦里隐约是我们初见那一年，我被打扮成小丑的模样，蹩脚地给他表演我唯一擅长的魔术。

我涂着夸张的眼影，蓝色的泪滴更触目惊心。他无限宠溺地叫出我的名字，试图牵我走。我却乖张地扬头，咬住他的手。

“吟心。”

睁开双眼时，朱宁琛这样叫我，像最初一样。

我开始呜咽。

我知道，这真是尽头。

八月底，朱宁琛和秦珊完婚。

秦珊的手腕上戴着大串的珍珠手链，恰好掩饰住旧日伤痕。她的笑容纯白而满足，而或许也只有我们三人，才能够晓得，今日的和平美满，是如何从暗夜泅渡。

婚礼结束后，我就要去外地读书，想去寒冷的地方，所以选了哈尔滨。

犹记得高中毕业时，我撒娇跟朱宁琛说才不要再念书，他看我一眼，沉默半晌，没有勉强我：“我愿意养你一辈子。”

我搂住他的脖子笑起来：“叔叔我爱你。”

仿佛真的都已放下。

临上飞机前，汤若成前来送行。他打着哈哈说：“真可惜，你就这样一去不回头，留我在原地等候。”

我连连呸他：“越酸越带劲不是。”

说完我就轻易地读出他眼底的隐痛。

我说：“你别这样。”

他红了眼眶。

也许我与他隐匿在打闹间的真情，只有在以后的日子里，才会得以澄清。

万里晴空之上，我眯着双眼，懒得动弹。我想我还有很多很多的秘密，没有同朱宁琛分享，然而我却宁愿守住它们，成为我一个人的珍宝。

是谁说，爱与拥有，从不是一回事。

朱宁琛用那样多得苦心，维系着我们之间表面的和平。我又怎可让他的苦心白费。

所以我不会承认，我记得那夜他给我的，那个带着咸味儿的吻；

我也不会坦白，我窥视完他年少时所有的日志；

而他更不会知道，那些来历不明的信件，其实全部出自我手。

我用过世母亲的名字反复地提醒他，过去早已过去。而那句“我等你”，也不过是我为了吓跑秦珊的恶作剧

没有人会不畏惧，来自亡者的威胁。

是的，这个故事的结局其实一点也不有趣儿。你要相信，这世间决计不会存在没有因由的好事，朱宁琛肯收养我，也不过是因为我是他初中老师的女儿。

谁的年少没有刻在胸口的朱砂痣，而我，便正是那颗朱砂痣的遗馈。

当年城中流传最广的桃色新闻无非是某中学女教师为情弑夫而后自杀，独独余下初诞的小婴儿。

我被送往孤儿院。

而朱宁琛亦终于在自己二十八岁这年，事业小有成就，足以容纳我。

他原以为我们可以始终相安无事，然而却忽略，五年的光阴足够我长大，也足够他老去。

老去的他将再没有力气坚持年少纯白的记忆，而长大的我也再也无法坦荡地面对他无条件的包容与宠溺。

只是，到这里便好。

朱宁琛有他无法克服的心结，我亦然。

我无法原谅他对我的欺瞒，我更无法原谅的是，自己用最糟糕的方式，可耻地失去了童贞。

所以，放逐，应是我们之间最好的选择。

而在这恋慕与忘却之间，或许，便已是一生。

筑一面墙，刻一段倾城之恋

创作手札：

故事写于大学入学的第一年，清楚地记得是因为我真的水土不服了一个月。

但真实的医院里没有耿乐，只有中年发福的男医生。

生活偶尔真的很丧欸。

那时我是真的以为自己日后不会为爱情去任何地方的，虽然后来的经历推翻了我对自己曾经的定义。

不过结果倒是殊途同归，我圆满的人生，的确在故乡。

我们的心很大，大到可以忍受这琐碎的生活；

我们的心很小，小到不能安放这脆弱的感情。

就如同南国的艳阳，北国的冰雪——听来皆美，实际却是南辕北辙的酷烈。

而所谓圆满的人生，或许，永远在别处。

【睹物思人这个词的后缀，从来都是物是人非。】

是在回到重庆的数月后，某个胡吃海喝毕的深夜里，我才又开始胃痛的。

我卖力地翻箱倒柜，却仅找出一大袋消化药，其中的一些居然已生出霉斑——过期了。

依稀记得买那些药时我才初入大学。某个并不明朗的秋日里，我从那个小城的职工医院中怒气冲冲地提着它们走回学校，躲在寝室的阳台上大声抽噎。

小城的风始终干燥而猛烈，我打开一盒药，取出一粒白色的药丸吞下，在心里千万次发誓，一定要回到重庆。

是的，那时耿乐还是一个“宰”病人不眨眼的小医生，我琢磨着报复他，却丝毫没有想到，我们之间存在着的，无数种的可能性。

而多年后的今日，我们之间曾有过的无数种可能却也早已归零。我们失去了彼此的音信，仿佛是刻意，又似乎不是。

我离开的时候他没来送我，我的行李少得可怜，除了他留给我的养生食谱就只剩那些药，以及一些随身衣物。

我坐在小城火车站拥挤的候车厅里握着那些药，木然地思考着过去的种种，却忽然间悟到，原来我们说的睹物思人这个词的后缀，从来都是物是人非。

他早不再是曾经的他，而我亦不再是过去的我。

我拖着行李进站。

【你们是治病的还是打劫的。】

十八岁的时候，错误估计了报考形势的我被迫选择了A省的一所师范就读。

学校坐落在一个叫H的小城里，整个暑假，除了靠网络里难以辨别真假的零星消息了解那里外，我几乎呈现出茫然而被动的状态。而去往H城的日子却并没有因为难挨而变得缓慢，相反，光阴倏逝，九月初时，我拖着笨重的箱子踏上了旅途。

新买的墨镜遮住半张脸，我死撑着不肯哭出来。

然后是四川、陕西、河南、江苏，最后经过转车抵达H城。

学校建在山上，步行起来甚是费力，学姐热情地引路，途中当然不忘推销本地的电话卡。买过卡的我坐在寝室内摇晃的木凳上后才开始缓慢地意识到，新生活开始了。

而后接踵而来的，便是军训。

记得年少时，我曾艳羡北方花样翻新的面食与漫天飘舞的飞雪，然而剥去地域差异新鲜感的艳丽外壳后，便只剩下水土不服的尴尬。

当体力日渐透支完毕后，我的情绪跌入了一个新的窘境，我特别想家，更憎恶这里陌生的一切。

辅导员见我一脸惨白，万分无奈地准我假："你去医院瞧瞧吧。"

我就这样被一辆的士载去了附近最大的职工医院，而后遇到耿乐。

其实压根不比爱情小说的浪漫开场，我们的相遇显得异常平凡，甚至平凡到可憎。他着一身雪白的大褂坐在诊疗室内，一副道貌岸然的模样。

而我同他，也仅仅对过两次话。一次是他问我症状，我如实作答；而另一次，则是我买过一堆极其昂贵的药后，气不过再次找回他的诊疗室。

"你们是治病的还是打劫的？"我将一大堆药抛在他的桌子上，怒目圆睁。

说起来，年轻时的我还真是不太讲道理。

但他的面色始终没有波澜，保持一个安静的姿态。

这个可恶的医生，那时的我忍不住想。

【兔子急了都会咬人，更何况我是人。】

我成了扰乱诊疗秩序的头号祸首，被闻讯赶来的两个小护士连拉带拽地赶到了医院门口。

她们站在一旁一齐拿眼睛睨我，而后摆出指点江山的架势："回去吧，小妹妹。"

我摸了摸新染的头发，突然觉得胸腔里憋着一股强烈且无来由的怨气，那些价值四百多块的药，在此刻险些摇身一变，成为最新型的武器。

可我还是忍住了，我嘿嘿地冲她们笑，笑得她们毛骨悚然，然后我吹了一声响亮的口哨，转身走了。

那天我步行了半小时才走回学校，一路上我不厌其烦地拦住路人问路，看着他们或热情或冷淡的脸孔，我忽然感到无来由的满足。

回到寝室后，我发现，自己终于被那种虚无却强大的孤独感打败了。

被打败的我躲在阳台上大声抽噎。

四下无人，新校友都站在学校里最古旧的操场上踢着枯燥的正步，我百无聊赖地吞掉一颗白色药丸，在心里千万次发誓，一定要回到重庆。

那根本不是自我安慰，我明白，所以一切反而显得不再迫切。

我下楼买了一包烟，装模作样地点一根，却呛出眼泪来。

我决定找个机会去找那个宰掉我四百多块的小医生报复，虽然这的确没什么道理，但我知道，自己必须找个寄托，什么都好。

终于挨到第五天，吃了药却仍在拉肚子的我再次用可怜的眼光向辅导员求救，果然顺利拿到了假条。

清晨七点过，我蹲点在职工医院的车棚，直到看见没穿白大褂的耿乐锁好一辆摩托车，才心满意足地去附近吃早点。

没错，虽然这半个月来我吃的饭还够不上往日一周的饭量，但我必须逼迫自己吃多一点，因为我还想回重庆。

吃过早点后时间依旧尚早，车棚里静得可怕，我拿出事先准备好的锥子，开始给耿乐的摩托车胎放气。

我这个人优点不多，最值得骄傲的只有一个，那就是无论做什么都绝对认真，坏事也是。

所以当耿乐走过来的时候，我压根没有听见他的脚步声。

直到他用困惑的声音问我“你在做什么”时，我还依旧保持着某种亢奋的状态：“没看见吗，我在给一个浑蛋的车子放气啊。”

沉默了几秒，耿乐和我同时反应了过来。握着锥子的我警惕地瞪着他，虽然知道底气不足，却还是不忘虚张声势：“兔子急了都会咬人，更何况我是人，你给我开那么贵的药，差不多是我大半个月的生活费了，但我现在还在拉肚子！你、你活该！”

“哦，所以你要咬兔子。”原本沉静的耿乐忽然笑出声来。

这个人到底是什么脑回路？我不禁哑然。

渐渐的，我的双颊变成了胡萝卜色，我把锥子狠狠地摔在地上，狼狈得犹如一只逃命的兔子般逃走了。

【做人总不能一直不识好歹。】

我讨厌耿乐，这是我第二次与他正面交锋后得出的结论。

我咬牙切齿地忍受着饥饿与没有食欲的相悖折磨，将他开给我的药翻来覆去地看，最后却还是将它们扔进了柜子深处——反正吃了也没用。

我发誓说，我不想再见到他。

时间就这样不疾不徐地推进，当我快要忘记耿乐带给我的不快和挫败时，持续半月的军训也结束了。全校的大一新生欢呼雀跃，恨不得将半个月朝五晚九的惨淡人生一次性弥补回来。

可很快，原本兴致正高的异地学生就意兴阑珊了，因为H城的娱乐生活简直单调得可怕，每到晚上八点，街上的店就差不多全部关门歇业了。

但总归要庆祝的，怎样都好。于是一帮人选在附近唯一的一家KTV唱歌，唱到一半，我的额头已全是细密的汗，捂住腹部直奔卫生间。

却不想撞入一个陌生的怀抱。

是耿乐。

“抢钱医生也懂得消遣？”我强忍住不适，牵起嘴角揶揄他。

兴许是因为有着医生的职业直觉，他皱了皱眉，试探性地伸出一只手：“哪里不舒服？”

我下意识退后，继续笑：“不是又要开一大堆无用处的药吧。”

“每个人体质会有差异，如果你吃了那些药还是一直没有缓解的话，应该再来找我看看的……”耿乐的手僵在半空，维持着一个尴尬的姿态，“还有，现在是下班时间，我叫耿乐。”

我实在再没有力气和他斗嘴，整个人难受地靠在墙上，模样狼狈。

奇怪的是，心里竟然还生出了一点点莫名的感动。毕竟我不讲道理地戳过他车胎，他不仰天长笑几声就算仁义，居然还来理会我的死活。

在我胡思乱想的时候，耿乐已经微微弯下他足有一米八的颀长身子，扶住我：“先送你去大厅休息一会儿，我去附近药店看看。”

最终我还是没出息地咽下了耿乐递来的药，我瞥了一眼纸盒，是另外的牌子。

吃过药的我总算舒服了一些，我们在大厅里安静地对坐了一会儿，他没说什么，我却渐渐开始觉得窘迫。“上次的事对不起，还有……今天麻烦你了。”我眼神闪烁着，故作轻松地同他道谢。做人总不能一直不识好歹。

他淡淡笑了一下：“没关系，小事而已。”

大厅里的大钟敲过九下，有人打电话来催他了，耿乐想了想，把手机号码留给了我：“如果还是不舒服，就来医院，别忍着。一个人来外地读书，要学会好好照顾自己，小姑娘。”

“你怎么知道我是外地人？”我诧异地叫住他。

“你的普通话不够标准，是西南那边的吧。”他说着，不忘回头朝我挥了挥手。

回味起他刚才叫我小姑娘，我突然感到几分酸涩，几分愤懑。

【爱情除了充当着人生希望、生命救赎之类的光辉角色外，有时也可以是一种沉重的负担。】

多亏了耿乐的药，我撑过了这个最狼狈的夜晚。

当我躺在宿舍的床上时，我煞是自然地从上衣口袋里掏出那个长方体的药盒。

昏黄的灯光下，它依旧是只普通的盒子，并没有因此变得巨大或者金光熠熠。只是我却清楚地知道，自己心底某个细微的角落确实产生了一些微妙的变化。

而我的理智亦同时明确地告诉我，这并不是一件好事。

爱情除了充当着人生希望、生命救赎之类的光辉角色外，有时也可以是一种沉重的负担。

我的脑子还够用，所以自然能够权衡我与耿乐之间的距离。

没错，我们学历差不多，年龄的差距也不算太大的问题。只是，这并不足以照亮我们的以后。

他应该是土生土长的H城人，生活的根基都驻扎在这里，如果没有巨大的变故同决心，他是定然不会放弃上好的工作与早已习惯的生活的。

而我，亦然。

所以我并没有进行任何多余的举动，我只是淡淡地望着手机里那一串并不独特的数字，而后渐渐入睡。

真正的转折发生在半个月之后，高一届的学长学姐组织老乡会，一行六十来人，浩浩荡荡地奔赴附近的火锅店。

我就是在那里同罗亚楠熟识的。

酒足饭饱后他主动提议送我回寝室，我笑着同意了他的提议。

一路并不缺乏话题，我们是老乡，对遥远的家乡怀抱着同样迫切的念想，对目前的生活也同样有着相近的烦恼。而最最重要的是，我们都会选择返还故里。

只是我并没有料到他会那样迅速地提出自己的请求，仿佛恋爱是在市场买菜，遇见合眼缘的便称斤论价，打包回家。

当他婉转地提出请我做他女朋友的要求时，我迟疑了，而后尴尬地推辞："容我想想。"

我确实需要想想。

对孤独的恐惧，是否能够令自己接受一个刚刚认识的人？仅仅因为他是我的老乡。

满腹心事的我就这样回到了寝室，然后我看见了落在寝室里的手机。

彩色屏幕上此刻正显示着几个小字——

未接来电 1。

来自耿乐。

【我们时常用理智在心里设下坚固的堡垒，却不知道情感有着摧枯拉朽的巨大力量。】

几乎没有任何犹豫，我把电话回拨了过去。

人们总是乐意自我催眠，比如这通电话，为了给自己的理智松懈找一个最佳的理由，我情愿反复告诉自己，是耿乐先打来的，我只是出于礼貌回应。

只是我们时常高估自己的能力，就如同用理智在心里设下坚固的堡垒的同时却不知道，情感具有摧枯拉朽的巨大力量。

所以当我将电话拨到第十三通，却仍是无人接听时，我开始没了主意。

窗外的夜色漆黑而充满防备的意味，我披上外套，按下了电梯的按钮。

抵达医院时是夜里十一点，门诊部的长椅上早已空无一人，我继续锲而不舍地拨着耿乐的电话，却依然是无人接听。

莫名的恐惧渐渐攫住我的心房。

我正在为一个并不熟悉的医生担心，并且这种担心来得迅疾且毫无道理。我的心中滋生出几分恼意，而伴随这股恼意降临的，是耿乐的声音：“你有事急着找我？”

眼泪居然簌簌地落下来。

想来是我低估了感情的力量，尤其是这样毫无道理、毫无章法的感情，像是慢性毒药，待我回神，早已封喉。

耿乐的模样一如初见，穿一件白色长袍，手里握着盛满咖啡的马克杯。香气袅袅地缭绕在空中，他伸出手指擦我的眼泪：“你怎么在这里？”

我却发现所有话堵在喉头，只有傻傻地拼命点头。

到如今我都相信“心有灵犀”一说，否则那日耿乐不会默默地引我走向楼外。

月光倾泻一地，耿乐转过脸笑得挫败。

“那个电话是我情绪控制失败的产物，我的大脑告诉我，我不应该打给你。所以我把电话丢在了办公室去开会。”

“但是我来了。”

我终于能好好说话。

可话一出口我便知道我再没有斟酌推翻的资格。

耿乐没有接过话茬，我们长久地沉默着。最后他说：“我应该找一个本地的，彼此知根知底，没有悬念的人在一起。”

我点点头：“我也是。”

而后我们牵着手走出医院。

那依稀是H城的十月，那一段并不漫长的路我竟走出了几分悲壮的滋味，我想起多年前读过的话，内容大约是，哪里有一堵墙，来成就你我的倾城之恋。

也许，这便是我当时的心境。

【也曾陪你看南国艳阳、北国雪飘。】

年少时也曾设想过十八岁之后的恋情，是不是也会有小说里的荡气回肠。我爱对方爱到哭天抢地什么都甘愿，彼此纠缠折磨直至耗尽最好的年华。

最后修成正果或形同陌路，无论哪一样都酣畅淋漓。

只是真实的爱情不是这样，我们早在更早的时间里透支掉爱情里的血性，被现实磨得胆怯。仿佛爱情是最脆弱的天平，必须小心翼翼地维系着付出与得到的平衡，才能心安理得地走下去。

而大我六岁的耿乐，相信更深谙其中的道理。

所以我们从未像其他腻在一起的恋人般，消磨着彼此的时间。耿乐上班或开会的时间里，我通常在上课或者兼职。而我们休假的时间里，耿乐偶尔会自己下厨做饭或者带我旅行。

耿乐有一本厚厚的手抄版养生食谱，我笑着说要看，他就按住我的手："等我哪天真的不在你身边了，你再自己看也不迟。"

我的嗓子便像被什么堵住，发不出声。

和耿乐在一起的那些年里，我们去过那样多的城市，而记忆最深刻的，兴许是那一南一北的两座城市，海口与哈尔滨。

海口夏季的阳光灼热，哈尔滨冬季的白雪严寒。这南辕北辙的风景，看上去美到极致，却也着实酷烈。

大三夏天快要结束的时候，我站在大连的海滩上认真地对耿乐说："我不想回H城了。"

耿乐没有说话。

我们知道这个夏天结束后必须面对的选择，他的事业，我的学业，我们能为彼此牺牲多少，一切的一切，他说不出口，我也问不出声。

但好在，好在，也曾陪你看南国艳阳、北国雪飘。

当我坐在返回H城的火车上时，我仍是没有忍住，飞身奔入厕所，大声号哭起来。

我知道他看见了，我自私地希望他能敲我的门，激动地告诉我他会跟我走。

可是他并没有。

【不选择其实也是一种选择，甚至是更加不负责任。】

我们都刻意地逃避着关于结局的选择，时光在拖沓中显得越发单薄。

与罗亚楠渐渐成为朋友，他在我大二那年成功追到了同为老乡的新生学妹，也算是功德圆满。

我们时常坐在学校附近的小饭馆里对酌，喝到半醉他便笑着揶揄我：“你的小医生，跟不跟你走？”

我听着店里放着陈慧娴的一首老歌，看着窗外逐渐纷飞的雪花，便恨不得一夜白头，不用再做两难的选择。

深冬的时候老乡照例举行聚会，一行几十人，兴致高昂，颇有些同分离抵死对抗的意味。

耿乐那天正好值班，自然推掉了同行的邀约。

酒到微醺，同桌大四的学姐认真地望向我的眼睛：“你跟耿乐，他走还是你留，总该有个说法。”

我颓然地握住杯子，摇头嘴硬地说：“我暂时不想选择。”

可不选择其实也是选择，甚至更加不负责任。

我嘴里的酒像是被这寒冷的天气冻结成冰，难以下咽。

结账后行至门口，学姐忽然转身问我：“你真不回去？”

我迟疑了片刻，就好像和谁赌气一样大声地回应：“我是会回重庆的！”

然后我看见耿乐从对面街慢慢走过来，温柔得仿佛要融化这片雪。我们默契地相携离开，去往他的住所。他沉默地熬着汤，我倚着门板轻声问：“你喜欢我吗？”

耿乐的背影有些僵硬，顿了顿，他点头：“喜欢。”

“那你想让我留下来吗？”我锲而不舍。

可是他依旧不肯回应我，连一句敷衍都欠奉。

【仅仅是因为不够相爱罢了。】

我与耿乐，就这样拖着，对未来只字不提，我嘴硬不说自己的计划，他就亦死撑住沉默，算是给我的回应。

然而我们都知道，就算我们抵死不认，该来的迟早会来。

大四的春天，耿乐毫无悬念地升职，请我在H城最好的酒店吃饭。席间他掏出一只包装精致的丝绒盒递给我，我的心脏快要跳出来，甚至在心中暗自发誓，如果是我想要的东西，我便留下来。

可惜终究不是。

他问我耳环的款式可喜欢，我的疲态与敷衍，终究显山露水。

我们握着冰冷的手从酒店步出，他送我回到寝室，我挥着手说明天见时，包里其实已装着去往广州的机票。与家人联络的机会，去外贸公司实习，我没有打算放弃。

我靠住寝室的门板，蓦然发现，我们终于快走到尽头。

实习持续了一个多月，耿乐像事先已知般没有寻找过我。除却每日必到的慰问信息，他总是说，再等等，以后就能够一直一起旅行。

我不置可否。

实习比预计的提前结束，我拨耿乐的电话，竟然是关机。像是有预感般，我放弃了在广州的游玩计划，提前回到了H城。

找到耿乐的办公室，值班医生笑得暧昧："耿医生有事外出了。"

我点点头算是作答，而后转入我们相识的车棚。距离最初已有三年多的光景，车棚改建两次，耿乐的车也已由当初的两只轮子升级为四只。

一别经年，大约所有旧事都换了新颜。

我点一支烟，默默地看着耿乐开着车入棚，而坐在副驾驶座上的，不是外科新来的实习医生又是谁。

我悄然离开。

躲开耿乐的决心一旦下定便必须狠心实施，他来找我，站在楼下拼命地拨电话，我佯装睡着，死活不肯接。

他来多几次，终究还是放弃。

很快，我的工作敲定，那家外贸公司决定聘用我，我乐得打包行李。

只是没想到耿乐却在宿舍楼下拦住了我，他似有几日没有心思打理自己，生出了胡楂。

“我们谈谈。”他说。

我便笑了：“我要去广州，票都已经买好。”

他脸上的笑容渐渐消失：“你从来没有告诉过我。”

“我现在告诉你了。”

我们陷入了难堪的沉默，而后他转身离开，再没有回头。

数日后我收到耿乐快递来的养生食谱，我把它连同最初的那些药一起打包，随着我去了广州。只是我去到那里的第一件事便是辞职，我想我没有办法在那里工作，那让我觉得是我背叛了耿乐。

虽然这结果已不重要，我们早已错失彼此。

回到重庆的第三个月我与罗亚楠取得了联系，他约我在火锅店见面，絮絮叨叨地提到耿乐，当我粗暴地打断他说我们早已分手时，他惊讶得张大嘴巴：“他原本要来重庆的，据说连工作都已联系好。我临行时见他，他还笑着说谢谢我没有与他为你‘大打出手’。”

我几乎是傻住，却捂着嘴没敢让自己哭出来。

活到二十三岁，我第一次恨自己自作聪明的理智。

那天夜里我没有悬念地失眠了，从床上跳起来翻书，翻到那句“除了天灾战乱，太平盛世活得好好的两个人却分开，只是因为不够相爱”时，我忽然大声呜咽起来。

竟找不到更好的理由反驳。

【而所谓圆满的人生，或许，永远在别处。】

后来的后来，我终该为这段并不跌宕起伏的故事画下一个句点，而请相信我，我们平淡至极的人生里，死亡这样的剧情，永远都欠奉。

那已是我回到重庆的第三个年头，半夜闷得发慌，于是突发奇想，开始用耿乐过去常用的网名在百度搜索，而意料之外的是，我竟搜到了他的博客。

博客加了密码，我犹豫了片刻，还是输入了自己的生日，未想到，竟真的打开。

日志更新到上月，内容关于他的婚宴。照片里，他的新娘是我不认识的某人，我微笑。而后他说妻子怀孕两月余，脾性变得顽劣，像极了过去的某人，我便倏忽哑然。

他说他始终记得多年前某个寒冷的冬夜里，他匆匆赶往火锅店，站在街对面，却听见我异常激动地大声强调，我是会回重庆的！

漫天的风雪淹没我的声音，他却冷得直打哆嗦。

他还说他亦始终记得，当初是怎样低声下气地拜托身为实习医生的院长女儿牵线，让他得到机会调去重庆。

可我却不由分说地告诉他我将去广州，生生斩断他所有没说出口过的付出与期望。

我们原本有机会一直牵手旅行，可我们终究无法再牵手旅行。

——我确实用那些年最完整的一颗心爱过她，不过那颗心或许太小、太小，小到无法装下这直径几千公里的感情。

他在日志的最后这样写道，我如鲠在喉。

是的，我们的心很大，大到可以忍受这琐碎的生活；我们的心却也很小，小到不能安放这脆弱的感情。

就如同南国的艳阳，北国的冰雪——听来皆美，实际却是南辕北辙的酷烈。

而所谓圆满的人生，或许，永远在别处。

玫瑰人生

创作手札:

这个故事是为我堂堂大处女座正名的。

虽然十二星座中，我们处女座被黑得最惨，但我必须说，如果我们真的爱一个人，一定是真挚纯粹而长久的。

如果在一段关系中你没有被这样对待，那一定是因为，他 / 她不够爱你。

因为在九月出生的我们，真的都很固执啊。

我爱了先生七年，先生从未爱过我一天，但我却依然感到幸福。

001 三个心愿

十八岁的时候，我拥有三个愿望：胸部升一个CUP，谈一场恋爱，学会一种乐器。

前两个心愿我酝酿已久，第三个则是心血来潮。我因此花费了整整一个通宵的时间思考，应该学什么乐器，钢琴、古筝、提琴……

最后我选了吉他，不为别的，只因为它相对便宜。我出生于一个普通得不能更普通的家庭，并没有办法支付一架钢琴的费用。

我在二手乐器店买了一把旧吉他，然后敲开了先生家的门。

其实我留意这里好久了，作为小城唯一拥有独栋洋楼的社区，有很多本地摄影馆选在这里取景拍照。

因为城市小，居民不多，所以大家都很亲善，没有人会来特意驱逐拍照的人。

我曾经陪同桌来这里拍艺术照，我们在先生家门口的榆树下摆设道具，一切就位后，我蹲在旁边晒太阳发呆，就听见温柔的吉他声从半掩的窗扉流泻出来。

那之后，我又特地来过一次，无意中看见墙上张贴的招生简章，忍不住记下了号码。

敲先生家大门时，我有点紧张，这种紧张不同于收到老师批改过的考卷时的那种紧张。这一次，除了忐忑，我心中更多的是期待。

我只敲了三下，便听见门内响起的脚步声。

那是2007年的暮春，我第一次见先生。他穿了一件米色的薄开衫，衬衫纽扣开到第二颗，他一眼就看见我手中的吉他，温和地对我说道："你好。"

我没有动心。

我发誓，对先生，我并不是一见钟情。

先生的皮相并没有惊艳到令十八岁的我一见钟情的地步。他其实有些老，当然，也不是太老，至少并没有发福，也没有皮肤松弛。

他只是不那么年轻。

那个下午，我和先生很愉快地聊着天，我告诉了先生我的第三个愿望。

先生听罢，微微一笑："我十八岁时也和你拥有差不多的心愿。"

"所以？"

"所以我可以实现你的心愿，"先生说，"先来试着上一堂课吧，看你喜不喜欢。"

就这样，我上了先生的第一堂课，而后是第二堂，第三堂……

第五堂课，我确定先生独居，家中无妻也无子；第七堂课，我发现先生也很喜欢《霍乱时期的爱情》；第九堂课，先生拒绝了我带来的水果糖，他好像不喜欢甜……第十堂课，先生为我们用他的玫瑰木吉他弹奏了一曲《玫瑰人生》。

我想，我就是在那天爱上先生的。

七年后的现在回忆起来，我仍然觉得，那天下午的风是柠檬味的。酸涩，却饱满而新鲜，是十六岁该有的样子。

先生正专注地拨动着吉他弦，我与三四个学生静静坐着，听他弹那首耳熟能详的歌。

La Vie En Rose，La Vie En Rose，我的世界里，在这一瞬间，只剩下先生。

我爱上了先生。

002 爱一个人就像守护一朵花

我打算勾引先生，从第十一堂课起，我开始思考这个严肃重大的问题。

用什么方式勾引比较好？

打扮暴露一点？不不不，我的胸部简直平坦得可怜；言语上挑逗先生，我的天，我甚至还没有跟男生表白过；那就学小说里强吻先生吧，呃，好像我还没接过吻……我陷入了这样如今看来令人发笑的死循环，并且一陷好多天。

最后，多亏了一个人的出现，我才得以解脱，当然，解脱的那刻也意味着，我失恋了，彻头彻尾。

先生的太太出现时，我还坐在地板上摇头晃脑地背谱，大门“咯吱”一声渐渐开了，我慢慢回过头，就看见一个戴着墨镜、穿着真丝印花裙的高挑女人站在门口。

先生起初有些惊讶，但很快就恢复了往常的笑容：“你回来了。”

他用的是“回来”而不是“来”，“啪”的一声，我听见了自己心碎的声音。

可是，可是……他们真的一点都不般配啊。

这绝对不是因为我嫉妒，我相信在场所有人都有相同的感觉。

先生是一个悠闲的人，过去的一个多月里，我从没有见他穿过正装、打过领带，他的表情永远像刚睡醒，嘴角噙着淡淡的笑，透着一股懒洋洋的温柔。

但先生的太太却完全不一样，她妆容精致，腰挺得笔直，说话声音也中气十足，从进屋起，她的电话响了数十次，我屏息偷听谈话的内容，大都是生意上的事，看来她是个不折不扣的女强人。可先生……先生则像是陶潜笔下避世的隐士，他们完全不是同一个世界的人。

傍晚回家，我伤心地哭了一场。之后，我便谎称感冒，躲了近一周没去先生那里上课，没想到先生居然也把我的谎话当了真，隔三岔五地致电问我病情，提醒我吃药，我心虚得不行，憋到第七天，终于灰溜溜地去了先生家。

可没想到先生的太太已经离开了。

“她呢……”我迟疑着问。

“回去了。”先生正在泡茶，声音温暾。

“你们不住在……一起？”我生怕先生不回答我，问起来小心翼翼。

“她不喜欢这里的生活，觉得没有挑战，所以我们约定好，每月团聚一次。”

“那，你寂寞吗……”话一出口，我就后悔得想咬断自己的舌头。

但先生却笑了，他抿了一口茶水，指了指窗台上那盆长得正好的花：“爱一个人就像守护一朵花，要让它以最想要的姿态生长。”

我当然没能明白先生的意思，我爱先生，但先生却不是花。

而我今天来这里的本意，不过是想告诉先生，我终于背完了那首《玫瑰人生》的吉他谱，但先生的这番话却让我一时忘记了这件事。

我望着那盆不知名的花呆站了好久，这才记起向先生告别。

003 一千零一种人生

在认识先生的太太之前，我并不知道，人生的一千零一种可能性。

我成绩不算很好，我家祖祖辈辈也没出过什么了不得的学霸，这导致了我的父母对我几乎放养，他们不求我有多大出息，只求我不出大差错。这导致我多年来对许多事，包括学习成绩都抱着得过且过的心态。

可认识先生的太太后，懒散又没有上进心的我，心里却忽然起了微妙的变化。

先生的太太本科是在浸会大学毕业的，据先生说，她当时半工半读，一天打三份工，有时候便利店没有客人，她站着都可以睡着，就连吃饭都是边走边解决的。研究生她申请了英国的学校，毕业后从普通员工做到了现在的公司三把手。其他两位是男性，先生说。

“那……你们是怎么认识的？”酝酿了很久，我终于鼓起勇气问先生。

原来他们相识在塞纳河边，她踩着三寸高跟鞋拎着公文包狂奔经过，他正好在弹那首《玫瑰人生》。

“她是去赶着签合同的，可是出租车抛锚了，所以我用单车载了她一程。”

那是先生与太太的传奇，我无幸见证，但第一次，我打从内心觉得，先生的太太是一个很棒的女人。而我想成为这样棒的女人。

先生的太太仍是以每月一次的频率准时出现，但不同于以往，我开始渐渐向她请教关于大学与专业的问题。

起初她有些惊讶，但很快就露出了亲切的表情，除了向我推荐国内不错的大学，她还分享各地的见闻给我，甚至偶尔还会怂恿我与先生一起弹吉他给她听。

“啊，《玫瑰人生》……”她托腮粲然道，“你说我怎么就只喜欢这个！”

那一年我满了十八岁，胸部却仍然是 A CUP，也没能谈上一场恋爱，但《玫瑰人生》却成了我弹得最好的曲子。

而我与先生的进展——如果能算进展的话，那就是先生终于碰触了我的手——

只可惜，他是为了教我拨弦。

我对先生的爱情是没有得失心的，这一点，在很久很久之后，我才明白。这也是我为什么能爱他那样长久，却别无所求。

十八岁的暑假，我收到了来自先生与太太提前送的生日礼物——一把玫瑰木吉他。

“弹着它，去享受你的玫瑰人生吧！”先生如是说。

我向他深深鞠了一躬，说：“谢谢！”

这一年夏天，我人生中第一桩大事——高考结束了，我考了一个比所期待的多得多的分数，然后我将学校填到了太太所在的城市。

对于先生，我虽然没有得失心，却有私心，我的私心告诉我，一定要去太太生活的城市看看——我多么想知道，先生爱着的人生活的城市是怎样的。

004 关于二十岁的坚持

我很喜欢这座城市，尤其是学校门口那一排翠绿的香樟树。

据先生说，太太也喜欢这种树，所以我走在树下时时常忍不住想，太太也走过这里吗？走着走着，心中渐渐装满淡淡的怅惘。

我的大学生活很单调，除了报了吉他社团与羽毛球社团，我的生活几乎在教室、食堂、图书馆和寝室中度过。

寝室里所有的姑娘都预谋着谈一场轰轰烈烈、荡气回肠的恋爱，除了我。

因为我还记挂着先生。

先生偶尔也会来这座城市，太太又升职了，从三把手升到了二把手，这意味着她不再有那么多时间履行两个人之间的约定，但先生却没有生气。

“那么就由我来看你吧。”先生说。

先生来的日子和太太不一样，先生没有定性，他可能会在某个星期二的早上忽然降临，也可能会赶周五晚上最晚的一班动车。但每次先生来到这里，都会主动联系我，用愉快的声音对我说：“来吃饭吧，靓靓。”

那两年里，我成了太太公寓里的常客，我甚至清楚她家每套碗碟摆放的位置。太太不擅长做饭，所以基于分工原则，饭后由太太洗碗，而我是帮手。

“靓靓恋爱了吗？”太太说话向来开门见山。

我坚定地摇头。

“大学时适当谈谈恋爱其实没有坏处，我就后悔那时候没能谈场恋爱……啊，越想越后悔。”

水声没能掩盖住我们谈话的内容，先生不知何时也加入进来：“对，靓靓这么漂亮，应该去好好谈一场恋爱。”

先生真诚的表情令刚才还无动于衷的我有些发窘，我清清喉咙：“我不是不想谈恋爱，我只是在等世界上我最爱的人。”

说完我的脸便红透了，只好低下头，继续刷刚才已经刷干净的碗。

先生似乎愣了一下，很快便嘉许地笑了：“对爱情有坚持是好事。”

这是我二十岁的春天，我没有谈过一场恋爱，我爱着的人却告诉我，对爱情有坚持是好事。

我感到有些心酸。

大学第三年，我的学业更加忙碌起来，因为我准备考研。我这样的资质，考太太读研究生的学校是没希望了，那就试试申请太太的本科学校吧。

我做这些，并不是想接近先生，成为先生的理想型，只是太太是我第一个见过的优秀的女人，我渴望成为这样的女人。

接到先生电话是在一个晚秋的傍晚，我刚准备好申请学校的部分材料，看见先生的号码，我有些愣怔，不知不觉，我已经三个月没有见过先生了。

三个月，不及一百天，说长不长、说短不短的时间，却足够命运翻云覆雨。

电话里，先生不说话，只是压抑地哭。

他的哭声令我的脑中突然“砰”的一声炸开，思维顷刻短路，我不管不顾地将手里材料塞给身旁的室友，狂奔出校门，拦下一辆出租车。

赶到太太公寓时，太太已经睡着了，先生正深陷在沙发里发呆。

夕阳在此刻的我眼中就像一枚血橙，触目惊心，我赶忙拉上窗帘。

房间一下暗下来，我这才注意到桌上有刚点燃便掐灭的烟，先生的神情恍惚：“我忘了她讨厌烟味。”

我们静静坐了好久，相识四年，此情此景，竟无话可说。

太太醒来的时候，我们像两截榆木，呆呆地站起来。

“坐吧，坐吧，”太太虽然脸色苍白，却精神很好，笑着示意我们，“有时间哭的话，不如给我弹一首曲子来逗我笑。”

那是我一生中，倒数第二次弹《玫瑰人生》，为先生，也为太太。

窗外的夕阳渐渐敛去最后一抹光芒，关上太太公寓大门的一瞬，我终于坐在地上号啕大哭起来。

005 出生在九月的人都很固执

太太在来年的春天去世，出殡那天，我回到了小城。

那天小城下了一场瓢泼大雨，我站在雨中，凝望着漆黑的棺木，再望一眼沉默地走在队伍中的先生，好不容易才忍住眼眶里打转的泪珠。

据说太太去得很安详，是在睡梦中走的，护士发现时，她的脸上还挂着淡淡的笑。

她一定做了个好梦，我想，说不定梦到了塞纳河和先生载过她的那辆红色单车。

“我这一生没什么遗憾，”太太化疗期间曾这样对我说，“我唯一的遗憾，是没能早一点遇见他，再陪他长一点。我是一个非常非常自私的人，我只愿意花很少的时间去陪伴他，尽管我那么爱他……所以我希望他今后的爱人，能长长久久地陪伴着她。”

说罢，太太看向我。

她看着我，眼神温柔而满是祈求。这不是一个长辈看晚辈的眼神，这是一个女人看另一个女人的眼神，她想要说的话我明白，但我无法答应她。

终于她的眼神慢慢黯淡下去，将视线转向窗外：“你看，我还是这么自私，你这么年轻，我不应该……”

“不是这回事，”我拼命摇头，“我喜欢先生，从很早很早以前就是了……我知道你明白，但你从不说什么，也不把我从先生身旁赶走，甚至还帮助我。我发自内心地感谢你，但是我却不能接受你的托付，因为我与先生都有独立的意志，也应该有自主的选择权，尤其是先生……他有权选择余生爱谁，或是不爱谁。”

“你一定会成为一个很棒的女人。”太太若有所思地顿了顿，微笑道，“我真诚地希望你原谅我刚才的话。大概人之将死，就会变得敏感又小家子气吧。我嫉妒你的健康与年轻，如果我二十来岁的时候不那么拼命，透支掉健康，今天就不用巴巴地把他托付给别人吧。”

黄昏下了场雨，刚用过药的太太很快进入了梦乡。

从医院出来的路上，我远远看见先生。自从太太查出胃癌末期，他就清减了许多。而他所惦记的太太的病因，我想，大概早在二十岁时，太太兼职三份工，站着睡觉，走着吃饭时便已种下了吧。

人生有许多因果，只是等我们察觉到时，多半已来不及。

太太去世的第六个月，也就是我二十五岁的夏天，我将去香港念书。

这一次，先生送我的临别礼物是一只保温饭盒，上面印着粉红色的顽皮豹。在他心目中，我永远都是那个十八岁的小女孩。

可我已长到能够爱他的年纪，所以在接过那只饭盒时，我对先生说："我爱你。"

我爱你，先生。远比你此刻感受到的厚重与长久。

但我已经做好你不爱我的准备。

果然，先生只呆怔片刻，便拒绝了我："对不起。"

"对不起，"先生又重复一遍，"我拒绝你，并不是因为觉得自己太老，而你太年轻，也不是因为我还爱着她，而是我清楚地知道，我对你的爱护，并不是爱情。自然，现在我依然爱她，可是未来有一天，我或许会爱上别人，我不知道那个人是谁，但我知道不会是你，所以我必须拒绝你。"

这就是先生，我爱了这么多年的人，就连绝情，都坦荡到令人心碎。

只是，九月出生的我们同样固执，他固执地不爱我，我只好固执地继续单恋着他。

006 为这尚未到来的爱

我离开小城的第三个月，先生停掉了吉他班，卖掉了房子，开始环球旅行。

据说他与太太曾有一张世界地图，地图上标记着两人去过的城市，太太曾经很忙，一年只有一次年假，所以他们相爱的十一年里，只去过十一个国度。先生对我说，要替她走完余下的部分。

那之后，我偶尔会收到先生的明信片，来自世界各地，盖着各式各样的邮戳。我仔细看过一遍，便将它们锁进抽屉里。

研究生的第一年，一个在舞会上认识的物理系男生开始追求我。那是我人生中第一次郑重其事地被人追求，我感到诚惶诚恐。

据说理科生浪漫起来杀伤力惊人，所以当他在人来人往的黄昏，在我兼职的书店门口弹那首《玫瑰人生》时，我的眼眶一下子湿了。

很快，我们开始约会，从冬天到第二年春天，直到我再次收到先生的明信片。

那是一张来自罗马的明信片，和往常并没有什么不同，我依然是看完后将它锁进了抽屉。直到一个月后，我接到了先生妹妹的电话。电话里，先生的妹妹哭泣着对我说，先生在札幌意外去世了。

据说先生是夜里失足落入了海中，发现时已经太迟了。但先生究竟是不是失足，大概答案只有先生自己才知道了。

我唯一能够确定的是，先生将永永远远地从我的生命中抽离。

我忽然想起十八岁那年，先生将玫瑰木吉他递给我，对我说："弹着它，去享受你的玫瑰人生吧！"

他笑起来那样神采飞扬，我因此深信不疑。但他却骗了我，我的玫瑰人生里，最不该缺席的，明明是他。

我和物理系男生分手的时候，是又一个暮春，距离我爱上先生已经七年。

我抱着十八岁时的那把木吉他，在校园里的树下，最后一次弹《玫瑰人生》。

我爱了先生七年，先生从未爱过我一天，但我却依然感到幸福。

正因为这样的幸福，我才决定结束这场羞耻的恋爱。就像先生说过的那样，我或许会爱上别人，我不知道那个人是谁，但我知道那个人不会是他，所以我必须拒绝他。

至于先生所说的玫瑰人生……

我依然决定再信一次，就当是为了那尚未到来的爱，也为了我曾深爱过的先生。

收到你的礼物已太迟

创作手札：

有一年苏州下了雪，我很想去，但是没有假期。

当时又在读阿婆的书，也突然很想买一件旗袍穿穿，于是就有了这个故事。

当然，那之后我也没去成苏州，更别说看见苏州的雪。

其实一生之中会有很多计划前往但没有去成的地方，也有很多没有打算去却莫名去了很多次的地方。

不过是一种机缘。

那个夜晚，我依稀又梦见了苏州的那场雪，雪花纷纷扬扬，落满我与赫成哲的肩头。我转过头问他，你好吗？

他忽然笑起来，我也不由得释怀微笑。

晚安，我年少的爱人。

001 而我怀念的，无非是那些爱着他的岁月。

二十二岁那年的隆冬，我在温哥华收到了赫成哲寄来的包裹。

此刻窗外是铺天盖地的冰雪，城中的居民无一不在翘首期盼冬奥会的来临。就在这充满喜悦的日子，我开始慢条斯理地拆那只不大的纸箱。

被整齐熨烫摆放好的是我十七岁那年卖给他的旗袍，最负盛名的苏绣，却因为裙袂上镶着我当年蹩脚的心思，而多出了几分不动声色的不同。

我细细地把旗袍展开，果不其然又看见那挤在花团锦簇里的 M&H，金丝线描绘的字迹有如一个远梦，轻轻提醒着我他确实来过，又确已离开的事实。

002 而也就是这样的我，在那场大雪后，遇见了改变我人生诸多轨迹的赫成哲。

能够认识赫成哲，大约要感激那场雪。

那还是高中第一年的冬天，苏州城里忽然毫无征兆地下起一场大雪。因为个子比班里其他女生高，我有幸坐在教室的最后一排赏雪。当然，前提是必须忍受身旁这个叫梁耀祥的男同桌比女生还要八卦的碎碎念。

“喂，慕容雪，你是不是因为出生在下雪天，所以才取了这么个名字？”

他的眉毛挑得很高，看上去就是好奇心旺盛的那种，只是可惜，那时我已经认定自己名字是不可触碰的禁区，所以无论他怎么说，我都懒得理会。

是的，我叫慕容雪，一个听上去很诗意、很美丽的名字。可由于本人的样子和这个名字实在相去甚远，所以从小学起，我就必须开始承受旁人由于心理落差引起的疑问。

“明明名字这么好听，怎么人看上去那么那个呢？”

“又高又瘦居然还黑黑的，完全配不上这个名字的意境啊，太暴殄天物了！”

起初因为年幼，我还愿意平心静气地赔笑脸，可时日久了，心里始终还是觉得不是滋味。被周围的同学议论得最厉害的时候，我甚至委屈地试图推倒妈妈的缝纫机，逼着她替我改个名字。

然而妈妈却只是自顾自地踩着踏板，不紧不慢地回应我：“这是你爸爸取的名字呢。”

妈妈眼中闪耀着的全是对早逝的爸爸的回忆，我张了张口，最终还是把原本想要说的话给咽了下去。

就这样，我不情不愿地顶着“慕容雪”的名字长到了十六岁，逐渐变成旁人眼里那个高个儿寡言又满腹心事的女生。

而也就是这样的我，在那场大雪后，遇见了改变我人生诸多轨迹的赫成哲。

赫成哲出现时我正在独自扫雪。学校食堂后面的空地本来就鲜有人经过，此刻更是因着一场大雪变成了无人问津的荒墟。

将化未化的白雪松松软软地覆盖在枯黄的落叶上，有种萧条的意味。我大力挥舞着笤帚，由衷地对这在旁人看来很倒霉的大扫除抽签分配结果感到满意，我真的情愿一个人待着。

大约是快扫完的时候，一个陌生的声音忽然犹如惊雷般在我身后炸开了。当然，这其实是我主观意识上的夸大，客观地讲，这个声音不大，并且，还很动听。

可这都无法构成我回应的理由，因为，这个声音的主人并没有在叫我，他叫的是另一个和我毫无关系的名字，孙丹琳。

我下意识地愣了愣，旋即继续舞动起我的笤帚，一心一意和余下的工作做斗争。可让我没料到的是，这个声音的主人实在固执得很，明明才噤声没多久，就又不死心地叫了起来。

“喂，孙丹琳！”居然还加上了叹词。

这一次，我手的突然顿住了。可是，请千万不要误会，这和后面那个喊声没有一丁点儿关系，我只不过是发现了一片“漏网之鱼”。

我当然是兴冲冲地放下扫帚去拾那片被我遗漏的落叶，可当我捡好叶子正要站起来时，我的肩膀却冷不丁地被拍了一下，而这一拍几乎要了我的小命——没来得及找到重心的我就这样以一个极其狼狈的姿态直挺挺地跌在了又脏又冷的雪地上。

而作为幕后推手的王八蛋赫成哲，此刻竟然还好意思伸手来拉我：“啊，对不起，孙丹琳！”

回应他的是我窘迫也略带怨恨的眼神：“你认错人了！”

是的，这便是我与赫成哲的初识，如那场还没来得及悉数融化的雪一样，清冷而尴尬。

003 比拥有一个和自己不相配的名字更让人悲哀的事实是，拥有一个和校园传说级人物相似的背影。

那天，我很没有风度地和赫成哲拉扯起来，而究其原因，也不过是他非要带我去医务室。

“为什么不去？你的手明明擦破了。”他指着我拿扫帚的手理直气壮地说。

我明明被他说得发窘，却依旧选择死撑：“关你什么事？”随即拖着扫帚大步流星地往前走。

没过多久，我便已步出食堂后面的那块荒地，而紧紧尾随在我身后的，自然是不达目的誓不罢休的赫成哲。

“对不起。”我以为他要继续规劝我去医务室上药，没想到他却话锋一转，开始道歉。

我撇撇嘴表示不屑：“没关系。”

没想到我的不买账非但没有使他恼羞成怒，反而使他发自肺腑地笑了出来：“你在生气我把你认成了孙丹琳？”

我没吭声，这意味着默认。赫成哲果然以最快的速度洞悉了我如此不买账的理由，没错，正是孙丹琳——

不得不承认，比拥有一个和自己不相配的名字更让人悲哀的事实是，拥有一个和校园传说级人物相似的背影。

而其实，这已并非我第一次被认错，只是每次我都选择了和今天一样无视的态度，尽管这丝毫不能避免好事者对我的冷嘲热讽。

我和赫成哲最终在女厕所门口分道扬镳，当然这并非出自他所愿，而是我无言的强迫。我深信没有任何一个男生喜欢被当成守在厕所门口偷窥的变态，更何况是赫成哲这样时常被众人的视线追着走的人。

果然，当我慢吞吞地拖到上课铃响完从厕所里走出来时，走廊上早没了赫成哲的身影。

只是说不上为什么，我的心中竟有几分失落。可这样的失落很快就被生物老师的大嗓门赶走：“慕容雪，已经上课了，你还在磨蹭些什么！”

我知道解释无益，于是从善如流地跟上了她的步子。

梁耀祥本来正端坐在座位上百无聊赖地咬笔杆，没想到恰好瞟见我黑色羽绒服上的斑斑水渍，立刻不改八卦本性地低声咋呼：“慕容雪，你扫雪扫到雪堆里打滚了？”

凭良心讲，梁耀祥挤眉弄眼的模样并不是真的惹人反感，只是我手心处传来的痛感却已经很难让我保持足够的耐心跟他瞎耗下去。所以我只好选择暂时忽略掉他的问题，别开脸趴在了课桌上装睡。

那个玻璃瓶是我在桌肚里翻找课本时突然滚出来的，我下意识地伸手接住，才发现竟然是瓶酒精。

很显然，赫成哲来过了。在我在厕所里擦洗衣服的那段时间里，他竟然能做到在往返医务室后准确无误地把酒精送到我的座位。

我的心中不自觉地涌起一阵暖意。但是很快，这阵暖意却被一阵倾盆冷雨浇灭。

我甚至可以想象他向旁人询问我时用过的句子：“那个背影和孙丹琳很像的女生坐在哪里？”

004　那些年大家都仰慕他，我不希望我的思念因此毫无特色。

或许我忘记了介绍赫成哲，而其实，在我与他相识之前，就已无数次从旁人口中得知他的事情。

是这样吧，每所学校都会有这样一类人，以校园传说的形式，装点着旁人年少时的绮梦。而赫成哲和孙丹琳，恰好都是那类人。

多亏了赫成哲的那瓶酒精，我手上的伤口没有发炎，在妈妈象征性的几句臭骂后，它慢慢愈合、结痂，最终变成了一块不甚明显的疤痕。

没错，我几乎就快要遗忘这块不完美的痕迹，可是，却终究没能如愿遗忘赫成哲。而又或许，我应该换个说法，赫成哲没有给我一个机会来遗忘他。

那是个胭脂色的傍晚，第三节自习课结束，大部分同学都溜出去吃晚饭了，只有我和极少数刻苦的尖子生选择窝在教室里。

我不喜欢看正经的课本，闲书倒是在抽屉里屯了不少，难得没有老师在身边晃悠，不由得抽了一本出来看。

“阿加莎……女生喜欢看推理的挺少。”赫成哲不知何时绕到我的身后，指着书脊下定论。

“关你什么事。”我惯性地不拿好脸色对他。

他似乎并不恼怒，慢条斯理地拖出梁耀祥的板凳坐下，笑眯眯地迎上我的目光："你家是开裁缝店的吧，我想订一件刺绣旗袍。"

我不知道他是从哪里打探来我妈妈的手艺的，又或者他也看过本地那份周报上推荐我家店铺的"豆腐块"。不过对于我来说，过程是怎样都不重要，重要的是结果——在和他唇枪舌剑几个来回后，我最终憋屈败北，不得不在几个极度渴求安静的尖子生的仇视目光中答应了他的要求。

那天赫成哲果然顺利地以一副乖顺的模样讨得了我妈的欢心，我妈甚至一度向他保证，一定绣一幅最好看的图案给他。我看着他们相谈甚欢的模样，不禁有些嗤之以鼻，这个八面玲珑的小人！

可赫成哲却并不介意我这看上去毫无道理的敌视，依旧自顾自地和我妈讨论旗袍的款式和颜色，末了，我妈一拍纸样，似乎想起了什么："哎，尺寸！我不量好尺寸，样式选好了也没法做呀。"

听见我妈这样说，我不禁喜上眉梢，抱着双肘以一副看好戏的心态偷看赫成哲，可没想到他的下一句话却险些将我噎死，他说："就量慕容雪的吧，应该差不多刚好。"

我想，就算日后我渐渐淡忘了我与赫成哲之间的许多琐碎，我也不会忘记当时的心情。

当妈妈拿着软尺在我身上比画时，我甚至可以感觉身体里的全部水分正齐齐涌向眼眶。你看，这个人有多温柔，就有多残忍。他明知道我不喜欢被人认成孙丹琳，却依旧如此坦然地借用我，来为孙丹琳量身定做一件旗袍。

尺寸量好后我借口胃不舒服躲在里屋不肯再出去，妈妈只好自己出去和赫成哲继续讨论其他细节。

末了，隔着一面门帘，我听见赫成哲惯常的语调："阿姨可以慢慢来，我不着急的。"

赫成哲后来是什么时候离开的我并不知道，只是，蜷缩在床上开始不自禁发抖的我却似乎明白了另一件事，另一件更悲哀的事——

原来，我最终还是没能免俗地做着和其他女生同样的事，喜欢上屋外的那个人。或许是因为那瓶酒精，或许是因为他云淡风轻的模样，又或许仅仅因为他是赫成哲，谁知道呢？

我只知道，那些年大家都仰慕他，我不希望我的思念因此毫无特色。

005　并不是每段感情都能传为佳话，有些只能打包独自珍藏。

我想，我是应该感激那件旗袍的，又或者说，我该感激孙丹琳。是他们，把赫成哲时不时地带到我的身边，让我不用像其他女生一样，必须佯装不经意地路过他的教室，才得以偷偷看他一眼。

赫成哲总会选在没什么人在的傍晚来我的教室，美其名曰，询问旗袍制作的进度。当然，临走之前绝不会忘记顺手抢走我手里的侦探小说。

每逢周末，赫成哲更会得寸进尺地到我家店里“视察”。我撇嘴嘲笑他嘴上说不急，心里却截然相反，他却完全不为之所动，甚至还会舰着脸跟我要水果吃，一副“你奈我何”的无赖德行。

时间就这样不疾不徐地推进，到了五月初夏，妈妈终于赶制好了成品。

她拿出来给我看的时候是一个下午，阳光很好，空气里甚至有淡淡的肥皂香。可不知为何，我看着那件裙袂上盛开着大朵大朵牡丹的白色缎面旗袍，鼻子骤然酸了。

妈妈边絮絮叨叨地说这是她最满意的一件旗袍，边把旗袍细细地折了起来，末了，不忘回头交代我：“明天你上学带给小赫吧，他嘴上不说，心里肯定特别着急呢。”

妈妈说这些的时候嘴角是噙着一抹笑的，这让我不由得想起，爸爸遇见她也是这个年纪。只是，并不是每段感情都能传为佳话，有些只能打包独自珍藏。

那天夜里，我果不其然失眠。

睡不着，倒不如爬起来四下走动，可我刚走到前屋，脚就像被施了法术一般，变得不听使唤。

那件旗袍就这样静静地躺在桌子上，昏暗的灯光下，我甚至可以看见它折射出的珍珠般的光泽。

镶金边牡丹犹如一个诱人的蛊，让我沉沦。

但赫成哲拿到旗袍时的反应并没有我想象中那么热烈。他甚至只是大略地看了它几眼，然后就塞进了背包，边放还边拍我的肩："慕容雪，作为谢礼，今天我请你吃饭吧！"

我找不出理由回绝，也不想回绝。他带我去了校门外一家老鸭汤馆，刚落座，我就看见了坐在隔壁桌的梁耀祥。

自然，梁耀祥也看见了我们，可事情奇就奇在，作为一个话痨，梁耀祥今天竟然破天荒地没走过来问我："慕容雪，原来也有男生约你吃饭啊！"他只是迅速地收回了自己的视线，一股脑地喝完了自己碗里的汤，然后顶着一张快烫成香肠的嘴一言不发地走了出去。

"你认识他？"赫成哲边盛汤边问我。

"我同桌。"我解释道。

"哦，那你准备考哪里？"

赫成哲的话题转得太快，我光顾着喝汤，一时半会没听清楚。而等他耐心地重复过一遍以后，我却更不敢搭腔。以我目前的成绩来看，想要考上任何一所他可能考的大学，都是痴人说梦。

那天回教室前我顺道去了附近药店买了药，把它递到梁耀祥面前时，他先是看了我一眼，而后隔了很久，才终于拿起药膏："谢谢。"

大概也就是从那时起，我和梁耀祥成为了真正意义上的朋友，谈不上为什么，也许只是觉得一向话痨的他沉默起来很可爱罢了。而当我向他说出我的目标大学时，他是唯一没有笑话我的人。当然，我也没有笑话他——在他说他的理想和我一样时。

余下的日子因为备考变得忙碌，没有了旗袍作为借口，我和赫成哲见面的次数渐渐少了。但无论如何还是能够见到，毕竟他还得把抢走的小说送还我。

没想到高考前一周，赫成哲竟然破天荒地跑来我家找我。那天妈妈刚好出门给一个老朋友送改好的裙子，我百无聊赖地坐在店里看书，就听见门外的喊声：“喂，慕容雪！”

赫成哲站在门口对我笑得异常灿烂，手里拿着的，是上次从我这里抢去的《无人生还》。

“还书？”

“嗯。”

赫成哲顺势把书推过来，我的注意力却被夹在书页里的类似小香囊的东西吸引住了。

“这是什么？”

“护身符。”

“啊？”

“顺便的。”

夜色中，赫成哲不自觉地将脸别开。也就在那一刻，我骤然明白了他的意思。

是求给孙丹琳的时候顺带买给我的吧，可就算是这样，也已经很好了，难道不是吗？

006 我没有刻意等你。只是，我的眼里看不见别人。

当我和梁耀祥爆冷考取 Z 大时，我却没能在 Z 大的录取名单上看见赫成哲的名字。他明明填报了，可是上面却也是真没有。

我实在不敢相信，赫成哲竟然会落榜。

而等我再度见到失去音信许久的赫成哲时，已是九月初。彼时我和一群同学在临行前回母校看老师，赫成哲很显眼地坐在复读班教室的最后一排，他看见我，笑了笑，却没说话。

而也就是在我转身的时候，我瞥见了角落那个和我极其相似的背影，不用说，我已知道她是谁。

大学远比高中适合我，我彻底变成了闲云野鹤，每天白天看看小说听听课，倒也十分逍遥自在。可一到夜晚，当我想起赫成哲，一切又变得那样难挨。终于有一天，我鼓起勇气拨通了很久以前他买旗袍时留给我的电话号码。

“喂。”电话里的他声音还是一如既往地温柔，握着手机的我恍惚以为又回到了我们初见的雪天，他站在我身后叫：“喂，孙丹琳！”

孙丹琳，我不禁身体一颤，迅速地切断了电话。

后来，我再也没有拨赫成哲的号码。也说不上是为什么，也许仅仅是因为害怕，害怕某一天接起电话的不再是他，而是一个女声。

大二那一年开学，梁耀祥再度拒绝了一个女生。可要命的是，作为拒绝人的梁耀祥看上去却比被拒绝的还要抑郁，他甚至站在我的宿舍楼下扯着嗓子大喊：“慕容雪，下来，下来！”

我被他闹得没办法，只好下楼陪他喝酒。

南方的秋夜，总弥漫着一股湿湿的气息，梁耀祥像是一个十足的酒鬼，一口气灌下好几瓶酒，而灌完之后，就开始理所当然地撒酒疯：“慕容雪，你怎么还没人要？”

“关你什么事。”我翻翻白眼，没好气地答道。

“你看，我怎么样？”

“你说什么……？”

直到鲜血开始汩汩地从梁耀祥的额头往外冒，我才终于意识到，刚才到底发生了什么。

嘴唇上带着酒气的温热触感还没来得及散开，我已经揪着梁耀祥的衣领开始大声地哭了起来：“你疯了吗！”

梁耀祥没病，他只是喝多了，饭馆的老板在发现他的头被我敲破后手忙脚乱地把我们赶上了 120 救护车，甚至忘记了要收饭钱。

在车上，被我敲得晕晕乎乎的梁耀祥开始说胡话：“我才没有刻意等你。只是，我的眼里看不见别人罢了。”

我看着闭着眼的梁耀祥没说话。我是呆瓜吗？我当然不是。我也明白他究竟为什么会那么努力考来这里，可有些事情，不说破比说破要好太多。

我再度不可抑制地想起几小时前我在母校网站上看见的录取名单。赫成哲，他考去了北京。

007 爱只是爱，再伟大的爱也只是爱。

在和赫成哲断掉联系的第二年，梁耀祥决定去北方当兵。

他来见我的时候是寒假，隔着薄薄的雾，离老远他开始大声叫我的名字，慕容雪，慕容雪，叫过好几声，我才迟疑着转过头，慢慢看清他的脸："耀祥。"

这是自那个酒醉之吻后我们第一次说话，这样久没见，如今的他剪了板寸头，光秃秃的，乍看上去像是一株树。

"部队里的要求。"他摸了摸自己的头发，似乎在试图向我解释。

"我知道。"

仍是不由自主地冷了场。

我明白，在内心深处，我并不是真正厌恶他，可我依旧对那个吻耿耿于怀。没办法，你真的不可以要求一个到了二十岁都没谈过恋爱的女生对失去初吻这件事做到云淡风轻，毕竟，她的吻没能留给她爱的那个人，这个说法听上去就让人想大哭一场。

于是那天我和梁耀祥唯有吃，痛快地吃，大快朵颐地吃，丧心病狂地吃，他点了满满一桌菜，边吃边自顾自地喝酒，甚至没有抬头看我一眼。

这一年的苏州没有雪，可我还是觉得冷，冷到牙齿都开始打战的时候，梁耀祥吃完了。

他颤巍巍地站起来去付账，只留给我一个微驼的背影。可我分明听见他转身的时候在说："爱只是爱，再伟大的爱也只是爱。"

我不知道他这是在说给我听，还是在说给自己听。可是我神经的某个点，确确实实是被这句话触动了，然后，我恐惧地发现，我已记不清赫成哲的脸。

几天后，我独自去了一趟北京。

人山人海的天安门广场，我做了一个地地道道的外地人才会做的事——一个人看完了一场升旗仪式。

国旗班的哥哥都长得不赖，我学着以一个女流氓的姿态在心里意犹未尽，没想到一个不留神，竟然撞上了一堵人墙，抬头一看，竟然是个正宗的金发老外。

那老外倒是冲着我笑得挺憨厚："Do you know this place?"

"Of course，I want go there，too."

就这样，我和这位叫作Danny的加拿大人结成了旅伴，一起走完了大半个北京。

临行的前一晚，我们坐在后海的酒吧里喝酒，我笑嘻嘻地问Danny为什么会来北京旅游，他倒是大方得令人咋舌："因为我失恋了，那座城市里再没有我爱的人！"

也许是酒精的作用，说完这句Danny竟然兀自畅快地笑了起来："Angela，你呢？"

我想了想，最终决定以同样的句子回答他："因为我也失恋了，那座城市里再没有我爱的人！"

那夜之后，我和Danny这短暂的旅伴，算是彻底作别。临登机前，他抄了在温哥华的家庭住址和电话给我："如果他不再属于那座城市，为什么你不试着换座城市呢？"

我想起学校的交换生项目，不由得冲他点了点头。

可Danny不知道的是，在一小时前，我终于鼓起毕生最大的勇气做了一件犹豫了很久的事。时隔两年，我再度拨了赫成哲的电话号码，只是这一次回应我的不再是某个清甜的女声，而是冷冰冰的录音——"您拨打的号码是空号。"

回苏州的火车上，我将Danny留给我的字条折成了千纸鹤，扔出窗外。

纸鹤很快消失在急速的气流里，而我却趴在小小的桌子上，笑着笑着，哭了。

或许梁耀祥说得对，爱只是爱，再伟大的爱也只是爱。作为芸芸众生的我们，实在没有资格要求以爱易爱。

而这一段年少的执念，或许是时候打住了。

008 原来，她无辜地充当着我的假想敌，这么多年。

后来的岁月，又仿佛回到了高中的最后一段，看似波澜不惊，其实却暗涌无限。经过几轮的厮杀，我终于如愿拿到了学校的公派名额。学校公布名单的那天，室友陪我去看宣传栏，“慕容雪”三个大字工工整整地誊写在上面，可我忽然别开了脸，害怕哭出来。

室友捶我的肩：“哟，害羞什么，这是你应得的！”

我想我无法向她言明此刻我的心情，这是我第一次觉得自己与这个名字相配，但同时我也知道，这意味着我将彻底与过去作别。

大三那年冬天我还是如常回了苏州，除了每天在店里帮着妈妈收钱外，偶尔也会去母校走走。

毕业第三年，这里变了不少，曾经的老鸭汤店已改头换面成为一家快餐店，那种用文火焖炖的温暖早已不再风行。

我是在一家新开的书店里认出她的，三年过去了，我已不能确定那个只有过几面之缘的人是不是她，直到她转过身去取书时，我才迟疑着叫出了她的名字：“孙……丹琳？”

我们之前并不相识，但这并不妨碍我们以校友的姿态叙旧，说起高中生活，她不禁抿嘴笑起来：“你看我这个样子，就知道我不爱读书了，我毕业那年因为考得差，还被我爸揪去复读了一年，结果还不是白搭，到最后也只能开个书店，装装文化人！”

她讲起话来异常坦然，与我臆想中的模样大相径庭。两个人断断续续地说了许多，我最终还是没能按捺住，提起了那个有些久远的名字。

“赫成哲呢，还好吗？”

“赫成哲？为什么突然问起他，我和他其实不熟啊，记得高中有一次在食堂吃饭他忘记带饭卡，我刚好站他旁边就借他用了一下，没想到他这人超级较真，非来还钱给我，害得周围人一直八卦我们，好像到毕业都没消停……说起来，过这么久了，也不知道他现在过得怎样。”

孙丹琳说这些话时正背对着我在书架前理书，阿加莎的典藏系列，我看着书脊上的烫金字，忽然觉得如鲠在喉。

原来，她无辜地充当着我的假想敌，这么多年。

没想到我会再见到他。

从孙丹琳的书店离开后，我乘车回家，推开店门，他像十七岁时一样闲散地坐在椅子上，和我妈自如地谈笑。

我突然不知手该如何放，正绞着衣摆，他却转过头跟我打招呼，那姿态像极了多年不见的老友：“回来了？”

“回来了。”

隔着一米多的距离，我默默端详他的脸。是的，他变了，成年后的他，五官已有了分明的棱角，甚至还多出些陌生的男人味。

“听你妈说，你今年夏天就要走了？”

“嗯，你经常来这里？”

“偶尔吧，不过你都不在。你……什么时候回来？”

“暂时还不知道，不过总会回来的吧。”

我的话很少，更不敢直视他的眼，因为害怕自己会问出“为什么明明可以拿到我的新联系方式却没有这样做”这样的话，就像害怕他会问我当初为什么不联系他一样。

我必须悲哀地承认，我们已经不可避免地疏远了。

那天他离开时，我去公交车站送他，临上车他掏钱包，我依稀是看见了他钱夹里塞着的那枚护身符。和我拥有的那只一模一样，我像是明白了什么，又好像全然没有明白。

有些东西，实在来得太迟了。

009 人生有时候，真的很讽刺。

那个深夜，我妈第一次跟我聊起了赫成哲。

我不解，问她为什么突然提起这个，没想到她竟然放下手中的绣针来揉我的发："你那时喜欢他吧，所以才为了那件旗袍伤心……不过你还真是没遗传到妈妈的手艺，把字绣得那么难看。"

如果是过去，我想我一定会为被识破了心事而歇斯底里。然而到了如今，就连我妈都已看出我放下赫成哲的事实，我还有什么需要掩饰。

"其实小赫那孩子确实不错，又聪明又有担当，上次带了几个高中同学过来照顾我生意，有个小家伙偷偷跟我说，他高考失误就是因为跑去为喜欢的女生求签，吹风受了凉，回来发烧迟迟不退，影响了发挥。后来据说那个女生考得不错，他觉得自己复读丢脸，也不好意思去跟人家表白，再后来不知怎的那女生突然间和他断了联系，他以为她有了新生活，也就没去打扰了……不过就算到现在，小赫的口风还都紧得很，他老同学里没一个知道那女生是谁。我心里还想呢，要是有机会见到那姑娘，一定要好好看清楚，到底是谁这么有本事，比过了我优秀的女儿……"

妈妈说这话时始终是微笑的，我明白，她是希望我彻底放下心结朝前走，所以我会心地笑了。只是，当我将手伸进衣袋里摸到那枚已经泛黄的护身符时，我的心却开始饮泣。

是这样吧，赫成哲，有些爱，总是因为年少时莫名的自卑和敏感，一而再，再而三地错过。而时过境迁后，一切就如同故事里说的那样

有些人一直没机会见，等有机会见了，却又犹豫了，相见不如不见。

有些事一直没机会做，等有机会了，却不想再做了。

有些话埋藏在心中好久，没机会说，等有机会说的时候，却说不出口了。

有些爱一直没机会爱，等有机会了，已经不爱了。

人生有时候，总是很讽刺。

是啊，多讽刺。

010 晚安，年少的爱人；晚安，迟来的礼物。

那件旗袍我最终是压进了箱底，不为别的，只因不再合适。毕竟，能够压住俗艳牡丹的，只有年少的那股天真。

而我自知，已睽别天真已久。

而赫成哲，自然也是知道这点的，所以他才会选择将那件旗袍寄来给我，像是一首终曲，又或者一段悼词，终归，我们要说再见了。

那个夜晚，我依稀又梦见了苏州的那场雪，雪花纷纷扬扬，落满我与赫成哲的肩头。我转过头问他，你好吗？

他忽然笑起来，我也不由得释怀微笑。

晚安，我年少的爱人。

如初见

创作手札:

《收到你的礼物已太迟》的后续，写于《礼物》完稿后的第二年。

非刻意狗尾续貂之作，实在是两年间心境有了不小的变化，觉得故事中的人也已经准备好，到了能够重逢的时候。

原结尾写到了结婚，后被修改为旅行。

再思考一遍，觉得一起去旅行的确更符合他们当时的状态。

要白头共老，小慕容还有很长的一段路需要努力。

二十二岁那一年，他曾把一袭迟到的旗袍寄给我，我以为那是我们青春的终曲，或是悼词。

而二十四岁这一年，我才明白，这只是命运真正的开始。

——题记

【1】

与赫成哲重逢时，道旁的香樟树刚由嫩绿转为深绿。

那天上午，我坐最早的高铁赶去杭州，参加下午举行的春夏新品发布会。

这是我回国的第一年，在本地一家服装公司做旗袍设计师。

和十七岁那年的自己相比，现在的我成熟了许多，也学会用合适的衣服修饰自身。我依然不够美丽，但我却逐渐有了自信。

但我依然没有恋爱。当然，我这不是在等赫成哲，在我二十二岁收到他迟到多年辗转寄来的旗袍后，我就知道，我们的故事已经结束了。

我只是没有遇见一场更盛大的雪，又或是一个更令我心动的人。

在酒店办好入住手续，我第一时间赶到会场。作为这一季新品的主设计师，我将负责向大家讲解设计理念。

其实我昨天就应该赶过来了，各地的代理商据说也是在昨天赶到，在酒店办了一场非正式的聚会。可我那时还在加班画设计图，两年的留学生活教会我许多，其中一样，就是比其他人更加拼命。

发布会八点开始，核对完流程后，我留在休息室吃同事帮叫的外卖。

赫成哲和老板说笑着推门而入时，我正在嚼一块排骨，见到他那张久违的脸的一瞬，我剧烈咳嗽起来，险些被骨头渣呛住。

老板以为我是见到他紧张，连忙安慰我："Angela，慢慢吃。"

我赶紧把饭盒放下，声音仍然颤抖："谢、谢谢。"

老板见我呼吸渐渐顺畅，也就清清喉咙，热情地向我介绍："这是杭州区的新代理负责人，Herman。Herman，这是我们的新设计师Angela。我和Herman刚在聊天，不知不觉走到休息区，就说进来跟大家打个招呼，怎么就你一个人在？"

"其他人出去吃饭了，"我愣了愣，有些尴尬，"我想等下再看一遍流程，就没有去。"

"年轻人努力虽好，但不要拼过头啊！"老板微笑。

我附和地点头，眼角的余光偷偷扫过赫成哲，却发现他看我的表情，像看陌生人一样平淡冷静。

他没有认出是我？

不、不会的，除了穿着打扮变了，我并没有整容。

那是觉得不方便与我相认？

笑话，我们又不是过往的恋人。

那么，只能是他忘记了我。

说起来，距离大三也已经过去四年了，而距离我们的高中岁月，更遥远得像一场梦。

想到这里，我竭力抬头微笑："那么，许总、Herman先生，还有三十分钟开始，我先出去做最后的准备了。"

带上门的瞬间，我依稀看到赫成哲重新与老板谈笑自若，他并没有看过来，这令我觉得自己刚才忽然加快的心跳，十分可笑。

但我没有想到，半夜两点，我的酒店房间忽然响起一阵急促的敲门声。

距离发布会结束已经过去三个小时，我想不到在这个陌生的城市还有谁会找我，毕竟我早拒绝了同事去喝一杯的邀约。

门打开的一刹，我被一股莫名强大的力量推至墙角。

赫成哲的吻落下来时，我的大脑犹如暴雪袭城，变得空白一片。

我爱慕他的三年又三年，我们最近的距离，是坐在高中门口那个如今已不复存在的老鸭汤馆吃饭。我甚至没能碰过他的手，但这一刻，他却在吻我。

赫成哲离我是这样近，仿佛我也沾染到他的气息，然而当他试图加深这个吻的时候，我却陡然间清醒过来，猛地推开他。

"我有男朋友了！"

他红着眼看着我，我也喘着气回瞪着他。

良久，他低下头，慢慢小声说："我知道了。"

【2】

那一晚，我与赫成哲连夜开车回了苏州。

这样说或许不够准确，准确地说是，赫成哲在替我披上外套后，将我强行拉下楼，塞进了他的车里。

车一路静默行驶，前灯将地面照亮。短暂的震惊后，我慢慢恢复理智："去哪里？"

"苏州。"

关于这个答案，我没有感到惊讶，仿佛早在开口之前，我便已猜到。只是我不明白，就算回到苏州，一切又有什么不同。赫成哲不是哆啦A梦，我也没有时光机，我们谁都没有办法将错过的时光改写。

半路上，疲惫的我竟然坐在副驾驶座睡着了。也是，为了这场发布会，我已经连续一个月每天睡眠不超过五小时，我本以为，今天结束后可以睡个好觉。

赫成哲将车开得四平八稳，这意味着抵达苏州前，我能够在这温暖且狭小的空间里做一场梦。毫无疑问，我梦到了我的十六岁，还有令我与他相遇的那场雪。

那是高一的午后，我独自在学校食堂后的空地扫雪，赫成哲将我的背影认错，当作了校花孙丹琳。他兴冲冲地拍了我一下，我却被他吓得直接摔了个大马趴，手也擦破了。他因此非要带我去医务室，我却因为自卑心理作祟，耿耿于怀他将我认成孙丹琳而不肯买账，最后，是他悄悄把一瓶酒精塞进了我的课桌。

现在想起来，那都是非常非常美好的岁月，尽管我因此将那个叫孙丹琳的女孩当作假想敌多年，尽管我们最后因为各种各样的原因终于错失了彼此……但能有过那样一段，我已感恩而知足。

大三那年，我申请到公费留学去了温哥华，而赫成哲，据说也在从北京毕业后到英国读研。

我们的青春从没真正并肩过，所以就此天各一方，似乎也是理所当然的事。我并不知道，他是在何时回国，又是在何时，来到了与我如此接近的地方。

当我醒来的时候，赫成哲的车已经熄火了。我迷糊地睁开眼，定睛一看，才发现居然身在高中门口。

低头看了看表，凌晨四点。

天空是浓稠如墨的黑，我们借着车内昏暗的灯光对视，却讲不出一句话。

“说说你的这些年吧。”他忽然开口。

我顿了顿：“说什么……”

“学业、生活、感情，什么都好。”

“……好。”

我没有想过，漫长的四年最后幻化成这样简短的对话，我感到丧气。我最感到丧气是，直到最后，我都没有忘记胡编乱造出一个男朋友。他与我在温哥华的大雪天邂逅，我们一同毕业，一起回国。

冥冥中，这曾是我渴望过的，与赫成哲之间的剧情。

听完我的话，赫成哲久久没有说话。他将车窗放下来一点，然后偏头望向窗外隐隐约约的寒月。

我们就这样各怀心事地坐了好久。

好不容易等到五点多，天渐渐亮了，沿街的店铺纷纷拉起卷帘门准备做生意。忽然，赫成哲重新关上了车窗，转头看我：“下车吧。”

“干什么？”我愣怔。

“吃早饭去。”他微微弯起嘴角，“带你去吃我高中时最喜欢吃的那家早餐。谢天谢地，它还没有关门大吉。”

【3】

如果你问我，那天之后，我与赫成哲是不是终于一起了？

我只能遗憾地告诉你，你想太多了。不是所有旧人重逢，都能有一段惊天动地的故事，我与赫成哲在沉默地吃完那顿早餐后，各自回归了生活的轨迹。

他回到杭州，而我留在了苏州。

我继续心安理得地做我的工作狂，只是偶尔十一点结束工作后，我会情不自禁地绕去那天的早餐店。尽管我知道，此刻它大门紧闭。

我试图回想那天吃饭时赫成哲对我说过的话，想了很久，也只想起一句，被我当作敷衍的：“下次有机会再一起吃饭吧。”

这话就跟“回聊”“再联系”一样不可信，因为他甚至没有开口要过我的电话号码。

想到这里，我觉得自己简直是自作多情，讪讪地转身上了出租车。

所以当一周后，同事叫我，说外面有人找时，我根本没想到，那个人会是赫成哲。

我呆呆地站在原地，许久发不出声音。

有一起去杭州参加发布会的同事认出了他，开始不怀好意地冲我眨眼睛，我被弄得越发尴尬，只好先发制人，拽着他往外走。

一路走出办公室，我总算舒了口气。调整了一下表情，我抬头看他：“你为什么在这里。”

“我不是说过，下次有机会再一起吃饭。”

我以为……我以为你只是随口说说的，这样的话，我说不出口。

那一刻，一种微妙的情绪在我心底萦绕，我不知道自己是高兴更多，还是别扭更多。

但我的大脑却先我的心一步，做出了反应。

“对不起，我有约了。”说出这句话时，我自己先愣了。

赫成哲也怔了：“你……约了谁？”

“我男朋友。”我发现自己撒谎无须草稿。

赫成哲听罢，微微一笑，没再说话。

见他没有反应，我转身想进办公室，赫成哲却突然一把拉住了我：“那一起吧。”

“什么？”

“我说我请你们吃顿饭。”

“不要！”我的声音陡然提高，倏地将他的手甩开。

我们都不说话了。我低下头。

良久，赫成哲伸出手，将我的头抬起来，他就那么直接地，毫不遮掩地看着我的眼睛，我蓦地发现，他的眼眶有点红。

“慕容雪，你知道吗，我从没有想过我们还会重逢……我一度以为，你再也不会回来了。”

那一刻，记忆里的风卷着无数雪花纷沓而至，逐渐将我掩埋。

我觉得有点冷，声音里渐渐有了哭腔：“我也没有。”

【4】

那天最后，赫成哲还是回了杭州，我们没能一起吃上饭。是他突然接到的一通电话解救了我，从他的言语间我了解到是工作上的事，并且很急。

我送他进电梯间，他按楼层时，手似乎顿了顿：“你是不是不想见我？”

我将脸别开，没有说话。

他好像自嘲地笑了笑，电梯门缓缓合上了。

那之后有很长一段时间，是的，很长，长到足以从秋天无声无息地过渡到隆冬，这期间，我都没有再见过他。

偶尔我也会去杭州出差，但在晚上与门店代理们聚餐的队伍里，一定没有赫成哲。我不愿把这想成是他刻意避开我，我很怕他哪天忽然出现，证明这又是我的自作多情。

十二月，苏州终于下了第一场雪。

我坐在办公室里赶设计图，回神时，窗外已是万家灯火。

入夜了，雪却未停，稀稀落落的雪花砸上窗上，我怅然地推开窗，眺望远处，桌上的手机却响了。

我走过去拿起来，发现是妈妈，但按下接听，那边却没有回应，我又试着叫了好几声“妈妈”，依然没有回应，我有点慌了。妈妈这几年来一直有很严重的高血压，她一个人在店里，要真发生什么意外，也没人知道。

我急忙抓起包，冲出去。

旗袍店还开在我高中时的那条街，这些年岁月变迁，一切都逐渐变得陈旧，我曾建议妈妈换个地方，但她却笑着摇头：“我做的是街坊生意，能换到哪里呀？”于是只好作罢。

从温哥华回来后，我进了现在的服装公司，因为上班地点离家太远，我不得不就近租了公寓，每个周末才回家。对此，妈妈从没有怨言，只担心我跑来跑去，会更辛苦。

这样的雪夜，打车几乎是奢望，我干等了十来分钟，咬咬牙，决定用跑的。

然而这一路，就算自己开车也需要近一个小时，更何况靠一双腿。

跑了没多久，我就感觉自己冻僵了。片片雪花砸向我，不多会儿，便化成一摊水，从我脸上淌下。

我又冷又疼又怕，愣怔了一阵，没有忍住，放声大哭起来。

我知道我为什么会哭，我也知道现在应该做什么，但我做不到。这一场恸哭，我等了好久好久。

正当我揉着红肿的眼，身后却响起一阵刹车声，我茫然回头，便看见一个姑娘放下车窗对我笑：“下着雪呢，不好打车，看你很着急的样子，上来吧，去哪我载你。”

我的哭声竟带来了好运，我傻住了。

然而当我好不容易赶到妈妈的旗袍店时，不算宽敞的巷子里已经停着一辆车，引擎还没有熄火。

我惊讶地推开房门，就看见赫成哲正抱着昏倒的妈妈。

“有什么事情到医院再说。”经过我时，赫成哲轻声道。

我咬住唇，重重点了点头。

等妈妈的情况稳定下来，已经是夜里十二点多，我浑身虚脱地坐在走廊，这才想起一整晚没吃东西。

“楼下只有这个卖，凑合一下吧。”赫成哲将面包和酸奶塞进我手里，在我身旁坐下。

我已经疲惫得无力躲开他。

“你为什么骗我？”他突然开口，却没有怒意。

我捧着酸奶的手僵住，良久，摇摇头：“我不知道。”

我真的不知道。

曾几何时，我以为我已经不爱他了，我怀念的，无非是我爱他的岁月。可当他重新出现在我的面前，我却震惊地发现，我依然会为他心跳得厉害。

正因为如此，我才感到害怕。

我害怕一切就算重来一次，结果还是一样，我们还是可能分开。

和已经接受的这样的结果相比，我更无法承受的是未来还有这样的可能。

那样的话，我一定会难过得想要死掉吧。

【5】

在妈妈出院那天，我做了一个决定，我要去相亲。

当我把这个决定告诉妈妈时，她愣了很久，才对我说：“既然你希望这样，那你就放心地去吧，妈妈什么都支持你。”

她没有提到赫成哲，尽管在她住院期间，赫成哲来探望过好几次。他们仍能够像我上高中时那样闲聊，谈话间我才知道，赫成哲当晚之所以会出现在那里，是因为休假回苏州的他正打算去探望妈妈，却没想到撞见妈妈晕倒。

听到这，我不由得想起高中时，赫成哲缠着我要找妈妈定做旗袍，然而定做那天，赫成哲却指着我，要求按我的身形量尺寸。

全校都知道我与校花孙丹琳有着相似的身形，而传言中，他与孙丹琳又是绯闻情侣。

赫成哲一辈子都不会知道，我十八岁时感受过的那种绝望，你喜欢的人就在你眼前，他却残忍又一无所知地借用你，为他心仪的人打造礼物。

那时的我从没想过，他准备的这份礼物，是要送给我。

所以当我在温哥华收到这袭旗袍后，我除了觉得好笑，更觉得想哭。所以我大哭了一场后，将它束之高阁。

基于逃避心理，就算我最后把它带回了国，也没有穿过一次。

赫成哲似乎与妈妈说到什么开心的事，两人大笑起来，我望着他熟悉也陌生的笑容，越发觉得难过，扭头走出了病房。

周末，我按照介绍人告诉我的地点，准备进行我人生中的第一场相亲。然而我却死都不会想到，我会在那家餐厅里见到两个人，一个是赫成哲，还有一个，竟然是孙丹琳。

没错，这个名字的主人在我的青春期里，曾充当着我最嫉妒也最羡慕的角色。

四年未见，孙丹琳依然跟我大三见她时一样漂亮，笑起来嘴角有两个浅浅的酒窝，是真正的梨涡浅笑。

我惊觉自己愚蠢，原来假想敌并非永恒的，他们随时可能变为真正的敌人。

意识到自己产生这样荒谬的想法，我浑身一个激灵，猛然回神，这才望向坐在对面的这个男人。这个叫作宁彦的男人，是我同事妈妈表哥的儿子，据说在检察院做检察官，是标准的青年才俊。

青年才俊愿意见我，我本该受宠若惊，却总是走神，目光不时瞥向坐在不远处的赫成哲与孙丹琳。

他们居然在笑，赫成哲为什么跟谁都能笑得这么开心？一怒之下，我不小心将饮料碰洒在外套上。

“你没事吧？”宁彦急忙递过纸巾，见我迟迟不接，干脆走过来，替我擦干净衣摆。

“希望你没有感到被冒犯。”他颔首。

我觉得窘迫，连连摇头。

“我看你今天一直心神不宁，有心事？”

“不……”我话到嘴边，却骤然发现那边的桌子已空无一人，不由得立即起身，“对不起，我突然想起还有急事要办……我先走了。”

说罢，我不顾一切地朝餐厅外跑去。

但赫成哲和孙丹琳却已经不见了。

马路上车流汹涌，我呆站了一阵，然后拦了一辆车，坐进去。

“去杭州。”我对司机说。

人这一生，就算活到八十岁，也依然保留着为爱痴狂的热血。当车驶过收费站时，我能感觉到，有什么在我的身体中复苏了，我知道，那是勇气，一生或许只有一次的勇气。我将它赌在了今天。

可我却不知道，两个小时后，我将输得一败涂地。

出租车停下的那一刻，我第一时间拨赫成哲的手机。那个号码我要来很久了，但我一次都没打我。然而我第一次打，回应我的，却是那句“您拨打的电话暂时无法接通”。

我怔怔地站在马路边，一遍又一遍地按拨号键，但结果却都一样。

我突然想起二十岁那年，我偷偷去了他读书的北京。

我去天安门看了升旗仪式，去后海喝了酒，在离开的前一晚，我也曾鼓起勇气试着拨他的手机号，但回应我的，却是一句冰冷的“您拨打的号码是空号，请查证后再拨”。

那天之后，回到苏州的我决定申请学校的公费留学项目，去温哥华。

你看，无论是那时，还是这刻，我最担心的事还是不可避免地发生了，就像命中注定的噩运一样，就算重来一次，我们之间的结局也不会改变。

或许我们……真的没有缘分吧。

我慢慢将手机收回口袋里。

【6】

说来丢人，自从那晚回苏州后，我就一病不起。

医生说，是长期过度劳累引起的抵抗力下降，再加上受了风寒，自然病来如山倒。我不得不因此请了一周长假，安心留在家里休养。

我妈听到我生病的消息，急忙说要来照顾我，可她自己就是个病人，我不得不在电话里假装精神，好不容易才打消她这个念头。

挂掉电话，我再度恢复到没精打采的模样。

我想医生大概只说对了一半，我这场病，除了冰冻三尺，还有一个原因，是我的心病。我元气大伤，只想躲起来疗伤。

手机响的时候是下午，我睡得昏昏沉沉，在床上摸索半天，才接起。

宁彦的声音我根本听不出来，最后是他自报家门，我才恍然大悟："是你……宁先生。"

想起上次饭吃到一半不辞而别，我多少觉得不好意思。

"叫我宁彦就可以，"他的声音含笑，"上次那顿饭你也没能吃好，我就想问你今天是不是有空，能不能一起吃个饭？"

"可我病了……"说出这句话时，我几乎可以想象出宁彦鄙夷的表情，这个女人，连撒谎都不会挑个可信度高的。

可我却真的没有撒谎。

挂掉电话，我重新陷入昏睡，直到一阵门铃声将我再度惊醒。

我拖着疲惫的身子起来开门，然而门外宁彦的脸，却将我吓得整个人都精神了。

"你为什么会在这里？！"

“找阿咪要的你登记的地址。”阿咪就是将他介绍给我的同事。

宁彦脸上写满歉疚：“我知道这样很唐突，所以只打算送个饭就走……生病的话，还是吃清淡的好。”

将打包好的清粥小菜递给我，宁彦挥挥手，转身进了电梯。

我仍然停留在刚才的震惊中，许久才反应过来，回到房间，第一时间给阿咪打电话。

劈头盖脸臭骂别人不是我的风格，正当我犹豫着如何要跟阿咪开口，阿咪却先我一步坦白：“好了，好了，我主动交代，他不是什么相亲男啦，是我家远房亲戚没错，但人家其实惦记你蛮久了，你在温哥华的时候和他同校，我想你现在这么吃惊，肯定是不记得他啦。他上次来我们公司接我吃饭，结果看到你，就拜托我牵线，我当然不好意思拒绝。”

阿咪说得没错，在温哥华时，我就是众人口中的学霸，一门心思扎在学业上，对谁都不走心。华人留学生圈其实不大，但聚会我却很少参加，或许宁彦就是在我到场的那寥寥几场聚会中，见到我的吧。

你站在桥上看风景，看风景的人在楼上看你。世上许多事，都逃不出这玄妙的一句。

病愈后，我主动给宁彦打了个电话，约他吃饭感谢他。

我们订了晚上七点的餐位，他非要在下班前过来接我，我拗不过，只好提前下楼等他。

正是下班高峰，我无聊地四下张望，没发现宁彦，却看见一个许久不见的人。

没错，是赫成哲。

距离上次在餐厅见到他已经过去一周，这一周里他不是没来过电话，但我却通通挂断了。

既然无法承受任何坏的可能，不如在一切可能开始之前，将它斩断。

我不是没有勇气，只是我的勇气只有那可怜的一点点，在那个无法接通电话的夜晚，我已经将它全部用完。

“慕容雪……”重逢后，这是他第二次叫我的名字，但这一次，我不会哭了。

“嗯？”我微笑着抬起头，看他。

“我工作调动回苏州了。”

“哦。”

“以后我就可以随时来见你了……我……”

赫成哲的话没说完，已被我着急地打断：“你为什么要随时来见我？我有没有说过，我一点都不想见你。”

“为什么”

“什么为什么？”

宁彦的车终于赶到，我如释重负，拉开车门钻进去：“因为一切都不重要了。”

车子驶出老远，我没有回头。我并不确定，赫成哲是否听到了我的回答，但在我心中，我已经无数遍地说服过自己，一切都不重要了。

过去的遗憾不重要，现在的心痛不重要，未来……

“你怎么哭了？”沉默很久的宁彦终于出声。

听见他的话，我摸了摸脸颊，这才发现自己流泪了。

“你很喜欢他吧……”宁彦顿了顿，接着说。

我没有回答。

“因为只有全心全意爱一个人的时候，她看别人的眼神，才会是放空的。”

【7】

孙丹琳来见我的时候，我正在旗袍店帮妈妈裁纸样。我不知道她是如何知道这里的，或许是赫成哲告诉她的吧。

我进里屋烧了壶水，泡好茶端给她，她轻轻抿了一口，扬起下巴，严肃地看着我：“我来这里，是想跟你解释点事的。”

“我知道你想说什么，”我笑了笑，“赫成哲让你来的吧。”

“不是。”孙丹琳急忙摇摇头，“是我自己坚持要来的，他说不必了，他自己会处理。这次他是为了你来找我的，高中毕业后，我开了家书店，赫成哲记得你高中时喜欢阿加莎，所以来找我订原版全集，想送给你。本来这是一件小事，但他非要请我吃饭感谢，所以我们才会一起出现在那家餐厅……”

孙丹琳仍在努力地解释着，我沉默了很久，终于打断她：“不是你……”

“什么？”

“我说，不是因为你，”我苦笑，“是因为我自己。”

我无法打开内心的心结，就注定无法勇敢地走上去，牵他的手。

孙丹琳离开后，我一个人在店里呆坐了好久，直到茶凉了，妈妈又重新泡了一壶给我续上。

“你还喜欢小赫吧？”

时隔多年，这是我们再度坐在一起，说起他。

想当初，妈妈是怎么说的来着，噢，对，是这样说的：“其实小赫那孩子确实不错，又聪明又有担当，上次带了几个高中同学过来照顾我生意，有个小家伙偷偷跟我说，他高考失误就是因为跑去为喜欢的女生求护身符，吹风受了凉，回来发烧迟迟不退，影响了发挥。后来据说那个女生考得不错，他觉得自己复读丢脸，也不好意思去跟人家表白，再后来不知怎的那女生突然间和他断了联系，他以为她有了新生活，也就没去打扰了……不过就算到现在，小赫的口风还都紧得很，他老同学里没一个知道那女生是谁。我心里还想呢，要是有机会见到那姑娘，一定要好好看清楚，到底是谁这么有本事，比过了我优秀的女儿……”

六年前的寒山寺，赫成哲求了两张护身符，本想保佑我们高考顺利，读同一所大学，却阴差阳错地因此受寒大病一场，发挥失利，复读一年后考去了北京。

我们的生活从此分道扬镳，而直到我确定要去温哥华，我才了解到他这份迟到多年的温柔。

那时候，我总觉得一切都太迟了，而现在，我也依然觉得，好像什么都来不及。

我总感到害怕。

“妈妈，我到底应该怎么办？”我慌张地抬起头，眼里蓄满困惑的泪水。

“这是你的感情，”妈妈摸摸我的头，“所以你要自己做决定……妈妈唯一的意见是，你要听从自己的心，而不是只靠大脑做决定。”

那个晚上，我久违地和妈妈睡在同一张床上，月光照进来，我忽然回忆起小时候，爸爸去世后，我也爱缩在妈妈的怀里，仿佛天塌下来，也不会害怕。

这是我铁血世界中唯一温暖的港湾，我没有想过，有朝一日，我会突然失去它。

【8】

赫成哲打来电话时，我还在北京。在和宁彦友好地道别后，我接到公司的命令出差。

电话响起时，我刚走进那场旗袍展的会场。

“阿姨出事了，你赶紧订票回苏州！可能是最后一面！”静谧的展览厅内，赫成哲的声音像奔流的洪水，冲垮我最后的理智。

除非真正与死神面对面，否则你永远不会知道生命的善变与无常。

妈妈突发脑出血，医院联系我时，我在飞机上，手机关机。而赫成哲之所以知道，则是因为他在上次妈妈昏倒后给邻居留了电话，说如果妈妈有什么事，记得联系他。

就这样，妈妈昏迷的三天三夜里，都是赫成哲陪我守在病床边，摒弃关于过往的纠结，在这一刻，他成了我唯一能够放心依靠的人。

前两天，我还不时流泪，到第三天，妈妈的心跳越来越微弱，我终于不哭了，仿佛已经接受她即将离开我的事实。

“赫成哲，”我弓着身子，将头埋在胸前，“我走的那天，妈妈还来给我送了早餐，薄皮馄饨，我最喜欢的荠菜馅，我没想过，我真的没想过……”

我能感觉到一双手正轻轻地，轻轻地抚摸着我的头发，就像抚平了多年来，我心底最深的那道伤痕。

凌晨时分，妈妈原本毫无知觉的手指开始微微活动，我惊喜地从陪护床上起来，跌跌撞撞地跑过去，试图握住那只手，但床上闭着眼睛的人，却将我的手缓缓按在了另一只手上。

那只手属于赫成哲。

而监视器上，妈妈的心律渐渐过渡为一条毫无波澜起伏的直线。

一周后，我在整理妈妈的遗物时，看见了赫成哲送我的那件旗袍。

还记得那一年，我偷偷用金线将我与赫成哲的姓氏 M&H，绣在花团锦簇的牡丹里，我不知道他发现了没有，但当时光过去，隔着岁月温柔的窗棂，我回头，依然能感受到扑面而来的哀愁。

展开旗袍，一张字条忽然跌落在地。

“人生好与坏都会发生，不要害怕，记得，妈妈永远爱你。”

这张字条应该早已经放在那里，或许是我回国时，又或许是……我不知道，此刻我只想在赫成哲的怀里大哭。

生命里，我无数次有过这样的冲动，但只有这一次，我做到了。

“赫成哲，我很喜欢你，这是真的，我也很害怕，这也是真的……但我想试一试，不再害怕，你说好不好？”

“好。”眼前这个人，含着泪笑了。

【尾声】

后来我曾问赫成哲，当年我拨过去的空号是怎么回事，他正在挂新家的窗帘，想了想，闷声闷气地回答：“那天我陪室友去营业厅开新号，正好看见有你生日尾数的号码，就头脑发热换了，还没来得及广而告之呢……”

“那我去杭州找你的时候呢？”

“手机没电！你不知道现在 iPhone 电有多不耐用吗？！”

他气急败坏的模样把我逗笑，也是，命运有时就是这么叵测，你需要做的，是给自己多一点耐心，与勇气。

对了，下周我们就要一起去旅行了，虽然我依然害怕有朝一日我们会结束，但开始过再结束，总好过从未开始。

闲梦远，南国正月圆

创作手札:

是我个人比较偏爱的一个故事。

故事中的两个人都有着玩世不恭的可爱和关键时刻近乎残忍的理智。

如果不是在特殊时期相遇，一定是对快活的神仙眷侣。

但如果不是在特殊时期，他们也不会相遇。

有时命运本身就是一种悖论。

结局林之夏去做身体检查的举动出自我偶尔的被害妄想症。

如果有一天我选择离开谁，是不是因为我即将死去？我不止一次如此想象过。

如无法手掬一轮明月，不若长记心间。

【芳春、炎夏、清秋、隆冬，四季并不因我们的分离停滞。】

与他分开的第四年，我终于学会如何在每个顾客稀少的午后自娱自乐。

一把躺椅，一台空调，一台电视，时常是窝在药店的椅子上看着综艺节目入睡，再被空调送出来的凉风冻醒。

生活过得十分平静，只因这店面太小，统共只有我们一家人操持，没有所谓的员工纷争。偶尔会有隔壁店的大妈特地过来拉家常，因为我一贯冷口冷面，提不起兴趣，久而久之，人家也再不愿搭理我。

我恰好乐得清闲，高兴了翻翻闲书，不高兴了蒙头大睡，一天很容易过去。

说实话，近一千个日夜过去，我已不大记得他的脸，眉毛偏浓还是略淡，笑起来嘴角有没有上扬，眼皮是单还是双……我告诉自己应当忘了，于是时日一久，就真的忘了。

芳春、炎夏、清秋、隆冬，四季并不因我们的分离停滞，依旧如期更迭，但我已甚少想起他。最近一次记起，还是在两个月前某个看店的深夜。

犹记得那是个周末，某档打着相亲交友栏目招牌的周播连续剧很好看，我正专注地数着屏幕中女嘉宾们剩下的灯盏，一个小姑娘突然推门走了进来。

我的兴致被陡然打断，不由得抬起头打量她。

不过是十来岁的年纪，乌黑的头发束得一丝不苟，穿着的居然还是我念过高中的校服。

我顿时觉得有些亲切："请问你需要点什么？"

"避孕药、验孕棒……或者避孕套？什么都好，打包起来，我都要！"小姑娘语出惊人，可渐红的脸色却将她出卖，明明是个乖乖牌。

我站在原地未动，似笑非笑地望着她，她大约被我不上心的神态激怒，变得语无伦次："我，不对，你……你为什么不动？没有听清楚我的话吗？"

她面色潮红，我愣了愣，示意马上给她配齐。

男生冲进来时，我正将一堆物品的货号往电脑里输入。待他看清柜台上摆放着什么，脸色霎时间转暗，拽住小姑娘的手不由分说："你跟我走！"

那小姑娘倒也倔强得很："不要，你不要管我！"

我按着键盘的手颤了颤，心中有几分喜悦又有几分担忧。喜悦的是今日终于得见所谓的狗血真人秀，担忧的是若这男生迁怒于我，把我这店子拆了就不大好了。

所幸我担忧的事并未发生，在我将袋子递出去前，那男生便甩了小姑娘一耳光，低声吼道："除了这种三流办法，我们就不能努力点，证明给你爸爸看？我是真的喜欢你！"

又是一出棒打鸳鸯的戏码，我默然，小姑娘却仿佛大梦初醒，揩揩脸上的泪，不说话了。

男生抓准时机牵住她的手往门外走，临到门口，像急于撇清什么似的梗着脖子回头看我："我们什么也没有！"

我握着袋子哭笑不得，等到他们走远了，才转身将那堆东西重新塞进玻璃柜。

恍惚间记起我与他之间是从未有过这样激烈的剧情的，也是，当初若有，今日或许就不是我独自一人了。

【或许也正因为我无法在最好的时光遇见他，我们之间的事，才会一再蹉跎，直至无路可走。】

遇见他那年我十八岁，父亲当时是矿厂的工人，母亲在制药厂也有自己的工作，我们家大概是邻里公认的平凡却美满的那类。

可不知是谁说，但凡太幸福，总是难长久，真是一语成谶我刚升上高二没多久，父亲便在矿上因工出了意外，被砸断了左腿。

他穿着那身染血的工作服回家时的样子我是无法忘怀的，彼时母亲还在屋里炒菜，见他面色苍白地推开门，锅铲就真如同电视里说的那样——“啪”的一声落在了地上。

陪伴父亲回来的是他的老同事，论辈分，我应当叫一声“钟叔”，钟叔一边帮瘫坐在沙发上的母亲擦药油，一边催促我快些收拾好东西再回医院：“本来需要立即住院的，琪琪你也知道你爸爸，顽固得像头牛，我死活说不动，只好带他一起回来了哎，你赶紧的，再不住院，我怕……”

钟叔话未说完，母亲的脸色又惨淡了几分，我正好拿着存折走出里屋，扶住她的肩：“我们这就走。”

父亲在医院一住就是三个月，出院那天，母亲也正式丢掉了她的制药厂女工的工作。没有厂长愿意接受一个频频请假的工人，何况她与自己并不沾亲带故。

进家门时我可以明显感受到父亲身体的孱弱，以及与他的孱弱极其不相称的震怒。他试图用左腿踹开那门板，却因为疼痛而不得不放弃：“卓跃明那个老混账……还没有送钱来？”

母亲的嘴皮刚动了动，试图安抚他，就听见他恨恨地骂了句：“老子跟他拼了！”

父亲的话自然是不能当真的，一个失去左腿和工作的男人，如何有本事真和自己的老板动手？可这并不妨碍母亲叹了一夜的气。

而听着母亲的叹息，我亦难以入眠。

隔着时光的长河回望，其实他出现的时机并不好，至少不是最好。或许也正因为我无法在最好的时光遇见他，我们之间的事才会一再蹉跎，直至无路可走。

那天正好有一节体育课，我因为失眠而精神不济，老师组织练习三步上篮，我干脆谎称肚子痛，坐在一旁的草地上养神。

他来的时候悄无声息，直到走到离我很近的地方，才不轻不重地拍我肩膀："喂，你是不是林之夏？"

阳光很好，空气里甚至浮动着几许草的味道，我渐渐回神，抬眼看他，却因为逆光，只能隐约看个轮廓。

他忽然塞了一个牛皮信封给我，我先是困惑，而后托在手上掂了掂，瞬间明白过来："你叫什么名字？"

"卓然。"他笑起来，嘴角微微上扬，眼睛眯成一条细细的线。

【又或许他说月亮是方的，我都会相信。】

可父亲的心情却并未因为那一只信封好转，三千块的现金，父亲抽出来，又重重地掷在饭桌上："三千块想打发老子？！没门！明天你去跟他儿子说清楚，要是不把全部的医药费交出来，老子就让他断子绝孙！"

因为没有病愈的关系，父亲的脸色十分苍白，咆哮起来也不过是架势唬人。我并未上心，倒是母亲端着汤盆从厨房走出来，忧心道："他是老板，你不和他好好讲，怎么能拿到赔偿……"

"他躲到现在，哪里想要赔？！"听见母亲的话，父亲愤怒地一推桌子，试图站起来。

可他终究遗忘了自己是少了一条腿的人，怎可能如常健壮，只听"咚"的一声，伴随着父亲的狼狈摔倒，母亲终于剧烈地抽噎起来。

我终于决定去找他，不是因为己愿，而是情非得已。家中的存款悉数用光，父亲还需要源源不断的药物支撑，三千块实在是杯水车薪。

我请班里的百事通喝奶茶，要到了他的电话号码。百事通因此好奇心旺盛：“你看上了那个富二代？”

我摇摇头：“有点事。”

这个回答够做作，她嗤笑一声，不再搭理我。

我不介意她的腹诽，在很小的时候，我便知道，太过在意周遭的眼光，是一件十分辛苦的事情。

当天趁着晚自习下课，我躲在厕所里拨他的电话：“喂，是卓然吗？”

那头的人很明显愣了片刻，问道：“你是？”

我无心让他猜，单刀直入：“我是林之夏。”

听见我的名字，他笑了起来：“找我有事？”

“有事，”我顿了顿，补充道，“你现在方便吗？方便的话我过来找你。”

他报出的地方出乎我的意料，我不明白学校废弃的小操场能有什么乐趣，以至于让他深夜还流连忘返。

可我还是去了，因为我必须给父亲讨一个说法。

远远的，我便看见那生了锈的双杠旁靠着一人，隐约还有火光在指间明灭。他不是我见过的第一个抽烟的人，却是我见过抽烟姿态最闲适、最好看的。

看见我来，他慢慢掐了烟头，扬起眉：“你找我有什么事？”

我直视他的眼：“钱不够，我爸爸的药费还差很多，其余的什么时候能补齐？”

我的声音很平静，他打量了我几眼，重新点燃一根烟：“估计有点难，那三千块其实是我这个月的零花钱。”

然后我们都不说话了，这夜无风，月色却扰攘，我站得腿发麻，干脆蹲下：“你一个人待在这里做什么？”

“看月亮，”他吐了个漂亮的烟圈，“这所学校里，就属这里看到的月亮最圆。”

其实不管站在世界的哪个角落，看见的月亮都是相同的，可他的话却真有这样的魔力，又或许他说月亮是方的，我都会相信。

那天自然是空手而归，打开门时，父亲正坐在沙发上饮酒，四块钱一瓶的二锅头，我一愣，猛地抬头看着母亲。

母亲的额头还有血痂，见我目光灼灼，声音渐低：“我劝过你爸爸，他不听，一推我，就……他心情不好，不是故意的。”

我顿了顿没接话，准备回房，刚走到门口，那酒瓶便重重地摔过来：“你给老子要的钱呢？！”

【最哀痛时其实不会哭。】

父亲后来又逼问过我几次，我统统回以沉默。我不愿去找他，不仅因为深知此举无用，更是因为一些难以名状的情绪。

其实后来我又撞见过他几次，可我们再没有交谈过，走得最近的那次，他从我身边经过，是和身边的女生笑闹不断，我高昂着头与他错身而过，连头都没有偏一下。

也就是当天傍晚，父亲终于受不了我拖拖拉拉的要钱态度，决定亲自杀去卓跃明的家，讨个公道。

父亲走的姿态实在决绝，母亲哭着求他，他都无动于衷，眼看他拄着新拐杖一瘸一拐地要冲出家门，母亲终于心一横，扑上去，却不想还是被父亲无情地掀翻在地，额头撞在墙角，立时晕了过去。

那大概是我第一次真正生气，因为他不问青红皂白的迁怒。母亲尚且躺在地上神志不清，他却还是孤注一掷地摔上了房门。

待他离开，我赶紧过去探了探母亲的鼻息，还好，十分均匀。我掐了一下母亲的人中，见她渐渐睁开眼，才冲回卧室给钟叔拨了个电话，拜托他务必要拦住父亲。

父亲当晚铩羽而归，这个结果多少是可以预见的。就算没有钟叔的从旁阻拦，他的行程也不见得会顺利。卓跃明是冷血市侩的商人，不纠集一帮人将他揍得体无完肤，已是最大的恩慈。

可当父亲满面菜色，喘着粗气，被钟叔架回来时，我还是止不住一阵冷战。

那夜母亲被赶出卧室，这场驱逐的代价极其惨重，包括母亲被台灯砸烂的额头，以及半扇摔得粉碎的窗户。

母亲埋在我怀里嘤嘤抽泣，我找不到安慰的措辞，只好陪着她一起落泪。然后等她逐渐平静、入睡。

发现卧室里安静得异常是在凌晨，我起夜，猛然意识到父亲居然没有如往常一般发出响亮的鼾声，浑身一个激灵，推门而入。

凌晨的冷风灌入坏掉的玻璃窗，父亲高高吊在房间的天花板上，如某种脱水的植物，我呆呆地望着眼前的一切，尖叫起来。

后来发生的一切尤如噩梦，我和母亲终于合力将父亲放下来，发现他仍有微弱的鼻息，赶紧拨了急救电话。

好在救护车及时赶到，坐在拥挤的车内，听着旁边母亲的哭声和医生的说话声，我只觉得灵魂正一点点从自己的身体抽离。

最哀痛时其实不会哭，我陡然间意识到。

【我就喜欢你这点直接，直接得够残忍。】

父亲天亮时脱离了危险期，听见医生宣布这个信息，母亲“咚”的一声跪倒在走廊。

护士们赶紧围上去安抚她，望着她们忙乱的背影，我扶着走廊的墙壁，缓缓地朝尽头的厕所走去。

他的电话在漫长的忙音后终于接通，听筒里，声音似乎还裹挟着浓浓的睡意。我却已无暇顾及这些，一字一顿道："帮我转告卓跃明，如果他今天上午十点之前不能出现在这里，那么出现的就是各家报社的记者……我是认真的，不然我们可以试试看。"

卓跃明出现在医院时，母亲刚刚因为疲惫趴在床沿上入睡。我抬起头冷眼看着眼前这个西装革履的商人，伸出一只指头："一次性付清，不然我就找媒体记者了，你也不想把事情闹大吧？"

他看着我，渐渐笑起来，嘴角挂着一抹促狭："你今年多大？"

我梗着脖子恶狠狠地瞪着他，他的笑意却逐渐加深："别误会，我没有别的意思，钱我会在今天下午让人送到，我只是想说，林海峰这个没头没脑的傻帽儿，竟然能生出你这么个女儿，真是走了狗屎运。"

说罢，他转身离去。

卓跃明走后很长一段时间，我都没能从他的话中回神。

不知在窗前站了多久，一个听上去有些熟悉的声音突然打断我的思绪："你很厉害嘛，竟然能从那老狐狸手中要到钱。"

我错愕抬头，就看见他扶着病房的门框对我撇嘴微笑："你还没吃饭吧，我特地来请你吃早饭的。"

"滚。"那是我第一次对他说这样的话，却不是出于愤怒，而是因为疲惫和恐惧。是的，天知道，刚才我究竟有多么害怕。若卓跃明真的拒绝，我或许并没有口中所说的那种勇气，抱着必死的决心与他斗到底。

可他却完全无视我浑身散发出的戾气，慢慢往里走，顺势将房门带上。

母亲和父亲依然在熟睡，我不希望过大的响动惊醒他们，只好不断用嘴形示意他让开。然而他视若无睹，只是不由分说地将一只手按在我的头上："你啊……"

他的话语极尽亲昵，我却一阵无端的恶心，神经质地弹开，压低声音对他咆哮："少来这套！"

我的话音刚落，他便轻笑起来，末了，漫不经心地点点头："我就喜欢你这点直接，直接得够残忍。"

【不是所有世仇都能谱一曲罗密欧与朱丽叶。】

我不是几岁的孩童，自然不会轻易相信他的话。眼见母亲动了动，他终于有所顾忌，放弃再与我交谈，识趣地退出病房。

临带上门，他忽然转身："林之夏，我是认真的。"

是，认真地耍我。我刚想发作，却突然记起今天还好是他肯帮我传话，这赔偿才有着落，只好强压着怒气好脾气地回应："是是是，你是认真的，今天谢谢你。"

他没有再与我多言，我也没有继续招惹他。也许用时下流行电视剧编剧们的眼光来看，我们是最适合凑在一起的一对，但生活到底不是电视剧，不是所有世仇都能谱一曲罗密欧与朱丽叶，我永远不会傻兮兮地去到他身旁凑热闹。

时间一晃便是半个月，这十几天里，卓跃明终于没有食言，将钱悉数送了过来。结清了积欠的医药费，母亲顿感轻松，见父亲身体恢复得差不多，便忙活着准备出院。

我们坚定地认为生活能逐渐回归正轨——至少在出院后的第一个星期里，我与母亲都是这样想的。

可当父亲第八次应聘失败，满脸怒气地推开家门时，我才终于意识到，这样的想法有多么愚蠢。

父亲是一个男人，一个曾可以撑起这个家的男人，然而这个男人却忽然失去了他赖以支撑生命的一条腿，这样的打击几乎是毁灭性的。

那天的晚饭吃得极其沉默，母亲小心翼翼地不去提及应聘的事，却依然不能阻止他的暴戾。盛在碗中的汤太烫，他喝过一口，重重地摔在地上：

“你想烫死老子啊！”

汁水如大颗大颗浑浊的眼泪，溅在母亲的脸上，母亲不由得发出声声惨叫，脸上慢慢出现触目惊心的红痕。

“你当初怎么没死！”我终于忍不住摔碗，指着父亲的鼻子颤声道。

顶嘴的代价极其惨痛，我被他的拐杖重重戳在背上和腿上，很快便是乌青一片。母亲不敢拦他，只是呆呆地重复着“不要”，痛感渐渐蔓延至全身，我摔门离去：“我说得没错，你当初死了才清净！”

所有哭声和骂声都被阻隔在一扇房门之内，我大口喘着气，良久，才发现眼前一片模糊。

我就这样毫无知觉地在街上走，绕过熟悉的街区，店铺，直到鬼使神差地走进学校，来到那废弃的小操场，才慢慢回了神。

他就那样站在那里，像我第一次见到他时那样，我冲他挥挥手，指指头顶：“你又在看月亮？”

“是啊。”

【那你去死。】

我们开始谈恋爱，又或者说，我勾引他开始跟我谈恋爱。无论哪一种说法都好，我不介意别人怎么看我，因为在吻他时，闪过我脑海中最刺激的画面无非是，父亲那张惨绿的、恨得咬牙切齿的脸。

果然，没有什么是比自己女儿和毁掉自己人生的人的儿子在恋爱更具有杀伤力的事了。

我们在一起后我从没问过他别的女朋友的事情，因为我不爱他，这种芝麻绿豆大点的小事自然就变得不值一提。

可他却好像喜欢上跟我计较：“你和你那个男同桌一天说话不准超过二十句。”

“为什么？”

“因为我会嫉妒。”他得意地笑起来，样子十分好看。是的，擅长撒谎的人天生这样，就算你明知道是被骗，也会不忍心动怒。

所以我认真地敷衍他：“好的，好的。”

我们在一起的第三个月，他开始明目张胆地出现在我家附近，然后大摇大摆地打进电话：“喂，林之夏，你出来。”

明明是祈使句，到了他嘴里，就少了几分惹人嫌的颐指气使。我通常是顺手披一件小外套，谎称要去倒垃圾，便往门外跑。

母亲顶着一脸父亲造成的新伤拽住我的手：“你最近怎么老倒垃圾？还那么晚回来……”

我避开她灼人的视线，望着她身后沙发上烂醉如泥的父亲，冷漠道：“没事，我一会儿就回来。”

家中的房子是一楼，他真的就敢站在我卧室的窗户外抽烟，见我拎着塑料袋出来，掐灭烟头笑道：“下次我把我家的垃圾带给你好了，你这么喜欢倒垃圾……”

他的话还没说完，一个吻就落下来，我正要闭上眼，就听见房间里再度传来了哭喊和摔东西的声音。

他顿了顿，我却轻声答：“没事，我们继续。”

父亲发现我们的事那天是个周五，我知道他在家无所事事，习惯每周五下午去街心公园和退休老工人杀几盘象棋，于是故意约卓然在那个时间到公园见面。

父亲经过我们身边时我正肆无忌惮地坐在石凳上与卓然接吻，像是一场盛大的表演，愈是惹人眼光，愈是投入。

父亲是回了几次头似乎才确定那人是我，当即拄着拐杖冲了过来。

当那拐杖重重地砸向我身上时，我灵巧地闪开，就看见他望着卓然的脸逐渐变得惨白。很显然，他认出了卓然，为卓跃明工作了这么多年，倘若不认识他家的小太子，也太不合情理。

“你敢！你竟然敢！除非老子死，否认你们休想在一起！”他猛地转过头，指着我的脸骂道。我愣了愣，然后笑了：“那你去死。”

【当你分不清一个人的话的真假时，最好是什么都不要相信。】

后来，父亲终究拼尽全力地将我扭送回家，而卓然，则被卓跃明派来的人带走了。

父亲在电话里讲的那句台词像极了某卫视八点档：“哈哈哈，你儿子和我女儿竟然在一起了，你活该！”

伴随着父亲的笑声，我在心中也冷笑起来，转头骂道：“你也活该！”

然后，我再度为我的那句话付出了惨重的代价——母亲根本阻挡不住暴怒中的父亲，当他生生将我的小腿骨敲断时，我终于听见了由始至终逆来顺受的母亲说：“你要是打死她了，我们两个就一起给她陪葬！”

我没料到母亲会这样说，良久，眼泪终于大颗大颗地从眼眶中跌出来。原来我所谓的报复，到头来受伤害最深的，竟是母亲。

何其愚蠢。

当天夜里，我便被送往最近的医院，医生指着父亲一顿臭骂，老半天才肯住口，说还好问题不大。母亲瞬间喜极而泣。

经过半日的折腾，我累得全身发僵，无奈小腿打了石膏，连翻个身都是奢想，母亲拽着父亲上街买晚饭，留我在病房里翻看护士好心借我的杂志。

他来时病房空无一人。

晚风隐约透着股热气，他站在门口久久未动，我不解地望着他，见他脸上还粘着创可贴，不由得笑出来：“为偷跑出来挂彩了？”

他没回答我，自顾自地往里走：“你怎么这么不小心？”

我看不清他的情绪，本来，我便从没了解过他，我们在一起像一场游戏，我是个三心二意的玩家，或许，他也是。

他的脸在慢慢逼近，热热的气息喷在我的脸上，我觉得痒痒的，下意识地将脸别开，他却固执地用手扳正，然后吻下来："不准笑，我是真的生气了。"

他从没有用这种调调跟我说过话，我伏在他的怀中一愣，而后答道："我知道了，下次我一定跑快点。"

一时间我们都没有说话，我的心变得有些慌乱，然后下一秒，又镇定下来。是的，当你分不清一个人话的真假时，最好是什么都不要相信。我这样告诉自己。

我小腿拆下石膏时，他家竟发生了一件大事。可说来好笑，这事并非他亲口告诉我，反倒是我经过自家小区的公告墙时，无意间瞥见的。

我这才记起，原来自那天他来医院看我，已经有几十天过去了。

那通缉令上他的模样和如今相差很大，或许已是几年前拍的，我愣了几秒，才确定是他。我不知道卓跃明为何一定要做到这个地步，就算他私自带走了家中的钱，也实在不用为自己的亲生儿子冠上偷窃的罪名，弄到尽人皆知。

我将那张纸顺手撕下，对折，塞进了裤袋里。

当晚父亲照例又是大醉，醉了便满嘴脏话，他不敢动我和母亲了，至少暂时不敢。不是因为他不愿，而是因为他的伤口又出现些问题，总是这样时好时坏，再多的药物也无用。

我坐在沙发上面无表情地看电视节目，看到爆笑处，撇撇嘴，依然无动于衷。

他的电话拨进来时我愣了愣，起初还以为看错名字，后来又响了几声，我才接起。

没想到他的第一句话竟是："你有没有想我？"

我们约在上次的公园见面，他还是穿着上次来见我时那件衣服，我笑话他："拿了家里那么多钱，也不换件新的？"

他一愣，旋即笑了："你知道了啊。"

他没有打算跟我解释那几十万是如何弄来的，不过就算他不说，我也知道卓跃明该有多震怒，自己养了十多年的孩子竟反口咬伤自己，也不是不寒心。

我们说着些不着边际的话，他问我伤势好得如何，我回答差不多了，他顿了一下，继续道："不如我们私奔吧？"

这是我活过近十八年，第一次听见有人约我出门。不是春游，是私奔。他越过好听的情话，直接和我约定终生。

天上的月亮那么美，我仰头微笑："好啊，不如就今天吧。"

回家我便开始收拾行李，母亲已然睡下，父亲双眼迷蒙地看着电视节目，见我拖出旅行袋，也不过深深剜我一眼，没有问。

我两手一震，紧接着利落地带上房门。

【这是你最后的机会了，是要振作，还是永远失去这个完整的家。】

小城的火车站在这非休息日的时间里旅客少得可怜。他买了最近一班开往杭州的火车。我拿着车票在他眼前晃："为什么是杭州？"

"你说过你喜欢的。"他头也不抬，喝着手中的饮料。

我心中一沉，我什么时候说过？又或许我是跟他说过的，可是究竟说过些什么，早就不记得了，我以为他也应当不记得。

适时、及时的失忆，不才是花花公子应该做的事？我突然间如坐针毡。

离我们的火车进站还有一个小时的时候，他开始检查自己随身带着的东西。手机、钱包，再没有别的了，然后他忽然转头问我，你还有什么要做的事情吗？

我握着行李袋的手一紧："我想去厕所。"

然后我起身，再没有回到他身边。

如果把时光往后推迟个三五年再问我，你会不会和他一起走，我想我还是会留下来。因为从一开始，我就没有打算走。在将那封信塞进我带去的行李袋时，我便轻声告诉自己，这场游戏要结束了。

我直接折回家里找到父亲。

宿醉的他还在卫生间洗脸，水声哗哗，我两手空空地靠着墙壁，一阵愣怔。

当他摇摇晃晃地从卫生间走出来时，我终于举起手，用力地甩了他一耳光："这是你最后的机会了，选吧，是要振作，还是永远失去这个完整的家。"

他站在原地没动，目光呆滞得如同罹患重症的老年人。我将手中的火车票在他面前狠狠晃了晃："还有二十分钟，你做决定。"

这一次，他似乎终于明白我在说什么，于是大声咆哮起来："你敢！"

"我怎么不敢，你敢这样继续下去，我就敢走，和他走！"

那是我们之间最长的一次沉默，我静静地凝视着眼前这个人，这个我曾经敬爱的、心疼的、发誓要永远照顾的人，他慢慢、慢慢，躬下身去，浑浊的眼眶中溢出了清澈的泪水。

这一刻我知道，这场游戏，我终究是赢了。

【闲梦远，南国正月圆。】

那之后有很长一段时间，我失去了他的消息。想来他是如我所愿看见了那封信，明白我别有用心，所以放弃单方面继续这场游戏。

我不敢肯定我的想法一定对，但只有这样想，我才会觉得好过一些。

高中毕业时家里换了一套小一些的房子，用赔偿金和多出来的房款租了个门面开始卖药。我不知道这个世界上的病人是不是真的如此多，可是药房的生意一直不错，很多时候，我都可以听见父亲小声和母亲抱怨，说累得他腿痛。

这样的抱怨是甜蜜的，我时常是看着他们互相扶持的背影，偷偷笑出来。

在我二十岁的春天来临之前，我参加了城中的一个天文兴趣协会。我之所以会去参加，是因为他们实在业余得很，打着观测的招牌，理所当然地相亲，还乐此不疲。

我对恋爱没兴趣，但我喜欢赏月。他们摆弄着一堆专业器材研究天王星，猎户座，我便独自搬个板凳坐在一旁，看不需要技术也能观赏的月亮。

但我却再没有见到过与他初见那天那般圆满的明月。

他回来这座城市的时候悄无声息。还记得那是个周五，我和一群爱好天文的相亲狂聚会完赶回药店，他的吉普车就停在我的店门外。

"好久不见。"他笑起来，嘴角微微上扬，一如当年。

他的笑容让我恍惚，以为自己回到两年多前肆无忌惮地同他在一起的岁月。我握着卷帘门的钥匙站了很久，才清清喉咙邀请他："进来吧。"

他一共在这座小城待了三天，七百多个日夜过去，他已不是归人。从他的言谈中我得知他还是没能和卓跃明和好，只是卓跃明已撤销对他的控诉——到底还是血亲。

他在这里的最后一个晚上，我在店中请他吃晚饭，他首次跟我提及自己的故事。原来每个人的青春都蹉跎，母亲早逝，他总和年轻的继母不对盘。

"不管你信不信，那时候我偷了钱，说要带你走，除了和家里赌气的成分，还有一部分是真的，真的想和你走。

"后来我还回去了大部分的钱，留下一小部分在杭州做生意，这次回来，是因为他病了，说要交托家里的生意，可我还没有做好准备回来。"

他端起汤碗的模样依旧帅气，我放下筷子问他："为什么？"

"因为我还想带你走，这一次，你会不会走？"

我与他都明白，走不走不过是借口，这是我们之间的暗号。他是在问我，敢不敢爱他，即使与至亲为敌也在所不惜地爱他。

可我终究不是那种豁得出去的女生，我自私，更贪恋家庭的温暖与世俗的完满。

我笑着摇头："不会。"

他的眼帘终于低垂："其实我恨过你，因为那时我真的爱你。"

后来我们就真的再没有见面。然而在他回去杭州的当天，我独自醒来的那个清晨，我却忽然觉得自己病了，快要死了。

是的，电视里都是这样演的——女人之所以拒绝自己的恋人，是因为自己罹患绝症。人之将死，希望他找到幸福。

于是我一个人去医院做全身检查。

检查项目的清单很长，但结果只指向一个，那就是我十分健康，健康得该大声欢呼，感激上帝。

可我不快乐，握着检查结果从医院走出来时，我的眼泪终于从干涸已久的眼眶跌落出来。

是的，在那些别有用心的游戏时间里，我曾那样不动声色而绝望地爱过他。可这世界，真的只有少部分人才有幸随着爱情云游四方，大部分人还是会如我一般，随波逐流，静静生活，直到垂垂老去，直到终于忘记他的脸。

说来灰心是不是？可是没有关系，今生虽再无法共他畅游终老，但此刻我至少还可以自我慰藉——

如无法手掬一轮明月，不若长记心间。

谁说叹息桥下接吻能永恒

创作手札:

颜乔这种女孩子，说真的，我很难讨厌得起来，因为她把个性中的好与不好都摆在明处。

比表面上云淡风轻，暗地里拼命捅刀子的那种人，可爱一万倍。

我向来是个蛮直接的人，情感上也更偏爱这种爱憎分明的角色。

虽然这本质上也不过是个爱而不得的狗血爱情故事。

不得不承认，有时传说不过为传说，一腔执着终抵不过复杂的人心。

人这一生，究竟要做多少错事，才能做对一件呢？

【楔子】

“陈染你给我滚开！”

“少装了，你要的无非是这个！不论过多久，我能给你的，也只是这个，你记牢了！”慢慢松开托着颜乔下巴的手，陈染冷笑着推开车门，独自走入漫漫车河。

不知何时，红灯熄灭，绿灯重新亮起来，然而直到身后的车主们纷纷不耐烦地按起喇叭，趴在方向盘上的颜乔都没有半点要发动引擎的意思。

“这位小姐，你疯了吗？大家都在赶时间！”

“小姐，你听得到吗？你没事吧？”

“小姐，你再不开车的话我们就要打电话联系交警了！”

……

厚厚的窗玻璃将外面的种种人声阻隔，颜乔绝望地抬起泪湿的脸，才发现自己的车早已被不明真相的群众团团堵住。

不远处依稀响起了刺耳的警笛声，想必有过分热心的人真的报警了。颜乔忽然觉得可笑至极，为什么他们之间的事情总会被自己弄成一团糟？

过去是，现在仍是。可这或许都不算什么，世界上真正令人寒心的不是所有人都与你为敌，而是你最爱的那个，他其实从未和你并肩站在一起。

从未。

【1】

颜乔认识陈染时，还是意气风发的十八岁。新生大都生涩，觉得大学生活新鲜有趣，但颜乔却是个特例，她对大学生活全无期待，而其中很大一部分原因，则是在就读附属高中的三年里，她曾无数次大摇大摆地走在这所校园内，只为了去找她的校董老爸拿零花钱。

遇见陈染的那天也不例外，才完成新生报到，颜乔准备去找爸爸撒个娇蹭点额外的零花钱，没想到一不小心在走廊里撞到了来申请助学金的陈染。

当天陈染穿了件洗得有点旧的白衬衫，配上学校刚发的迷彩裤，本是一身非常普通的行头，穿在他身上，却变得说不出地好看。

颜乔到底还是刚成年的小女生，一颗小心脏无法免俗地扑通扑通，说起话来都不大利索："对、对不起。"

然而此刻陈染却全无心思应付眼前这个脸红到都已垂下头的女生，因为在他心目中，眼下自己能否申请到这一年的助学金才是最重要的事。因此他只是敷衍地点点头，继而径自往前面走去。

陈染这样的举动在颜乔眼里多少有些侮辱人，作为从小被人捧在掌心里的公主，她实在无法说服自己忍受一个异性如此赤裸裸的忽视。

向来想到什么就做什么，颜乔毫不犹豫地追上去，拽住了陈染的衣摆："那个，我都跟你说对不起了，你起码也应该说声没关系吧？"

见颜乔揪住自己不放，陈染有些哭笑不得："没关系。"

"不带你这么勉强的！"见对方答得如此爽快，颜乔顿生不悦，不自觉地嘟起嘴。

如此，陈染才真正打量起眼前这个女生。不同于很多刚入校的质朴新生，她已经学会了恰如其分地打扮自己，并且由衷地说，打扮出来的她，看起来确实很漂亮。不过这又如何呢，从她身上价格不菲的 T 恤和牛仔裤就能看出来，他们永远不会是一路人。

而就在陈染已在内心划清两人界限时，颜乔仍是满脑子少女意气：眼前的这个人怎么可以敷衍自己？要知道爸爸都没有敷衍过自己！

思及此，颜乔心中难免又生龃龉，伸出一只手在陈染眼前晃：“喂，我是颜乔，你叫什么名字？”

陈染一愣，下意识地拒绝回答：“与你无关。”

“喂！”

“没别的事的话，我先走了。”匆匆丢下这句，陈染头也不回地朝楼下走去，丝毫不顾及颜乔已铁青的脸。

年少时我们难免被蔷薇吸引，觉得芬芳宜人，颜乔作为凡人，自然难以免俗。然而当年十八岁的她却不知道，蔷薇再吸引人，也仍然带刺，除了芬芳宜人，也很伤人。

【2】

其实不用陈染开口，颜乔很快便知道了他的名字。一寸免冠照片旁边，“陈染”两个字诗意得有些矫情。

“爸爸，这是什么？”小公主颜乔此刻撒娇地挂在爸爸脖子上，指着桌上的申请资格表问道。

“助学金申请，最近几天要核实情况，确定名额。”

“这样啊，其实这个同学是我认识的……”

助学金资格批下来的那天，陈染顿觉轻松不少。不仅少有地和室友开起了玩笑，还特地申请下楼为大家买早饭。

颜乔是在校门口那家煎饼果子店前遇到陈染的，因为听室友苏苏老说这家好吃，她足足努力了三天，才在今早按时起了床。

见到陈染，颜乔差点惊喜地叫出声来，上次的不愉快已经被这漫长的半个月稀释干净，如今她脑子里剩下的也不过是偷偷帮了人的骄傲和能见到他的欢喜。

然而没想到陈染已不记得她，整个买煎饼果子的过程里，她曾无数次往他的方向看，却每一次都希望落空，他甚至连眼睛都没有抬过一下。

买好早饭送回寝室，陈染便早早赶往教室自习。倒不是摆出这个姿态给谁看，而是过去的十八年里，陈染已经习惯了这种好学生的做派，就算两只脚已踩在大学的地盘，一时半会还是很难改掉。所以当旁边早到的学生都凑在一起聊天时，他也不过是翻着书页，听着身旁的嘈杂，却没有一句真正入耳，直到听到自己的名字。

“你们知道不？那天团支部书记去行政楼交材料，结果看到一件很好玩的事情。”

“什么什么？”

“就是陈染那个助学金的申请报告啊，是颜校董亲自交代的哦。你说陈染家境看起来也很一般吧，怎么会认识颜校董那种人，难道陈染是他的私生子？哈哈哈！”

“神经，你八点档看多了吧？不过据说颜校董的女儿也在我们学校，长得很漂亮哦，要是能把到，至少可以少奋斗二十年，你说谁会这么好命啊？”

阵阵嬉笑间，陈染慢慢记起那天在走廊上发生的事，还有那个女生颇傲慢的声音：“我是颜乔，你叫什么名字？”

下一秒，陈染慌忙丢下手中的课本，头也不回地朝门外跑去。

【3】

陈染打听到颜乔的专业和班级时，已经是第二节大课间。颜乔和寝室里的另外两个女孩子站在教学楼的走廊上聊天，看见远远朝自己跑过来的那个人十分像早上看都没有看自己一眼的陈染，不禁自嘲地笑了，这么早就老眼昏花真是没救了！

陈染拍自己的肩时颜乔还在跟苏苏介绍兰蔻的洁面膏好用，一回头，发现离自己不过三十厘米的人竟真的是自己记挂了好久的陈染，差点腿一软，没出息地坐到地上。

“你、你……”张嘴支支吾吾了半天，却一句话都没能说清楚，颜乔不禁有些懊恼。

“你是颜乔？”眼前的陈染用一种难以言喻的眼神将自己从上至下打量了个遍，才压低声音继续道，“你跟我过来一下，我有点事想问你。”

这样的邀请颜乔曾期许了那么久，此刻愿望成真，她早没了小女生应有的矜持，满面红光地拼命点头：“好！”

两人一前一后走到走廊的尽头，颜乔这才发现陈染的脸色并不是自己臆想中的那么好，甚至可以说，有一些阴沉。

顺风顺水地活了十八年的小公主此刻心里难免有些七上八下，难道自己又在毫不知情的情况下招惹了他？而直到陈染徐徐开口，颜乔才总算放下了一颗悬着的心。

对于陈染关于助学金的质问，颜乔答得理直气壮且无辜：“对啊，就是我跟我爸说的啊！你想想，那么多条件相近、成绩好的人，如果我不帮你，机会是不是会减少很多？你凭什么不感谢我，还对我这么凶啊！”

话未说完，颜乔的眼眶里已满是泪水，亮晶晶的，几乎灼伤陈染的眼。活了这么久，陈染还是头一遭看见女孩子在自己面前哭，还哭得如此穷凶极恶，仿佛自己才是罪恶滔天的坏人，可明明就是她罔顾自己的意愿，多管闲事。

其实说到底，陈染也不知道那一年的自己为何对颜乔善意的帮助如此抵触。或许是自卑心理作祟，又或许是别的，他并不能详尽地解释清楚，但他却坚定地以为，就算自己向全世界低头，也绝不能在面前这个看上去楚楚动人的小姑娘面前服一次软——从一开始他对她就是不同的，只是他意识不到罢了。

因而，是又无言地相持了几分钟，上课铃响，陈染终于一咬牙，转身拂袖而去，留下颜乔委屈地站在原地，旷了整整一节大课。

【4】

当晚陈染的寝室卧谈会，话题中心自然摆脱不了最热门的“助学金审批”，陈染这才意识到，原来颜乔说的都是真的，大约没有她的从旁相助，他真的拿不到那个名额，毕竟这个世界上不仅富人很多，穷人也不见得很少。

室友推搡着要陈染提前请吃饭庆祝，嘻嘻哈哈间，陈染突然想起颜乔那张泪眼婆娑的脸，一种柔软的情绪不禁涌上心头。

或许真的是他太过分了，她也许不过是出于好意。可是对于只有一面之缘的人就这样慷慨相助，这个颜乔也真是太好意了吧？陈染虽然没有恋爱过，却曾被告白过无数次，对女孩子的那点心思并不是不明白。可是谁都可以，她不行，颜乔那样的女生，不是他陈染能碰的，这是他的常识，也是他的底线。

默默想了很久，陈染终于在内心做了一个决定。

当陈染再度走到颜乔的面前时，已经是新的一周。上周被陈染莫名责怪的抑郁情绪在周末一通疯狂的大购物中排解得差不多，此刻的颜乔差不多已恢复到当初那个笑容灿烂、没什么心事的样子，直到陈染突然走到自己的面前，拦住自己的去路。

或许是真的修炼不够，颜乔脸上的笑容很快被一脸快哭的表情取代，看上去令人于心不忍。她以为陈染是又要来责怪自己了，耷拉着脑袋不动，只准备等陈染开口时恶狠狠地驳斥回去，反正在她心目中，自己是没有错的。

然而陈染说出来的话却让她几度怀疑自己幻听，因为眼前这个三番五次地无视自己，对自己口出恶言的人，竟然对自己说，你今天放学有空吗？我想请你吃饭。

颜乔原本一张雪白的脸陡然间变得绯红，支支吾吾了很久，才挤出一句：“那好吧，你放学后在这栋楼前面等我。”

陈染大方地说了一声好，便随即离去，余下颜乔拼命掐自己的手，确认自己到底是不是在做梦。如果不是梦中，那个向来对自己没有好感的人，会愿意请自己吃饭？不会是鸿门宴吧！

十八岁的颜乔多少有些口无遮拦，就好像此刻，她根本想不到，自己一句无心的“鸿门宴”会真的应验——在接下来自己期待已久的晚餐时间里，陈染毫不迟疑地拒绝了那份助学金，并正式和自己划清界限：“颜同学对吧？我不知道你为什么对我会多出来那么多关注和帮助，但是我这个人的原则是无功不受禄，那份助学金的申请，我会自己撤回来，以后也希望你不要再对我有多余的好意，我承受不起。”

陈染说这句话时一直看着颜乔的眼睛，颜乔拼命地想在里面找出一点波澜，哪怕真的只有一点点都好，但却仍是失望。

眼前的这个人，是这样的公事公办。而他冷言冷语的模样，几乎可以摧毁她这么多年来坚不可摧的自尊心。

颜乔不懂，她明明得到过那么多男孩子的青眼，为什么却只得到他的白眼？

她不甘心，一点也不甘心，却显得毫无办法，因为在接下来他们基本上没有直接接触的几个月里，系里开始流传着一个新的说法，那就是陈染和政法系一个叫齐思琪的女生走到一起了。

听到这个消息，原本还在和苏苏讲冷笑话笑得正欢的颜乔突然笑不出来了。除非亲眼所见，不然打死她也绝不会相信，那个绝情的陈染会这么快找了女朋友，还是自己听都没听过名字的路人甲。

可一切都是真的，陈染真的交女朋友了，并且那个女朋友也真的叫齐思琪。

【5】

多年以后，当陈染再度回忆起这一段的时候，他想得最多的不是为什么和齐思琪走到了一起，而是为什么自己没能像当初一样，拿出所有的觉悟和决心，和齐思琪一路走到底。

终归，他是不爱她的，却也谈不上讨厌她。他们之间有那么多相似之处，家世、爱好、习惯，就好像古人所说的那样，“门当户对”，他们绝对担得起这四个字。

可是颜乔，那个可恶的颜乔却每每跳出来搅了自己的局，那些他和齐思琪在一起的日子，那个固执的、好看的小姑娘总是阴魂不散，弄得他人心惶惶，有好几次，明明对着齐思琪，思绪却飞得老远，想着那个任性的姑娘此刻是不是又在为了自己咬牙切齿地掉眼泪，就像他们认识没多久的那天一样，明明已经一副快要哭出来的样子，却还是一脸倔强。

然而时间不可倒流，生命以其应有的节奏往前，一步一步，坚韧也冷漠得令人心悸。可陈染还是忍不住回想起那天，如果他没有接受齐思琪突如其来的告白，一切结果会不会不一样，他和颜乔之间，是不是还有几分幸福的可能？谁又知道，当时只道是寻常，蓦然回首，一切早已没了前路罢了。

陈染清楚地记得那是个阴雨天，他和齐思琪仔细算来，已认识了三个月多。在拒绝了颜乔好意为自己争取到的助学金后，陈染开始了四处做兼职的生涯，齐思琪便是他在超市做特卖时认识的。

和颜乔不同，齐思琪的姿色只能用平平来形容。倒不是说她不好看，只是不够出挑罢了。

因为是同一个学校兼同一个年级的关系，齐思琪很快跟陈染混熟，闲暇时两个人也聊聊天什么的，话题从学业到未来计划，陈染不得不承认，齐思琪是个很懂事的女孩子。而当齐思琪问到陈染有没有女朋友时，陈染只是顺口答了一句“没有”，根本没往深处想，没想到转天齐思琪就塞了一封信给自己，脸上不自然的红晕将她彻底出卖。

说来也巧，恰好那天颜乔和苏苏一起去陈染兼职的那家超市买东西，推着一个大推车经过陈染所在的方便面专柜，瞥见陈染正和自己不认识的一个女生笑，脸色不禁垮了下来，二话不说就冲到陈染的面前，说“给我十袋方便面。”

苏苏忍不住在旁边多嘴：“你不是说方便面难吃又没营养，你死也会不吃吗？”

颜乔的脸顿时一阵红一阵白，气急败坏地捂住苏苏的嘴，拉着苏苏就跑到前面结账去了，完全忘了陈染递过来的方便面。

见颜乔走了，陈染一言不发地把方便面放回了架子上，旁边的齐思琪没忍住问了一句：“认识？”

陈染一怔，随即摇摇头：“不认识的。”

当晚，陈染便接受了齐思琪的告白，变成了所谓的“有妇之夫”，而毫不知情的颜乔，还躲在寝室的被窝里滚来滚去，觉得自己今天丢人丢大了。

最后她干脆一下子坐起来，丢了一个抱枕到苏苏床上，气哼哼地吼道：“都是你的错！他肯定以为我是个疯子！”

很久以后，颜乔回忆起那一段单恋，都觉得那些恋爱达人说得无比对，恋爱中的女人不是疯子，就是傻子。

而她这个傻子，还真的就那么傻地喜欢陈染，喜欢到即使什么都得不到，还觉得能看一眼他就好。

【6】

得知陈染恋爱的消息，颜乔只觉得晴天霹雳，哭完了半包纸巾，还没有消停的态势。

最后哭了近两个小时，颜乔终于有点开窍了，如果继续这样守株待兔，可能守到老，陈染都已经跟别的女人结婚了，自己还是只能抱着他的照片以泪洗面，可她明明甩陈染那个正牌女朋友不止一两条街，为什么陈染还是不拿正眼瞧她？颜乔被嫉妒折磨得快要抓狂了，想也没想，就调出很早以前就搞到的陈染的电话拨了过去。要知道，她颜乔又不是比别人差，自己的爱情，要靠自己争取！

陈染接得很快，大概是因为不知道这个号码的主人是颜乔。而在甫一接起电话后，陈染就听到一阵抽噎声。

一个莫名的预感掠过陈染的脑海，望了一眼自习室里黑压压的人头，陈染快速站起来，挪到了门外。

颜乔是又抽噎了一阵才算稳定住情绪，一开口，却是弄得陈染哭笑不得：“你凭什么找女朋友，我到底哪里不好了？啊？”

一声声带着哭腔的质问，十足小女生心性。陈染的心情不由得有些沉重，想说些什么安抚她，却不知道从何说起，就这样沉默着，直到听筒里只剩下彼此重重的呼吸声。

就这样僵持了两分钟，齐思琪突然打进来的电话终于结束了这种无意义的对峙。陈染心里一惊，今晚她一个人去带家教，自己因为要考试了需要准备就没有送她，不会是出什么事了吧？

刚想要跟颜乔解释几句结束通话，没想到颜乔竟一咬牙，丢下一句爆炸性的宣言：“我今天就在学校的广场上等你，你不来见我，我就不走！”

说罢，她啪的一声挂断了通话。

陈染握着手机的手不自觉地一抖，她不会是认真的吧？

可是齐思琪的电话仍不屈不挠地响着，思绪混乱间，陈染手忙脚乱地按下接听键，刚一接通，便听见电话那头传来了一声“啊”的叫声，随之那头便结束了通话。

陈染的心猛一下失重，哪里还顾得上回自习室收拾东西，撒腿就往校门方向跑，随手招了一辆车便钻进去。

他知道齐思琪去补课的路线，老天保佑，她不要出事。

那天陈染是在附近的一条小巷子里找到齐思琪的，果然，她为了能早点回去抄了近路，没想到跟陈染打着电话，刚接通就一不小心一只脚踩进了路旁的阴沟，手机也倒霉地摔坏了。

陈染将齐思琪扶上出租车，怒气冲冲地交代她下次要小心，没想到齐思琪竟少见地凑过来靠在他的肩膀：“我以为你一直对我不冷不热的，是不喜欢我，原来你还是关心我的。谢谢你。”

一句话，说得陈染浑身一震，陡然想起刚才电话里颜乔说的话。

她不会真的在那里等吧？

如果自己不去的话，她最后一定会回去的吧？

他可以这么相信，她并不是真的那样傻的吧？

【7】

然而傻颜乔真的等了一夜。在十二月的寒风里，她牙齿打战，身体发抖地等着，却还是拼命忍着眼里的眼泪。

她很怕他突然就来了，如果她这个时候哭了的话，就不漂亮了，就比不过他现在的女朋友了。

她真的是这样想的。

然而陈染却没有来，直到早上睡醒的苏苏发现旁边本该睡着颜乔的床铺上空无一人，他都没有来。

那天最后，在操场上冻到昏倒的颜乔被苏苏送进了医院。而这一场大病后，颜乔仿若脱胎换骨，再也不是那个一根筋的傻姑娘了。

有人说，女人是爱情动物，一场好的爱情可以拯救一个女人，而一场坏的爱情呢，则可以毁灭一个女人。那么颜乔是被毁灭了还是拯救了，或许连她自己都说不清了，她只知道自己从这天开始新生了。

他越是不情愿，她就越是要得到他。就算他恨她又怎么样呢，她的恨绝对不会比他少，就像她曾经那么爱他一样。

从医院回家的那天，颜乔特地去给爸爸买了礼物，虽然回到家后，忙得脚不着地的老爸嗔怪她明明是她出院，为什么变成是自己收礼，但爸爸眼角眉梢的喜悦却不是假的。

果然，三天后陈染找上了他。

哦，陈染，很久不见的陈染。她那时候为什么会喜欢上他呢，她看着眼前的这个人，淡淡地想，忽然觉得胸腔里空了一块。

大概是过去眼泪流太多了，所以才冲走了曾经坚实的庇护吧。所以那些连自己都觉得丑陋不堪的想法才会源源不断地冒出来，让自己都觉得恶心。

颜乔就这样听见陈染气急败坏的声音，不再是毫无感情的呵斥，也不再是淡淡的敷衍：“你真是卑鄙！”

颜乔微微笑了，大病初愈的苍白脸色却显得十分刺眼：“能被你骂也是好的。”

而话音刚落，颜乔的身体就再度如同一张单薄的白纸一样，轻飘飘地落在了地上。

这几天，她真是撑得太累了。

【8】

颜乔醒过来的时候，身在校医务室。陈染坐在旁边的椅子上，一动不动地望着自己，不知道在想着什么。

发现她睁开眼，陈染终于开口：“你那天真的等了我一整个晚上？”

颜乔将脸别开，死咬着嘴唇不说话。

两个人就这样沉默着，仿佛是要将这种沉默保持到地老天荒一样。也不知过了多久，一句淡淡的话猝不及防地钻进了颜乔的耳朵：“我不值得你这样做的。”

“我相信你，所以告诉我，你究竟想怎么样。”他服软得这样快，颜乔始料未及，只是瞪大着一双杏眼，不可置信地望着眼前的陈染。

“告诉我，你究竟想怎么样。”陈染提高声调，将说过的话又重复了一遍。

霎时间，颜乔脸上的骄傲不见了，取而代之的，是说不出的茫然：“我不知道。”

“既然你不知道，那就由我来和你谈个条件吧？我们在一起，但是你不能再以任何手段威胁我，或者伤害她。”

颜乔没想到陈染会这样说，顿时呆若木鸡，过了很久，才小声说：“好。”

然而陈染却没有就此结束对话的意思：“你知不知道，你现在这么做，意味着什么？”

颜乔呆呆地摇头，便见陈染的脸上掠过一抹冷漠的笑意：“我永远不会爱你，不管是现在，还是以后，我们的关系，最多只会到大学毕业那一天。就算是这样，你还是要吗？”

多么残忍的话啊，颜乔只觉得心中发苦，却还是郑重地点头：“我要。”

陈染终于不再说什么，而是摸摸她柔软的头发：“那好，我现在去处理一下后续的事情，然后我们在一起。”

陈染就这样真的走了，望着雪白的天花板，颜乔终于挤出一抹淡淡的苦笑。那时候的她，其实还是没有完全绝望的。她以为她还有这么久的时间，她不相信他就真的是铁石心肠，完全不为之所动。

她虽然有些乖张跋扈，又有些以自我为中心，但她可以为了他慢慢改的。就算他说要她为了他跳进学校前面的那条河，她也是甘愿的。

她的爱情就是那么决绝，那么纯粹，要么不给，要么全部。谁都无法阻拦她。

【9】

陈染就这样和颜乔走到了一起。据说齐思琪因为这件事打击不小，哭着喊着闹过几次自杀，都被陈染一一力压了下来。颜乔也不是真的蛮不讲理，多少觉得于心有愧，可每次向陈染问起，陈染的回应都只是一句“我自己会处理”，让颜乔再也不好多问。

七月暑假很快来临，颜乔得到爸爸一笔不菲的赞助，死活要拖着陈染出国旅游。陈染当然是毫不犹豫地拒绝，气得颜乔眼泪直掉。

被伤了心的人，最擅长的莫过于将这样的伤心还回去。车水马龙的大街上，颜乔一边恶狠狠地揩着眼泪，一边指着前面意欲先走的陈染大声喊：“你有什么资格拒绝我！你当初答应和我在一起的时候我不是跟你说了吗，只要我高兴，我还可以做得更绝！你要不要试试看，我现在就可以做给你看！”

路旁的行人纷纷回头，陈染的脸上终于由没有表情变作乌云密布。暴怒中，他一把抓过还在不停哭着嚷着的颜乔吻住了她的嘴。

世界就此清净。颜乔的脸却好比刚煮熟的大虾，红得发烫：“你……”

“威尼斯是吧？我陪你去。”陈染拖着她的手，穿过小范围聚集起来的人群，径自走去。就是这样，她总有本事弄得他方寸大乱。

飞往威尼斯的国际航班上，颜乔终于绯红着脸，将她为什么非要去威尼斯的理由娓娓道来。

“他们说如果能在叹息桥下接吻，那一对恋人就能永恒。”颜乔的表情虔诚得像个教徒，说话间，还挥舞起自己的小拳头，那姿态，仿佛生怕他不信。

或许是鬼使神差，又或许是高空中气氛不同以往，陈染少见地没有拉下脸，而是伸手替她掖了掖身上的薄毯子：“先睡一会儿吧。”

陈染最终遂了颜乔的愿，落日余晖里的叹息桥，美得像一幅静止的图画。他在经过桥下的时候伸手揽过在一旁兴奋得手舞足蹈，早已忘记来这里的初衷的颜乔，猛地吻了下去。

那是颜乔记忆中他们之间最漫长的一个吻，漫长得好像一个世纪，漫长到，她几乎要错觉他已经爱上自己。

颜乔觉得自己的鼻子有点酸，却强忍着不敢流出眼泪，怕毁了这么好的气氛。

要是那个传说因此变得不灵验就不好了，她悄悄地想着，却渐渐被陈染吻得晕头转向，再不记得今夕何夕。

【10】

当晚，颜乔便抱着枕头大大咧咧地踹开了陈染房间的门：“我要睡在这里。”

某一瞬间，陈染的眼中闪过一丝难以言喻的东西，沉默了很久，他听见自己哑着嗓子问：“你知道自己在做什么吗？”

颜乔扬起的脸上，眼神比谁都坚定：“我知道。”

半夜，陈染自梦中醒过来时，颜乔已不在身边。他明明记得自己当初是抱着她入睡的，那么此刻，她究竟去了哪里？

向来沉着的他也多了几分心虚，异国他乡，颜乔那种性格，大概被人卖了还会帮着别人数钱。

慌慌张张地套上一件衣服推开门，陈染这才发现，颜乔竟然赤脚站在走廊的窗前。

她只穿了一件薄薄的睡衣，整个身体瘦瘦小小的，仿佛风一吹就会折断似的。陈染向前走了两步，准备赶她回去继续睡觉。

可走近后却发现，她竟然在流泪。

颜乔虽然爱哭，却不是随便哭的。此刻她为何而哭？陈染忽然觉得心中发紧，继而慢慢停住了脚步。

很久很久以后，陈染难免会想，如果他当时走上去抱住她，故事的结局会不会有所不同？

可他终究不敢深究，因为他知道，答案越是昭然若揭，结果就越是伤人。而他们之间一切短暂的美好终将停止在旅行结束的那刻——至此，他们的永远将成为真正的传说。而往后发生的一切，就像一个讽刺的后缀，将追随他一生。

齐思琪捅了颜乔一刀——刀是超市里卖方便面的赠品之一，她最终用这样的工具，帮所有已上演或还没来得及展开的剧情画上了句点。

陈染还记得颜乔被救护车送往医院的那天，外面下了很大的雨，就像是威尼斯迟来的眼泪一样。

和颜乔提分手的时候，窗外的天气出奇得好。陈染坐在打着点滴、面色苍白的颜乔面前，是前所未有的平静："我们分手吧。"

"为什么？"颜乔的睫毛微微颤抖着，连呼吸都开始变得艰难。

"我不爱你。"

颜乔仿佛知道他会这样说一样，并不以为意："我知道。"

"很好，那你知不知道，思琪因为你变成这样，我现在不仅不爱你，还很恨你？"

"……有多恨？"颜乔的眼里似乎有了泪意。

"恨不得你去死。"

也就是那一刻，颜乔眼里最后的一点光也终于熄灭了，她张张嘴，想要说话，最终却沉默下来。

良久，她问了他最后一个问题："在威尼斯的时候，你都是骗我的，一点真心也没有？哪怕一点点……"

"没有。"陈染第一次体会到，什么叫快要窒息。

颜乔终于不哭了，像是赦免了他的绝情，更像是决定放自己一条生路："我知道了，你走吧。"

【尾声】

那之后，他们再也未见过面。

陈染从别处听说了她很多的消息，什么交了很多男朋友，又或者在大三那年出国。她的人生没有他，总归也不会差到哪里去。

而他的人生没有她？

他的人生不是本来就没有她吗……这样想着，陈染便觉得好受很多。

再一次见面，已是四年后。四年后，他们狭路相逢在他公司某个新项目的揭幕仪式上，他是项目负责人员，而她是剪彩嘉宾之一。

四年过去了，颜乔的外貌和过往那个小姑娘已有了天大的差别，如果说过去她还是半熟，那么现在，她起码也是彻头彻尾的轻熟，还是魅力满点的那种。可是她对他的心思，却似乎还没有完全随着时间的消逝而彻底消灭干净，这一点，从活动结束，她的车始终跟在自己后面开始，他就明白了过来。

所以他停了下来，敲开了车门，以一种穷凶极恶的方式吻了她，然后再度拒绝了她。

她果然还是哭得跟当年那个小女孩一样不知所措，可是她不知道的是，他们真的已经回不去了。

那之后，他请了年假，搭了最快的航班去了威尼斯。

站在叹息桥边，陈染望着夕阳里的叹息桥，忽然生出许多伤感。这座桥也终将随着时光淹没，而随之淹没的，也包括他们曾经在桥下的那个漫长而专注的吻。

不是传说在叹息桥下接吻便会永恒吗？为什么他们还是没能永恒。

所以说，所有传说，到最后也抵不过人心。而所谓永恒，大概都是用来骗人的。

陈染清清楚楚地记着颜乔的爸爸——颜校董在颜乔进入手术室后说的每一个字：“陈染是吧？说老实话，我并不介意你的出身或者条件，但她是我唯一的女儿，你既然这样伤害她，我是死也不会将她交到你手上的，不信的话，我们可以试试看！”

那时陈染的大脑其实空白一片，记忆里反刍着的画面，也不过是颜乔满身是血的样子和她在威尼斯时流过的眼泪。

终于，他从长椅上站了起来：“您放心，我知道接下来该怎么做。”

人这一生，究竟要做多少错事，才能做对一件呢？陈染其实不知道，与她这样分开，对她是好还是坏。然而很多当时的心境，也终究会随着岁月的流逝，慢慢掩埋心底——

包括当年在威尼斯，他在她睡着时，对着在梦中流泪的她说过的那句“我爱你”。

青山不老，为雪白头

创作手札：

致敬我少女时期最爱的漫画《天堂之吻》。

和大热的《NANA》相比，只有五册的《天堂之吻》才是我多年的本命。

当然，漫画里的佐治和故事中的锦里个性是不一样的，虽然他们都做了一件同样的事——

为两位女主角打开了通往闪光未来的大门。

不看漫画的读者看到这里可能会一头雾水，没关系的，就简单理解成，这篇故事是写给我二次元中的梦中情人吧。

不是爱而不得的幽怨，也不是爱过境迁的感伤，而是那种还在爱着的无力感，重重地在我的心上开了一枪。

我们明明还是相爱的，但为什么一切看上去，却像已打过“全剧终”的电影一样——

青山不老，却为雪白头。

【1】

这一年春天，锦里来看我。就如过去的每一年春天一样，我开车去机场等他，在国际到达处挥舞着一双手，激动得像十六岁初恋的少女——然而没有人会相信，我们已经分手很多年。

很多年里，我依然保留着他送我的礼服裙，因为是最简洁的设计款，所以永远不用担心会过时。而他也还收藏着我第一次拍摄的杂志，我们理所当然地珍惜着相爱时的证据，却不再贸然去触碰它。

锦里离开时老调重弹：“你来伦敦吧，你再不来，我真的不知道应该怎么办了。”

我笑笑，亲了亲他的脸，说：“No.”

尽管这些年来我们一直单身，但我却是真的没有勇气为了他奔赴一个全然陌生的国度。这样想来，到最后，到底是我显得更自私一些。

下午三点四十五分，锦里的飞机离开空港，如果他有幸换到临窗的座位，低头下望，他也不会发现坐在机场咖啡厅的我对着一杯卡布奇诺忽然落泪。

不是爱而不得的幽怨，也不是爱过境迁的感伤，而是那种还在爱着的无力感，重重地在我的心上开了一枪。

我们明明还是相爱的，但为什么一切看上去，却像已打过“全剧终”的电影一样——

青山不老，却为雪白头。

【2】

认识锦里的时候，是我人生中最坏的一段时光。无节制地发胖、暴躁，还伴随着轻微的抑郁。

然而就在那段最糟糕的日子里，我却干了一件日后想起来都觉得耸人听闻的事，我报名参加了当时一家时尚杂志社举办的模特比赛——当然，报名表上我用的是两年前的照片，并且捏造了体重，因此我才得以通过甄选，稀里糊涂地进入首次面试。

时至今日，我都不能明白自己当初做这件事的初衷究竟是什么，是想彻底羞辱一下浑浑噩噩的自己、置之死地而后生，还是真的怀抱着那种不切实际的模特梦。但时光已经杀死掉所有真实的记忆，我知道此刻停留在心中那个答案，已绝非所谓的真相。但又或许这一切已经不再重要，因为我在那天遇到了锦里，改变了我今后人生的锦里。

我们相遇在等待面试的走廊里，在身边一众体重不超过四十五公斤的同性的鄙夷目光中，我面无表情地看着手里的化学书，心里记挂着下周的化学测验。直到有人忍不住笑出来，我才慢慢抬起头。

大家都是差不多年纪的女生，还没有修炼得过分刻薄尖锐，只见对方尴尬地挪开自己的目光，我也就相应识趣地埋下了头，直到一阵尖叫灌入我的耳朵。

锦里从走廊尽头的电梯里走出来，身后跟着的，是他长得漂亮、身材媲美平面模特的助理。我不是傻瓜，我当然知道他是某少女品牌的新锐设计师，但我不明白他为何在这里。然而幸运的是，很快便有其他女生替我解惑：“听说是来物色下一季的平面广告模特的。”

我在心里默默地“哦”了一声，下意识地将头埋得更深了一些。直到锦里的步履短暂地从我的视野里掠过，我才莫名地松了口气。

这一切，我愿意解释为在这样敏感的场合，自己还对异性怀抱着基本的羞耻心。虽然很显然，这一点羞耻心并没有改变我接下来其实在自取其辱这件事。

在和三个评审面面相觑了一分钟后，我完全可以清楚地听见他们鼻腔里发出的表示不屑的哼声。“痛心疾首”已不能形容他们的表情，他们的样子差不多是想把我或者自己抓去鞭尸，究竟是要多瞎才能让我这样的人鱼目混珠？

毫无疑问，我被驱逐，在一大片意味深长的目光中，我目不斜视地朝电梯方向走去。

按键，开门，走进去，直到有人匆匆伸手扒开即将合上的电梯门：“你愿意做我的平面模特吗？”

【3】

我以为眼前的锦里疯了，刚要开口回赠他一句“疯子”，他却已自顾自地说下去：“当然不是现在，你还需要做很多准备，但是我有信心你会是适合我设计的衣服的模特，你愿意考虑一下吗？这是我的名片。”

锦里的眼神很诚恳，这种诚恳，不同于刚才面试场内几个评审认为我是神经病的那种诚恳，这种诚恳，足以令任何一个对人生还没有完全绝望的少女燃起某种听上去或许有点疯狂可笑的希望。

我只短暂地思考了三十秒，便赶在电梯门再度合上之前，接过了他递来的名片。

“宋锦里。”名片上他的名字龙飞凤舞，像极了他刚才在走廊上阔步的姿态。

回到家后，这张名片就被我顺手丢在了书桌的抽屉里。我想，我刚才忘记补充一句，那种疯狂可笑的希望一般都有时限，对我来说，只在锦里伸出手的那一瞬，而后，便湮没在无数的自我否定里："你这么胖；你看起来这么没精打采；你的眼神就像周围的所有人都欠了你五百万……你这样都能被他看中，理由只有两个：一，今天是愚人节，他想耍你玩儿；二，今天不是愚人节，他也想耍你玩儿。"

这样想着，我也就坦然了。将背包里的辅导书翻出来摊在桌上，拧开台灯，开始做题，准备应付即将到来的化学测验。

我想我不仅是看上去，而是实际上已经很勤奋了。从家人借钱也要把我塞进名牌高中的那天起，我就知道我该做些什么，以实际行动来报答他们的付出和牺牲，而对我来说，这样沉重的报答方式大概只有一种，那就是努力读书。

但并不是所有付出都有回报，就像"天道酬勤"这种说法有时候听上去跟放屁没两样一样，我的成绩还是夹在中间位置，尴尬地不上不下。

焦躁和抑郁因此不可避免地找上我，而我所知道的，能缓解这种情绪的方法好像除了自残，就只有吃。

我不敢自残，就只好吃。我可怜的妈妈以为我是学习累了，需要补充更多的营养，然而却不知道，这不过是我排忧解闷的唯一渠道罢了。我任由自己像一个皮球一样膨胀，直到快没勇气照镜子，才阴暗地写了那张报名表……

那之后好几天我都沉浸在化学式的世界，将锦里的话彻底抛诸脑后，直到化学测验的成绩再度刺激到我原本就已经很不稳定的情绪。

在连续吃下四包泡面后，我浑浑噩噩地想起了锦里和他说的听上去那么可笑的话。

怔了几秒，我慢慢拉开抽屉，摸出那张被冷落已久的名片："喂……您好，我是上次在杂志编辑部遇见您的那位……"

【4】

咖啡店里，锦里见到我的第一句话如秋风扫落叶般无情："你胖了。"

我已经受惯打击，他的话丝毫不能撼动我麻木的心，我只是抬起头，冷漠地望着他，问了他那个事先在心里重复过无数次的问题：“你是真的想把我培养成你的模特？不是开玩笑的？”

“当然不是，”锦里微微颔首，拉开椅子坐下，“但是现在的你还不可以，还有很长一段路要走，也许会很辛苦，你愿意努力吗？”

回想我的人生最不欠缺的就是努力，最没有的就是运气，我撇撇嘴笑了：“当然。”

“很好，那么，就从现在开始吧，到明天天亮为止，你不能吃任何东西，刚才点的奶茶更是想都不要想，等一下我带你去健身房办卡……”锦里的语速极快，不过须臾间，已经和刚才和煦如春风的模样迥然不同，堪比川剧里的变脸大师。

就这样，我和锦里达成协议，我成为他秘密训练的“预备模特”，如果合格，将为他即将发布的新一季服装拍摄杂志内页。但就算是后来我们已经将协议的内容细化到我每天只能吃什么、做什么，锦里都没有告诉我，他当初选中我的理由是什么。

在锦里全权监督我饮食和运动的第十一天，我们终于爆发了第一次争吵。除开健身房内被一个模特夹枪带棒地暗讽，我的新成绩排名也狠狠地刺激了我的神经。在凄迷惨淡的情绪中，我敲开锦里公寓的大门，便看见他黑着脸怒视着我：“听教练说，你今天不仅没有完成训练任务，还没有按时回学校补课，而是躲在休息室里不知道在做什么！”

“今天没有补课。”我知道自己理亏，心虚地不敢看锦里。

“是吗，可是我打过电话到你学校的教导处，主任说一切照常。”

我顿时语塞，六神无主地望着眼前这个人，只见锦里依然没有好脸色，声音冷酷得不留一丝情面：“如果你当初来找我只是为了逃避你的人生，那么立刻给我滚蛋！”

在锦里写满轻视和愤怒的眼神里，我轻易看见了那个怯懦无能的自己，这样的自己让我自惭形秽，终于，我倒退了几步，狼狈地跑下了楼。

可就算我逃跑，我依然无处可去，因为我已经跟家里说了谎，说晚上有临时补课。我的亲人最乐意听到的就是我把时间花在了学习上，所以没有人会去怀疑我的话的真实性。

就这样，我呆滞地蹲在锦里所住大楼的单元门外，对牢黑漆漆的灌木和花丛，直到眼泪一滴一滴落下来。

锦里是何时来到我身边的，我根本不知道，直到他轻轻抚了抚我乱七八糟的头发，我才惊恐地抬起脸，泪眼婆娑地望着他。

锦里似乎是微微叹了口气，试图拉我起来："走，我先送你回去。"

然而我却仿佛一座石像，岿然不动，只知道傻傻地望着他。也就是那个时候，我才意识到，锦里是个多么美丽的人。

不仅仅是好看的外在、优秀的能力这样的附加值，更是因为他有一颗比我坚强理智百倍的心。

而在我终于"哇"的一声哭出来的那刻，这个美丽的人竟然蹲下身，好脾气地抱起了我："好了，我送你回家，别忘了，明天还得补上今天落下的部分呢。"

夜色中，锦里似乎是舒展眉头，笑了。那种干净而有力的笑容，仿佛一剂强心针，注入我的身体，让我的血液连同四肢一起慢慢温热起来。

在锦里的怀里，我发现自己的心脏头一次怦怦地搏动起来，我知道，那种速率，平生不会再有第二次。

【5】

可就算有了锦里的慰藉，我的暴食症依旧时好时坏。有时候，我可以严格遵照锦里的餐单控制饮食，可有时候，我却不能抑制地将手伸向那些高脂高热的食物，虽然我知道吃完之后，我将会被绝望难过等种种负面情绪笼罩，而后跑去厕所恶狠狠地抠喉。

抠喉是坏到不能再坏的习惯，不光损伤胃，还会影响食道。锦里对此深恶痛绝，三番五次地警告我，就算忍不住吃了很多，也不要傻兮兮地做这样伤害自己的事。但我总听不进去，于是在每次破戒的时候，我都会伴装要上厕所，躲在卫生间里抠喉，直到被锦里一而再、再而三地识破。

这样的恶性循环持续过一阵，我再度忍不住自暴自弃，几乎脱力地坐在卫生间的地板上红了眼睛：“对不起，我不做了。”

站在卫生间门口的锦里深深看了我一眼，而后从鼻子里挤出一声冷哼：“是吗？然后灰溜溜地夹着尾巴逃走，做一个失败者，无论是在事业上，还是学业上。”

必须承认，锦里嘴巴毒起来的时候，比毒蛇还具有杀伤力，我不可置信地望着锦里，自欺欺人地不愿意相信这番话出自于他的嘴巴。

因为愤怒，扶着马桶边缘的我整个人都在颤抖。然而在这样沉默而冷酷的对峙中，却没有人愿意先妥协，也没有人想要继续进攻。

终于，在漫长的静默后，锦里走过来狠狠地拽住我的手：“走，跟我出去一趟。”

我没有想到锦里会载我到学校，今天是周日，但还是有很多毕业班的学生来到这里。

时间是下午五点三十五分，如果我没有记错，五分钟后，最后一堂课的铃声响起，将有大片大片的学生如潮水一般将这扇大门前的空地淹没。

我不知道锦里打的是什么主意，只能眼巴巴地望着他，尽管我明知道他的视线自刚才起就停留在不远处的大门口。

时间一分一秒地流逝，终于下课了。越来越多的学生鱼贯而出，校门口短暂呈现出一派热闹的景象。

我知道，没有人会认出此刻身在车内的我们，但这并不妨碍我内心的忐忑，伴随着愈加慌乱的呼吸，我终于拽了拽锦里的衣袖：“为什么？”

锦里依然没有侧过脸看我，只是示意我向外看：“怎么样，看到别人努力过自己的人生，会不会觉得不甘心？那就不要动不动就说放弃，试试看自己能做到什么样子啊！”

锦里的语气不重，却如此令人窒息，当我意识到自己又没出息地哭了的时候，大门外的人潮已经散得差不多。

我在空荡荡的车内慢慢正襟危坐：“我想继续努力看看。”

“好，我也愿意再相信自己的眼光一次。”

就在锦里说出那句话那一刻，我的内心忽然生出许多柔软的情绪，因为太过柔软，所以几乎无法言明。但我想，我应该就是那个时候真正喜欢上锦里的，而我回报自己情感的方式就是，用自己的行动证明，自己完全配得起他的相信。

【6】

那之后，我的暴食症不治而愈。而锦里也很体贴地帮我报了一个补习班，除了每个周日接我去接受形体训练，偶尔也会在补习班下课的时候开车来接我。

班里的同学不明真相，一脸坏笑地问那是不是我的男朋友。我小小的虚荣心因此膨胀，不承认也不否认，倒是脸上微微的红晕先将自己出卖。

当然锦里也有因为工作忙无法来接我的时候，那样的日子里，我多半都会显得比平时无精打采，周围的人因此会一脸了然地就这件事对我进行安慰——找了一个已经工作的男朋友自然要习惯这样的事啦。

然而可惜的是，当日对感情依然一知半解的我并没有意识到，他们不痛不痒的说辞竟然都成为后来的伏笔，埋下了不可避免的隐形炸弹。

可不管怎样，回首我的十八岁，我必须承认，那些最难过、最失败、最令人想要流泪的时光里，一大半都是锦里陪我熬过来的。无数个周末的下午，当我因为饿、因为疲惫、因为恐惧趴在沙发上小声啜泣的时候，是锦里自始至终拍着我的背，直到我终于入睡……如果说我本是一颗毫不起眼、无人问津的沙粒，那么毫无疑问，是锦里终于将我打造成众人眼中光芒四射的钻石。

是三生有幸，我才能在人生最不堪的时候，遇见他。

在锦里秘密训练我的第二年，我终于成功地为锦里新设计的春夏系列服装拍摄了杂志内页。还是当初的那家杂志社，却没有人还记得当初的那个我。服装编辑很耐心地替我调整衣服，最后凑在我的耳边小声说了一句：“锦里的眼光不错哦。”

我知道这或许只是一句客套话，却还是没有忍住红了眼眶。

当晚锦里在家附近的一家娱乐会所请工作人员喝酒。忘记说，那时的他已经算是风头正劲的首席，除了时尚杂志三不五时的采访，偶尔还会上上小报的花边新闻——因为和某某模特“交往过密”。

对于此，锦里和我都知道不过是捕风捉影，因为除开工作，锦里的私人时间全部都给了我。可就算是如此，我还是控制不住地感到嫉妒，因为爱情本来就是一件不可理喻的事，我不愿意将他分享给任何人，假想的分享也不可以。

思及此，我不自觉地有些上火，恰好有陌生的男人走过来恭维，我望一眼旁边正和其他女人聊得颇投机的锦里，示威似的倾杯而尽，而后胡乱抓起外套，拔足离去。

事实证明我还是很嫩，十厘米的高跟几乎要了我的命，试着走了几步后，我干脆一不做二不休地脱下鞋，然而刚拎起两只高跟鞋，我便看见锦里急急忙忙地从后面追过来。

用了一年时间，我终于有所进步，不再是当初那个蹲在角落的小孩，所以当我抬起头直视着锦里的眼睛时，我只是愤怒，没有流泪。

锦里笑起来的样子永远从容好看：“我有没有说，你今天拍照的样子，就是我当初理想中的queen。”

当然没有，我在心里说，却终究忍不住，仍是没出息地慢慢红了双眼：“去你的queen！我才没兴趣做什么女王，我只是喜欢你而已……”

在这样的时机告白，我已经做好被拒的准备，因为只有他见过我的不堪，我没有自信这样他还会爱我。

可锦里却慢慢笑了，伸出手摸了摸我冻得冰凉的脸颊：“我也喜欢你，从很早以前开始……不管你有没有兴趣，相信我，你都值得像queen一样去看全世界。”

【7】

如果说一切故事可以在此刻结束，那么我的爱情该是多么美满，就像童话里最大的骗局一样——“王子和灰姑娘从此过着幸福的生活”。然而真实的爱情却并非这样，我们必须有所妥协，有所退让，就算眼前跨过一座山，相信我，还会有一片海横在我们面前。

而我会这样说，很大部分是因为我和锦里的爱情，从一开始就不能够公开，既是为我给锦里所就职的公司拍照避嫌，又是为我的个人发展好。

在做出这个安排后，锦里怕我难过，拍拍我的头：“你不要太难过，人生总有许多身不由己的时刻，越是长大一些，就越能淡然处之。”

我耷拉着脑袋靠在他的肩上，笑得很勉强：“但愿如此。”

说真的，我并不知道锦里口中的长大需要多久我才能达到，但我却知道女孩们口中通称的那种长大是在何时。那是在高考结束的当晚，家长默许通宵狂欢的时候，我偷偷溜出毕业庆祝会场，去到了锦里的公寓。

那一晚我没有回家。

和锦里一起醒来的那个清晨，面对着全然陌生的天花板，我有一些惶恐，也有一些兴奋。甚至还因此产生了误解，我以为我真正意义上长大了。

我想，这并不是我的错，十八岁的时候我们真的很轻易就会误以为自己是大人，直到越长越大，才发现自己其实还是当初那个孩子。但不管怎样，我却不能因此否认，是锦里为我的人生打开了一扇门，不仅仅是通往恋爱的，还是通往这五光十色、精彩纷呈的人生的大门。

【8】

对于我日渐有起色的平面模特事业，家人没有表示支持，也没有过度反对，很有任其自由发展的意思。我知道这已经是他们这一对传统夫妇的底线。

我和锦里慢慢都变得很忙，杂志安排给我的拍摄任务越来越多，直到开始有意向签约我做专属模特，而锦里，也因为公司的发展，渐渐需要跑很多的城市，负责各种各样的杂事。

直到某一天，当锦里能够开着车来到我的学校接我过周末时，我才惊讶地发现，我们已经两个月未见。

锦里看上去有些瘦了，却精神依旧，笑眯眯地摇下车窗，向我比手势："这位美女，愿不愿意赏脸一起吃个饭？"

冷飕飕的天气里，他戴着墨镜固然有些显眼，却很安全，我顺势拉开车门钻进去，凑在他脸上亲了一下："走吧。"

明明是久别重逢的欢喜气氛，我却没想到，情况会在当晚急转直下。

一切都只因为和锦里公司的那份合约，因为还有一个月，那份合同就要到期了。锦里的意思是希望我续约，因为公司有这个意向，然而我却仍是耿耿于怀我们不能公开的关系，想要干脆就此解约。

商讨无果，锦里多少变得有些焦躁："不要任性，相信我，你还年轻，需要靠这个积累稳定的人气。"

然而我却怒目圆睁，固执地梗着脖子望着他，丝毫没有要妥协的意思。

我不是笨蛋，自然知道锦里说得对，但我还是不愿意接受，只因为我最大的希望，不过是想和他做一对普通的恋人。

就这样，我傻乎乎地对他讲出这样卑微的心愿，几度又要忍不住哭出来。

锦里听完我的话，沉默了很久，终于伸出手摸摸我的头："可是，我们的职业本来就不算很普通。"

他用的是陈述句，就像每一次他的陈述那样，是如此诚恳，如此正确，让人无法反驳。可就是因为他说得对，我才感到难过。终究，我推开他的手，摔门而去。

【9】

我一路打车去了市里人气最高的那家酒吧。要是换在平时，我也只有在工作结束时被人邀约，才会来这里，但今天，我却一门心思只想惹锦里生气。

果然，锦里来的时候，我已经一鼓作气喝掉整整一打嘉士伯，看人都重影了。

其实自我十七岁认识锦里以来，他就没有真正对我动过怒，包括我们平日里的小打小闹，他都竭力以理服人，让我自己认输学乖。

这便是年龄的压倒性优势，不是其他东西可以抵消的，我不由得感到一阵深深的挫败感，连带喝酒的架势也变得更加凶猛。

想必是因为见到我醉成这副德行，我第一次从锦里的表情感受到怒意，那是真真切切的愤怒，多么令人惊喜。半醉半醒间，我伸出手环住他的脖子："亲我一下，我就跟你回家。"

下一秒，锦里自然是吻了我，然而我们不知道的是，好事者的手机摄像头，也隔空送给我们一个冰凉的吻。

那张照片被上传到微博，作为八卦中心，不可避免地掀起一阵不小的风波。为了避嫌，我原本想要拒绝的续约先一步拒绝了我。在各式各样的电话短信轰炸中，我真正了解到锦里曾经跟我说过的——舆论的力量。

我因此变得乖顺，也因此无知而可悲地长大了。

之后的很长一段时间，我不能出入锦里的公寓。因为我们都收到了警告，虽然没人在意我们真正的关系，但如果不想继续听到类似"身体交易"这样难听的新闻，我们必须像个成年人一样对自己的行为负责。

就这样，三个月仿佛三年般难熬，没有见面的三个月，我们就连电话都打得很少，一方面是被禁止，另一方面是因为我们除开恋爱，本身也真的很忙。

一百多天过去，我终于如愿在某份小报上看到我们被描述为"疑似崩盘"，这应该是我期待的结果，我却觉得如此可笑。

恰好那几天锦里去伦敦观看时装周的 Show，我就这样独自捧着那份鬼话连篇的报纸，在家里的单人床上辗转难眠。

然而就连这样消极的情绪，对我来说都显得尤为奢侈，因为等我第二天一醒过来，就必须精神百倍地去搭飞机，参加另外城市的读者聚会。

等到我后知后觉地意识到，在我最不堪、最绝望时陪在我身边的只有自己，而没有锦里时，已经是好几个月后的事情。

不知从何时起，我们已默默接受白天尽量不一起外出，不去彼此工作的地方互相探望的潜规则；而当我在摄影棚受了委屈，躲在化妆间里哭的时候，我也已经放弃拨他的电话寻求安慰；他在工作室里闭关的时候我不再诸多抱怨，我们就像一个身在北半球，一个身在南半球的异国恋人一样，习惯了独当一面，习惯了自我排解。

就仿佛我们当初在一起，只是为了如今的孤独一样，我分明这样难过，却终于连眼泪都被苦笑篡改。

【10】

锦里在伦敦意外出车祸的消息我是在一个月之后才知道的，当我风尘仆仆地转机赶到时，他已经从观察病房转到了普通病房。

他的助理很尽职地给我描述着最近一个月以来所有关于他身体状况的细节，最后顿了顿，苍白无力地补充道："他真的很想你，我们都知道。"

我明白她的好意，所以点点头理解地笑了："谢谢你。"虽然事实上我知道，自己明明早已身心俱疲。

坐在雪白的病房里，我突然意识到自己连发脾气的力气也被某种无形的东西蚕食掉了，不禁悲从中来，望着睡在床上的虚弱的锦里，笑得十分勉强："为什么不告诉我？"

"为了避嫌……也怕影响你工作，听说读者投票你最近人气不错……"

"所以说，你都是为了我？可是，锦里，这不是我真的想要的，你明明知道……"

是啊，没有人比我更加清楚，锦里对我来说，是一个多么好的恋人——

他把我从一块灰扑扑不起眼的石头雕琢成璞玉；他把我从一个满脑子消极思想的小女孩打造成一个想要看尽全世界的女王；他让我从懵懵懂懂慢慢蜕变到懂得所谓真正的爱情。没有他，我的世界将永远被尘封，不被开启……可是，可是，我要的并非是这样，我要的是能在阳光下牵手分享生命的甘苦与喜悦，而不是假借着爱的名义，被迫享受孤独，还必须假装自己很快乐、很知足。

太孤独的爱情，不应该是爱情。

终于，我流着泪握住锦里打着吊针毫无温度的手："锦里，我们分手吧。"

【11】

后来，锦里出了院，在向公司辞职的同时，被伦敦的一家服装公司聘用了。收拾东西搬家的那天，我陪他在旧公寓里整理不要的东西。

还记得那天天气很好，锦里将一部分工作用的东西打包后，剩下的便都只有带不走的家具和日用品了。

"听说你在学校附近租了房子，这些东西有的本来就是你的，还有一些，如果有需要的话，你尽管拿过去用，也可以省下一大笔开销。"

"那我就不客气了。"我笑了，选了当初他送我的礼服裙，我们一起买的抱枕、骨瓷茶具，还有一堆乱七八糟的东西。

在我收拾这些东西的时候，锦里走过来环抱住我的腰："其实我们不必变成这样的。"

"怎样？"我不敢回头，怕看到他的脸会哭。

然而他却不肯放过我，慢慢扳过我的脸："如果我问你，愿不愿意跟我一起去伦敦，你会怎么回答？"

依稀是沉默了很久，我听见自己的回答："不，那里我人生地不熟，英语也不算好，更别说接到工作……一米六五的模特，在英国会被饿死的。"

"你终于真正长大了，"锦里缓缓说，眼中比我先涌出热泪，"那么在最后，让我告诉你一个秘密吧，当初为什么会选上你。因为你的眼神，够坚定，够执着，我知道你会有这一天，一切只是时间问题……我想，我始终没有看错。"

【尾声】

多么遗憾，我和锦里最终都没能跟其他分手的男女一样干净利落地斩断和彼此的联系，只因为我们明白，自己还深爱着对方。然而这样的爱，却如同原本一尘未染的山峦一般，在时间的侵蚀下，慢慢慢慢蒙上一层厚厚的积雪——

他没有变，我也没有变，只是那些需要对方的时候，我们没有在彼此身边。

然而就算如此，锦里依然会是我生命中最重要的那个人，没有之一。因为是他，亲手推开我与世界之间隔着的那道窄门，让我变成主宰自己命运的 queen。

我想，这是我们爱过之后，留下的最宝贵的一笔财富。

长夜空港

创作手札：

一篇某种意义上的少女成长史。

和爱情相比，成长的分量更重一些，所以剧情上并没有放太多心思去制造波折。

我自己是挺喜欢这种写法的，但能这么写的机会毕竟不多。

前段时间我的好朋友去外地发展，离开后不久，她和交往三年的男朋友分手了，理由差不多和陆方圆一样。

她跟我说，不希望他是她可能失败的未来的保险箱和避风港。

我是能理解二十岁少女的这种野心的，但还是把这篇故事发给她看了。

想说的话无非一句——

青春短短这几年，唯愿你选择心中所愿，不曾悔恨。

这不是一个爱情故事，这只是一个少女的成长史。

青春短短这几年，唯愿你选择心中所愿，不曾悔恨。

——题记

001 光阴它带走流水的故事，改变了一个人

如果你去过港城一中，又恰好逛到学校后巷的那面墙下，也许你会有幸见证陆方圆爱过宋远东的凭证。

那句“陆方圆喜欢宋远东”歪歪扭扭地盘踞在青灰色的墙面上，隔着岁月再端详，虽有些模糊，却仍可勉强看清。就好像陆方圆此刻的心境一般，免不了怅惘，却清楚明白，自己仍是爱着他的。

只是这样从滚滚红尘中再打捞起的爱，已不足以支撑她回头牵起他的手。

陆方圆翻出随身包里的墨镜戴好，向巷口走去，一边向前，一边不忘拿出手机回经纪人米兰的电话。

街边时不时有人回头打量这个既瘦又有型的靓女，只当她是一时兴起来这座小城度假的过客，没有人知道她也曾是这里的一分子。

米线烤饼生煎包，要亲身经过一个个路边摊，陆方圆才恍然大悟，原来她已离寻常市井生活这样远。

电话甫一接通，那头的米兰便小声嘟囔：“呢便又试落雨咗，颖姐你快翻嚟，等你返工。”

陆方圆忍不住笑出声，仍是好脾气地用流利的粤语答道：“就返去咗。”

七月骄阳炙烤着大地，热得没有半丝风，陆方圆挂断电话后买了冰棒

蹲在路边，眼底的雾气才逐渐散开。

回来的行程其实很紧，除了回老家看父亲，陆方圆还去见了初高中时期的几个老友。毫无疑问，大家都已认不出她，寒暄了一阵，才肯定眼前站着的确实是当初一起走过六年青春岁月的陆方圆。

宋远东始终没有现身，晚饭时大家也默契地无人提及，直到入夜一群人在市区里找了家 KTV 续摊，有人喝多了，关于宋远东的话题才迟迟被拖上台面。

“远东去年结婚啦！原本当年我们都以为，就算全世界的恋人都分手了，你们都不会分手的。”

“远东的太太怀孕六个月了，那天在街上看见他，已经微微发福，不如当年帅气。也是，帅哥终归会老的……倒是你方圆，越来越美，都已经认不出了……来来来，下面这首是点给你的，有生之年听到偶像歌手陆颖的现场版，也算三生有幸了。”

人群仍旧嬉闹，陆方圆握着话筒的手却不明所以地微颤，直到空气里弥漫开啤酒的苦涩微酸，她才初次体会到那种想哭却哭不出来的微妙——

似绝望，却不配崩溃。

恍惚中，她仿佛看见当初十四岁的自己，踩着跟巷口杂货店老板借来的板凳，吊儿郎当地在那面墙上刻字。

“陆方圆喜欢宋远东”，字里行间是未泯的率性与天真。

那时她从未想过，她竟真有幸得到他的垂青；她亦从未想过，有朝一日，背叛这份感情的却是她自己。就好像一首老歌里唱的那样，光阴它带走流水的故事，改变了一个人。

没错，是她可鄙地变了。

002 十几岁的感情，纯粹到近乎可耻

在“不大好看”和“很不好看”之间，陆方圆情愿选择后者来形容十四岁的自己。当然可能有人会说，女生变天鹅之前都有可能是丑小鸭啦，

但陆方圆很小的时候便明白，丑小鸭之所以会变美，是因为他们本就是天鹅，注定会长得好看，但她不是，她后来的一切光鲜都是靠自己努力得来的，没有一丝命运的馈赠。

港城一中说到底是一所学风很闷的学校，因为太闷，所以学生才显得比周围几所中学的更加八卦。每月都会有极端无聊的人免费为大家印校内花边新闻，宋远东便是那小报上的常客。

十四岁的陆方圆和宋远东没有交集，一个在走廊这头的一班，一个在走廊那头的六班，长长的距离拉开的既是物理上的距离，也是心理上的差距。

但陆方圆却记得宋远东。

六班那个长得很帅却不爱笑的面瘫，麻布袋似的校服上从来没有褶子，有一种和年龄不相称的老到。但这不过是陆方圆的主观感受，事实上宋远东究竟是怎样一个人，陆方圆并不清楚。可这完全不妨碍她喜欢他。

十几岁的感情，有时纯粹到近乎可耻。因为不像成年人那样道貌岸然，所以才多出许多理直气壮。陆方圆已不记得是在什么时间什么场合跟旁人没心没肺地提起这一茬，反正等自己意识到失言的时候，她已彻底沦为整个年级的笑柄。

她也真敢喜欢宋远东啊，人们嗤之以鼻。

所幸的是，陆方圆没有因此产生自卑感。她在这方面的感知力向来薄弱，和其他过分在意旁人眼光的青春期少女相比，她虽有自知之明，却总是活在自己的世界里，喜欢宋远东这件事在她看来，不过是自己的心事，和周围的人没有半毛钱关系。

而她这样类型的人，也许看上去令人匪夷所思，最终却往往收获最多，因为注意力不容易被分散。就如同她和宋远东正式结识那回，一举一动旁若无人到令人瞠目结舌。

还记得那是十五岁的夏天，毕业典礼结束后人群从礼堂蜂拥而出，陆方圆夹在其间，远远看见宋远东走在前面，心中忽地一动，几步走过去挡住他的去路。

那时陆方圆唯一的优势是身高，所以能很轻易地拽住了宋远东的衣领，而后港城一中建校以来最香艳、最令人激动的画面被永久定格下来——路人甲少女一脸坦然地强吻了风云人物宋远东，惊起身旁少女的惨叫声无数。

003 我喜欢他，但是他不喜欢我

强吻并没有改变陆方圆的生活，除了被初中时的班主任打来电话批评教育。他们实在搞不懂这个平日里中规中矩的女同学怎么会性情大变，一下就干出这样惊世骇俗的事情，但陆方圆自己清楚，她不过就是被毕业的感伤情绪影响，一时冲动罢了。

接完老师“讨伐”的电话，陆方圆闲闲地拍手，收拾背包逃出家去闲逛。那时家中父母的关系已很不好，似乎在背着自己闹离婚，而眼下他们所争执的内容，无非是陆方圆的抚养权归谁。陆方圆觉得这样的事终归不是自己可以做主，也就懒得参与其中，给他们留足够的时间和空间自行解决。

从家里出来，陆方圆坐小巴去港城一中后面的那条小巷。她刚喜欢上宋远东那阵，心血来潮曾在其中一面墙上刻过一排张牙舞爪的大字，“陆方圆喜欢宋远东”。

她当初刻字时并没有多大感触，倒是现在端详起来，忽然觉得两人的名字实在无比登对，忍不住吹了声口哨。然而一回头，却被身后仿若幽灵的宋远东吓得半死。

“……你喜欢我？”眼前的男生将信将疑。

“大概吧。”陆方圆蹙着眉，答得漫不经心。

宋远东忍不住笑起来：“怎么会有你这种女孩子，突然强吻男生不说，告起白来还一脸的无所谓。”

“我没有要跟你告白啊，”陆方圆一时语塞，有些愤然，“我只是喜欢你罢了，那天亲你，也只是觉得你的背影真好看。”

“这算是一种恭维？”

“大概吧。”陆方圆咧开嘴傻笑，重复起刚才的话。

“那你现在又是在做什么？”宋远东不禁眯起眼打量起眼前这个又瘦又高，还不好看的姑娘。

陆方圆似乎是怔了片刻，而后指了指墙壁上的字，语气颇理直气壮：“我只是在想我们俩的名字看上去还挺配的……对了，你怎么在这里？”

“准备去隔壁巷买东西，刚好路过。”宋远东狡黠地勾起一抹微笑。

然而这个有些小浪漫的故事到这里却戛然而止，没了下文，陆方圆和宋远东，他们最终没能在接过吻、告过白后立刻变成一对男女朋友。因为就如同先前说过的那样，陆方圆其实不了解宋远东这个人。而喜欢和恋爱，在陆方圆的思维里，又几乎是八竿子打不着的两件事，所以在这个故事的最末，他们到底只变成了一对不咸不淡的普通朋友。

升大一以后，宋远东会偶尔叫陆方圆出来一起打发时间。所以每次小聚，陆方圆都会搭二十分钟的巴士。

同桌好奇陆方圆时不时地逃掉自习去哪里，陆方圆想了想，托着下巴答道：“去见帅气的男生。”

“他叫你去的？”

“对啊，这样有什么问题吗？”

“没有，没有，”同桌摆摆手笑起来，“只是觉得你们这样经常见面，应该算约会吧？”

“怎么可能！”陆方圆忍不住扑哧笑出声，“我喜欢他，但是他不喜欢我，我们才不是约会。”说罢，陆方圆已哼着不知名的小调，转身迈出了教室大门。

004 有时候我反倒觉得，你不是真的喜欢我

大多数女孩子，一生会遇见不止一个人。其中有一个，让她感受到何谓被爱；再有一个，教会她如何去爱；而等她终于将两者都弄明白了，她可能会再遇见几个人，让她懂得怎样聪明地爱与被爱。

和这些女孩子相比，陆方圆大概要幸运许多，因为她一开始遇到的那

个人，是宋远东。

当陆方圆跟说笑话一样地将刚才和同桌的对话转述给宋远东时，宋远东仍是面无表情地喝着才买的酸梅汁。

陆方圆见他无动于衷，忍不住拽拽他的衣袖：“喂，你也给点反应！”

“什么反应？”宋远东睨她。

“你本来就不喜欢我嘛，你说是不是？”陆方圆眨巴着眼，笑得没心没肺。

宋远东似乎沉吟了一阵，过了很久，才闷声答道：“有时候我反倒觉得，你不是真的喜欢我。”

也是到了眼下，宋远东才清楚地意识到，原来一直以来，陆方圆口中所谓的“喜欢”，只是一种最肤浅的情绪表达，就好像她说“我喜欢吃苹果”一样。然而讽刺的是，她一门心思把他当“苹果”的同时，他却似乎渐渐对她动了心。

不得不说，动心其实是一种很微妙的事情，理智如宋远东，都不能将动心的时间、地点、理由分析得十分清楚明白，但他知道，他不甘于陆方圆只将自己当作一只“苹果”，所以，他必须做点什么。

而在宋远东就陆方圆的问题反复思量时，陆方圆已不知不觉地沉浸在自己的小世界里。她专心致志地啃着宋远东特地到附近水果摊买给她的苹果，琢磨着如何在今晚可能爆发的夺子大战中幸免于难。

然而那时的陆方圆不知道的是，一个女生最美丽的时刻，并不在她盛装打扮后，而在她认真做事时。不得不承认，那一刻，她微蹙着眉头、鼓动腮帮的样子实在让宋远东心猿意马。

思及此，宋远东不禁放下手中的玻璃杯，不动声色地将头凑到了她跟前。

三秒钟后，陆方圆在极度震惊中得出了这样一个结论。想当初她主动吻宋远东时，他的嘴唇凉凉的，像极了在四月的清晨偷吃一根冰棍，有一种愉悦的凛冽感；而现在，眼前这个人的嘴唇却像八月天的麻辣锅，烫得自己恨不得立马跳开，灌一碗冰镇酸梅汤解热……觉察到这天翻地覆的差别，陆方圆摇身一变成为受惊的兔子，猛地从座位上弹了起来。

“你、你在干什么？”她少见地结巴。

“亲你。”宋远东毫不畏惧，直视着她因为惊恐而变得有些湿漉漉的眼睛，“以及告诉你，我和你手里那个苹果的差别。”

“这和苹果有什么关系……”陆方圆狐疑地望着他，眼里是无尽的迷茫。

“所以说，你不是真的喜欢我。在你想清楚我和苹果的差别之前，我不会再见你的，陆方圆。”鉴于早料到陆方圆会做出这样的反应，宋远东并没有多惊讶，只是很绅士地留下埋单的钱，径自离开了冷饮店，只剩下陆方圆震惊地望着手中啃到一半的苹果，老半天迈不动步子。

005 原来说到底，情动与否，真的不过一念之间

那之后，宋远东有很长一段时间没有见过陆方圆，很大一部分原因是陆方圆开始刻意躲避着他。

很多个午夜，陆方圆会忽然惊醒，下意识地触摸自己的下唇。当初那滚烫的触感早已逝去，但陆方圆却久久不能回神，因着许多说不清道不明的余韵。

十一月底，陆方圆家中最大的一宗“悬案”终于尘埃落定，父母的离婚官司出了结果，陆方圆被判给父亲。

得知这个消息，陆方圆远比忐忑不安的父母来得平静。一家人约在市里最好的一家五星级饭店吃晚餐，席间陆方圆见到了传说中母亲的新男友，Peter。

Peter 长得人模人样，一点也不像八点档电视剧里惯用这个名字的粗鄙商人。陆方圆呆呆地举着叉子往嘴里塞培根，嚼到一半才想起刚才忘记发出的疑问：“你说你是香港人，那我妈妈是不是要跟你一起去香港？”

这个问题显得既愚蠢又毫无意义，所以在场所有人除了陆方圆外都开

始顾左右而言他。

旋转餐厅有着家中一辈子都不会有的漂亮水晶顶灯，然而陆方圆却暗暗觉得，她还是更怀念家中白炽灯的质朴与妥帖。

那之后的隔天，陆方圆便失了踪，而与她一起消失的，还有家里曾经为她存了十年的教育基金和一只跟了她三年的背包。

从港城一路往西北，她坐着火车去西藏。在此之前，陆方圆从不知自己心里竟住了这么多文绉绉的念头，她只是想去看看传说中的布达拉宫。据说有许多心事沉重的人甚至在这里走不动路，她只希望证实她不是唯一的那一个。

然而站在西藏空旷广袤的晴空下，陆方圆却意外地接到了宋远东的电话。那只手机在此之前一直处于关机状态，陆方圆也不知道为何它会响得这样及时，也许一切真的如同佛祖所言，不过缘起。陆方圆站在熙熙攘攘的人潮中忽然痛哭起来。

那一年，港城最轰动的新闻莫过于好学生宋远东的离奇逃课，他一走一周，杳无音信，全然不符合他向来稳重的做派。

然而除却这一点，众人不知的其实还包括当他真正站在西藏的苍穹下时，心中涌动着的那种悸动像是碧蓝的海，澎湃而不真切。

他和陆方圆就这样在布达拉宫的门口拥抱了好久。

后来每当陆方圆再回想起这个拥抱，总能感受到来自灵魂的阵阵战栗。世间男女若能无欲无求地相拥，大概也只在十来岁的芳心初动的那几年。再往前太无知，再往后太多思，他和她刚好赶上那时的彼此，真不知是三生有幸，还是太过不幸。

从西藏回来的那个周末，陆方圆久违地主动搭车去找宋远东。宋远东逃课的风波尚未完全平息，她刚去到他所在班级的楼层，便看见他被辅导员拉至角落耳提面命地训斥。

十二月冷冷的风钻进她的领子，她却感受到一股前所未有的暖。也就是那一瞬，她忽然悟出了宋远东口中“真正的喜欢”。

原来说到底，情动与否，真的不过一念之间。

006 太圆满的感情大概也算一种隐患

没有解不开的误会，没有斗不完的情敌，陆方圆和宋远东的爱情从一开始就显得过分圆满。而有时，圆满也不失为一种隐患。

和宋远东交往到第二年春天，陆方圆已习惯三不五时地收到从香港寄来的快递。有句老话是“人靠衣装，佛靠金装”，话虽不算多好听，道理却永不过时。

恋爱中的陆方圆除了能从定居香港的母亲那里获得各种新款的时装，也渐渐开始花更多心思打扮，学着扬长避短。而等到十年后，她与卓森坐在维港附近的星巴克里再谈到这一段时，仍是忍不住唏嘘：“女孩子内外兼修最重要，好在我学会得早。”

而这一切，除了当初的宋远东，自然也少不了此时坐在她对面的卓森的功劳。

十年过去了，他们最终只成为朋友，卓森却依然记得与她相遇的那个仲夏日。那一年陆方圆十七岁，高二刚刚结束，收到母亲的邀请，在得到父亲的首肯后打包行囊，出发去深圳。

那是她第二次离开家，第一次是为了逃离，第二次则是为了度假。

从罗湖过关，陆方圆初次见到等在外面的卓森。那是八月里稀松平常的某一天，她穿着松松垮垮的印花 T 恤，他的衬衣却扣得一丝不苟，两个完全不同气场的人面面相觑三秒钟后，却不约而同地笑出了声。

卓森自然而然地伸出一只手替她拖行李箱：“走吧，Peter 叔叔家今晚有欢迎你的家庭聚会。”

彼时陆方圆还不知道，卓森口中的家庭聚会，其实已相当于小型的社交 party。她的母亲究竟靠何种魅力吸引住她的继父她不清楚，但无疑，陆方圆狭小而平庸的世界却因此多出一扇五彩斑斓的门。而替她正式推开这扇门的，正是卓森。

那之后整整的两个星期陆方圆都和卓森混在一起，卓森是 Peter 生意合伙人的儿子，自然来往频繁，陆方圆跟在卓森身后，时间一久，学到的东西也渐渐变得多起来。

是的，如果说宋远东曾替陆方圆打开了一扇看见感情世界的窗，那么卓森则替陆方圆推开了一扇通往未来世界的门。这说法虽令人沮丧，却是事实。毕竟在那段岁月，十八岁的宋远东再优质，魅力也不可能与多出五年人生历练、正在港大读研的卓森匹敌。

所幸陆方圆是在觉察到这一点之前便下意识地选择了拒绝。

仍记得两人在港大的餐厅里吃午餐，卓森说出那句“我挺喜欢你”时，陆方圆正在喝可乐，因着这句话，她一口气没顺过去，当场咳嗽起来。

对于卓森志在必得的步步紧逼，脸色苍白的陆方圆不住摇头：“我有男朋友了。”

然而这样毫无力度的一句话，怎么能阻挡从见到她第一眼就心生旖旎的卓森。她或许确实不如周围的许多女孩子漂亮聪慧，但她是一块璞玉，于他这样自信到自负的人来说，没有什么比亲自打磨一块璞玉更具吸引力。

可无奈她的男朋友将她爱护得太好，她完全没有学会爱情里应有的负面心理，她不懂如何被诱惑，因为她从不曾在这份爱情里有过不满足感。

但即便这样，卓森仍有自己的办法动摇陆方圆。没有什么比未来更加吸引人，尤其是对一个仍没有定性的女生来说，所以，当他轻飘飘地抛出那句“你值得看见更远的世界”时，他轻易地捕捉到陆方圆眼里一闪而过的震惊和欣喜——

在此之前，陆方圆仅是属于港城和宋远东的陆方圆，而在此之后，陆方圆不得不面对多出来的另一种可能性，那就是属于香港和未来的陆方圆。

007 然而当时，她却未能只甘于拥有他

故事说到这里，也许你会说，卓森这个人啊，真是有心计。也许吧。但男孩子过渡成男人的第一评判标准，却真的是不再那么没心没肺。

暑假结束，陆方圆如期回到港城，回到宋远东的身边，一切看上去与一个月前没有出入，但某些东西又是真的起了微妙的变化。

无数的资料和习题如雪片般飞向陆方圆家的信箱，起初陆方圆还可以做到视而不见，然而时日一久，她也就渐渐放松了警惕。

十八岁的女孩子除了无法拒绝漂亮的衣服和心爱的男友外，无法放弃的，似乎也包括看似唾手可得的美好未来。毕竟画册上的港大那么美，和港城只有灰扑扑大门的大学比，诱惑如宇宙黑洞。

陆方圆因此跌入了无尽的困顿与茫然之中。

转眼挨到周末，陆方圆和父亲约在港城最好的一家酒楼吃晚餐，席间父亲终于交代，自己有了新近交往的对象。

“三十六七岁的样子，不如你妈妈漂亮。”面前四十多岁的中年男人斟酌片刻，给出这样的结语。

“你们为什么会分开？”沉默了半晌，陆方圆终于问出了这个来得太迟的疑问。

“大概……是因为愧疚。”父亲饮了一口茶，微不可闻地低叹一声。

原来当初陆方圆的母亲曾为了爱情放弃远走他乡，情愿留在这座小城终老。但就算她暂时收起自己的天性，有些东西仍是潜伏在骨血中，改变不了，所以她遇见Peter后，陆方圆的父亲愿意放她走。

“像她这样的人，总要去看看世界，不管好或坏，看过了，才能够安心。我和她一辈子没吵过架，唯一有过的争执只在你的抚养权，她希望你去那边读书，我却希望你成年后懂得自己做选择，但是无论如何我都希望你记住，我们都爱你，你并不是谁的负累。”

一时间，陆方圆没忍住哽咽起来。

当陆方圆已下定决心要走，和宋远东分手便成了最艰难的一件事。如何跟一个贯穿你青春始末的人说再见？这个问题就算情感大师来回答，亦未必能答得令所有人都满意。但陆方圆知道，今生她都不可能忘掉他、忘掉这份感情，然而当时，她却真的未能只甘于拥有他。

母亲的故事让她开始畏惧这样一眼能望到尽头的感情，她知道他会始终如一地对自己好，然后读港城大学、结婚，再然后生一个孩子。

十八岁时便看到八十岁时的样子，这样的稳妥和安心，却让她更惶恐。又或许本质上，她和母亲其实是一种人。

陆方圆还记得那年深秋自己跟宋远东提分手时的情景，他坐在旧操场的草地上，神态陌生地望着她，就好像打量一个与自己全然无关的人。

诚然，他们的爱情没能轰轰烈烈地留下多少伤痕，最疯狂的，也不过是逃学到西藏的那次聚首。然而，缘起即灭，缘生已空，一切再说起来，已恍然像个梦。

宋远东从地上站起来时，肩膀似有微微的颤抖，颓唐的月光落了一地，陆方圆可以清楚地听见他压抑的声音："好吧，我们分手。但陆方圆，有件事我希望你明白，是我先喜欢你的，不是你先喜欢我的，你记牢了。"

像大大小小的玉珠撒了一地，原本十分镇定的陆方圆终于失声大哭起来。

008 人内心的欲望千奇百怪，得了 A，又想要 B，人之常情

宋远东有了新恋情那年，是陆方圆最忙碌的一年。

除了偶然被唱片公司的星探相中开始培训唱歌，她和卓森最终也只在一来一回的交往中沦为朋友，而有一日，当他们并肩站在港岛某家酒店的自动升降机里准备上楼吃饭的时候，卓森忽然了悟，今后就算他再怎样努力将陆方圆打造成一块闪耀的碧玉，为这顽石凿下第一斧的人却永远都是宋远东，不会是他。

也就是在那一刻，他不动声色地挪开了放在陆方圆肩头的手。

陆方圆得知宋远东再次恋爱的消息也是在那晚。从酒店出来，她揉着圆滚滚的肚皮回家，刚打开电脑，便收到高中班级群里弹出的消息，说大一小学妹真情感天动地一举拿下宋远东。

一瞬间，陆方圆眼前漆黑一片，她想过千万次他们已不在一起，却无法想象，他身边如今会站着别人。

人一生一定会为了某些冲动做一些蠢事，十几岁时为了逃离，二十几岁时为了内心的渴求。当陆方圆气喘吁吁地攥着回内地的机票时，她才渐渐意识到自己做了什么。

陆方圆已有好几年没有见过宋远东。他从不是一个胡搅蛮缠、情绪冲动的人，所以分手后他们一次都没有再联络过。

起初陆方圆看低了这段波澜不惊的感情，她甚至侥幸地以为，没有故事里那样撕心裂肺的惊天动地，他们一定会很快痊愈，开始新的生活，然而，时日越久，陆方圆越来越透彻，原来真正杀人于无形的，反倒是这样平淡如水的感情。你以为它无关痛痒，其实，它已无处不在。在很多个深夜，陆方圆甚至会无来由地惊醒，然后看着窗户外漂亮的海景，慢慢意识到，他们虽能望着同一轮明月，却已不享有共同的未来。

陆方圆站在宋远东的面前时，已是一天后，这整整二十四个小时里，她没有洗过脸，没有打理过头发，面容显得憔悴而疲倦，但这并不妨碍她婉转而熟稔地叫出那个名字："宋远东。"

这大概是人生中必须来，却又来得太晚的一夜。因为知道没有结果，两个人反倒坦然得有些不自然。

月光从小旅馆的天窗照进来，落在陆方圆的蝴蝶骨上，有那么一瞬间，宋远东以为她即刻就要飞走了，所以忍不住将她搂得紧了一些。

这样久违又陌生的温柔让陆方圆想哭，她伏在他的肩头，用含混不清的声音小声说道："我没有后悔过。"

真谈不上后悔，要知道，人内心的欲望总是千奇百怪，得了A，又想要B，不过人之常情。她只是在需要选择的时候，做出相应的选择罢了。

第二天离开港城的时候，陆方圆逆向走在人潮涌动的街上，脑海中不断浮现的，是这样一句话——

每天都有人输掉爱情，有人输给时间，有人输给距离，而其实大部分人，只是输给了自己。

而能够输给自己，大概也是最能让人平心静气地接受的结果。

尾声 唯愿你选择心中所愿，不曾悔恨

短假结束后，陆方圆如往常般坐飞机返港。

大概是缘于宋远东结婚的感伤，不知为何，她竟想起很早很早以前那个十八岁的夏天。

那时她不过一张一览无余的白纸，两人手拉手走在骄阳似火的林荫道上，宋远东忽然转过头笑盈盈地问她：“你知道什么是接吻吗？”

她一愣，旋即想起初中毕业那年她踮起脚亲吻他的画面，是一脸了然的满足。

然而，宋远东却狡黠地笑了：“以前的都不是。”

“不是。”

“……所以，闭上眼睛。”

你看，他曾教会她这样多东西，而她唯一的遗憾是，当年提出分手的竟不是他。

就像我最初说过的那样，这真的不是一个爱情故事，这只是一个少女的成长史。然而，成长这回事，再怎样百转千回，都只能自己经历——

唯愿你选择心中所愿，不曾悔恨。

爱人的心是会老的

创作手札：

我简直无法相信这个故事写于我某一年的热恋期。

也许是生活被甜蜜和美好填满，以至于我心中的灰暗和绝望无处挥洒，只好付诸笔端。

宁愿被你憎恨误解着深爱，也不要怀揣释然，有朝一日终被时间浪掷，被你忘怀。

没错，我永远不想被爱过的人忘掉，尽管我也知道，这只是自私的念头在作祟罢了。

宁愿被你憎恨误解着深爱，也不要怀揣释然，有朝一日终被时间浪掷，被你忘怀。

【1】

传说中的世界末日前的最后一个严冬，宋芷被困在南半球的某座岛屿上。

和北半球的一派寒冷凄迷相比，这里暖风和煦，让人恍若置身于美梦之中，但宋芷不快乐。

容晟买下的这栋别墅临海，每天清晨醒来，宋芷都可以闻到海风咸咸的气息，有点像眼泪风干的味道。细碎的阳光肆无忌惮地落在她光洁的小腿上，宋芷忽然想到一个词——一夕忽老，而后不能控制地想起了自己的十六岁。

想当初她是十足看不起这样矫情的做派的，然而时光推推搡搡，终于将她变作了自己最讨厌的那类人。

哦，又或许不仅仅是她，还有容晟。

容晟回到别墅时已是傍晚，黄昏的阳光呈现出浆果般的紫红色，他猛地推开卧室的木门，宋芷便像一只受了惊的小兽般从床帷间坐起，冷漠地与他对视。

没有人说话，四周静得只余下两人重重的呼吸声。

而就是在这样剑拔弩张的时刻，容晟心中却渐渐蔓延开阵阵无法言喻的酸楚，他们之间，明明不该变成这个样子的。

容晟还记得初次见到宋芷的那天，她踩着宋夫人的三寸高跟鞋，步伐虽摇摇晃晃，像一只刚学步的小鸭子，姿态却始终是趾高气扬的。

她站在旋转楼梯的台阶上居高临下地审视着自己，停顿了许久，才以一种傲慢却不至于惹人厌恶的语气叫他的名字："容晟。"

"是，小姐。"他微微躬身。

"你是我爸爸的新跟班，对吧？那从今以后，你也是我的跟班了！"说罢，宋芷扮了个鬼脸，开心地大笑起来。

其实，在此之前，容晟也算见过无数异性的笑容，却没有哪一个能比过宋芷。她天生的娃娃脸上始终洋溢着带着匪气的青春气息，这于已告别懵懂的容晟来说，不亚于巨大的吸引。但好在容晟向来是低温的人，低温的人胜在自私且自持，所以他可以在不动声色地爱了宋芷这么多年后，仍保持缄默。

他固执地以为，就算不留她在身边，他的爱情也可以理所当然地进行下去，直到他收到宋芷的请柬。

大红的卡片顷刻间变为炸弹，容晟的理性被毫不留情地夷为平地。他几近疯狂地将车子开上路，去到她目前工作的单位，如拎小鸡一般将她甩到副驾驶座上。

忘记关上窗的车里，风如往事般自耳畔呼啸而过，容晟的声音里已没有平日的游刃有余："……你不要结婚。"

宋芷不语。

"听到没有，你不要结婚！"

然而，宋芷的唇边却渐渐露出一丝冷笑，她转过头，睁大一双眼望着容晟，眼角眉梢全是嘲讽。

容晟最后一道心防终于全线溃败，不由得猛地踩下刹车——

而在那刺耳的摩擦声中，那句迟来了八年的"我爱你"，突兀得像一个冷笑话。

一时间两个人都屏住了呼吸，良久，宋芷幽幽地开口："容先生，我想，我确实爱过你……可是现在，我已经不爱你了……而其实，我大概是恨你的……没错，容晟，我恨你。"

说罢，宋芷转过头，不再看他的眼睛。

这么多年过去，时光没能在她的脸上留下什么痕迹，只是，那一颗煎熬过的心有多老，只有她自己知道。

【2】

在岛上的第二周，宋芷开始做梦。也许是因为人不再年轻了，宋芷梦到的都是十来岁时发生的事。毫无疑问，容晟是梦的主角，然而，这个主角也已经三天没有回来过了。

他们最后一次会面停留在上回的沉默对视，最终容晟摔门而去，只剩下买菜回来的仆人惶惑地望着宋芷："……先生这是又要出去吗？"

"谁知道。"宋芷重重地倒回床上，无神的双眼望向天花板。

"太太……"仆人似在艰难地斟酌用词，却不知自己已经说了最错的话。

"我不是他太太！"宋芷猛地起身，怒气冲冲地瞪着她。仆人被吓得大气都不敢出，赶紧下楼，空荡荡的房间终于只留宋芷一人。

想当年……宋芷幽幽地想，这个句式还真做作，可那又如何呢，想当年，她也是做过有朝一日能够当容太太的梦的。那时她刚满十六岁，仗着模样好、家世好，从不将周围的人放在眼里。而在她屈指可数的爱好里，唯有一样最能让她提起兴趣，那便是玩失踪。

放学时和司机玩，在商场里和保镖玩，就连在家里，她也会时常躲在壁橱里，惹得仆人将整栋房子翻遍。

然而，就是这样任性的宋芷，来到需要应酬的正式场合，却又是整个宋家最值得引以为傲的宋小姐。

还记得是那一年的十月里，容晟刚做宋美生的特助两个月，被邀去宋家参加家宴。在那场小型却热闹的宴会上，他再度见到宋芷。

当晚她穿了一袭粉紫色的小礼服裙，高跟鞋比上次还高出足足两厘米，却步步走得很稳。见到他，她面容春风和煦，与初见时的率性、恣意截然不同。

“容大哥好。”她站在高高的台阶上冲他微笑颔首。

水晶灯下，精心装扮过的宋芷被映衬得高贵清丽，但不知缘何，容晟始终觉得，那个以高高在上的姿态说自己是她跟班的宋芷，才是真的她。

酒过三巡，来宾都已切入正题，容晟在一旁无事可做，干脆取了杯香槟，准备去露台休息，却没想到这清静一隅已被人捷足先登。

此刻的宋芷脸上早没了笑容，高跟鞋也被脱下，随意地丢在一旁。见到容晟，宋芷先是皱眉，而后很快又恢复到最初那高傲的语调：“喂，跟班，你来得正好，帮我去买创可贴！”

有些走神的容晟没能即刻做出回应，宋芷却已将一只高跟鞋丢过来，恰好落在他的脚边：“听到没有？帮我去买创可贴！”

“你……的脚？”容晟不自觉地将视线移向宋芷，这才发现她的脚背上已起了两个大血泡。

“关你屁事！”宋芷似乎是倒抽了一口凉气，嘴上却毫不示弱。

“……我知道了。”作为宋美生亲批的新特助，懂得审时度势向来是容晟最大的优点，所以无须再说什么，他已麻利地返回大厅。

再回到露台，已是半小时后，宋芷正靠在墙角昏昏欲睡。听见响动，她警觉地猛一睁眼，这才发现容晟居然在为自己贴创可贴。

“真不愧是我爸的跟班，眼色好得跟小狗一样。”宋芷撇嘴道。

“多谢小姐谬赞。”容晟亦不恼。

“……不客气。”宋芷怔了怔，声音却不自觉地低了几分。

夜色温柔，觥筹交错中，宋芷的目光不自觉地飘向眼前这人。不得不说，他的确服帖且周到，然而，那又如何呢？她宋芷平生最讨厌的就是规则，因为她从未有幸摆脱过。

【3】

容晟再见到宋芷，是在尴尬到不能再尴尬的局面。

校方打来电话向宋美生告状时，容晟恰好在做工作安排汇报，只听电话那头的班主任气得声嘶力竭，整间办公室都能听到："我不管你是不是大公司的老总，也不管宋芷是不是你们家的千金，只要她在学校闹事，我就有责任管教他！我希望作为家长，你们能尽快抽出时间来学校一趟，关于她拒不认错的态度问题，我们急需谈谈！"

啪的一声，电话被愤怒地挂断，宋美生却仍坐在皮椅上岿然不动。

"董事长，需不需要帮你腾出下午的时间……"

"不必了，"宋美生甚至没有抬头，"你帮我走一趟就好了，到时候就说是阿芷的表哥……其他该怎么说，想必不用我教你。"

"好的，董事长，我明白了。"

从公司到学校的一路，容晟其实都很困惑，他实在拿捏不准，是什么样的状况，才会令宋芷这样向来得体的人失态？而所有疑问，终于在他踏进办公室的那一刻得以解开

她根本就是故意的。

然而，当宋芷意识到来人并不是宋美生时，她脸上一闪而过的落寞彻底将她出卖，她就那样以一种骄傲甚至冷漠的眼神打量着他，过了很久，才从牙缝里生硬地挤出一句话："哦，是你吗？"

"嗯。"

"我爸很忙是吧？"宋芷轻笑起来。

"是的，叔叔很忙。"容晟神态如常。

"是吗……"宋芷很快恢复到往日般神采飞扬的样子，转身冲着仍然暴怒的班主任深深鞠躬，"老师，对不起，今天是我冲动了，我愿意向那位同学道歉……"

从办公室平安无事地走出来，已是下午五点半，宋芷望着夕阳的方向漫不经心地打了个哈欠："我爸一定又得破费了。"

"小姐倒是看得很明白。"

"是啊，不过，现在看不明白的是你吧？"宋芷转过头来冲他扮了个大大的鬼脸，"小姐我现在要去厕所啦，你这是要跟着我一起进去吗？"

"如果你答应我不会逃跑，我可以在这里等你。"

"好啊，我答应你。"宋芷乐呵呵地点头，而后飞快地朝走廊尽头跑去。

时间逐分逐秒过去，容晟一早便知道，宋芷不会轻易践诺。可和没头苍蝇似的满世界乱找比，他深知守在原地更有效率。

果不其然，两个小时后，宋芷面有愠色地回到了他的面前。

"喂！"宋芷毫不客气地伸出手在他的眼前晃晃，"你脑子是不是有毛病啊？"

"嗯？"

"我失踪了两个小时，你不找我，也不报警，不怕我跟我爸告状辞退了你？"

"因为小姐答应会回来，"望着气急败坏的宋芷，容晟的嘴角不自觉地勾起一抹弧度，"所以我在这里等你。"

那之后接下来的几十秒，大概是宋芷十六年生命中最难以言喻的时刻，她轻咬着嘴唇，想要找出一句有力的话驳斥他，最终却是别扭地将头转向了一边。

"笨蛋。"她小声嘟囔，与此同时，掠过她眼底的，是一丝谁都无法觉察的温柔。

最懂事的人往往最任性，最棘手的人往往最深刻，那年的宋芷虽聪慧至极，却始终逃不过这样的定律。

所以说，若是非要在她爱容晟的年表上做个起始标记，那一定是那个寂寥的初冬午后，当他笑着对她说"所以我在这里等你"的时候。

【4】

而其实，在那一年里，容晟是有女朋友的。

也不再是十几岁的小男生，谈起恋爱来都要以"很喜欢"做标准，容晟的恋人，是宋美生亲自牵线的，刚刚爬到公司中层的名校生管蕾。

管蕾虽比容晟大两岁，但因为平时十分注重保养打扮，看上去反倒比实际年龄年轻好几岁。两个人学的是同专业，供职的是同一家公司，交流起来自然谈不上脱节，只是彼此工作都太忙，唯一的约会只剩下在公司里吃午餐。

彼时，宋芷为了能多见容晟几面而常去宋美生的公司，有时是借口拿零用钱，也有时干脆就仗着自己是宋小姐，满公司乱窜，保安全都拿她毫无办法。而直到某天宋芷变本加厉，非要去员工餐厅吃午饭，宋美生才不得不打电话叫来容晟，安排他陪宋芷去吃午餐。

宋芷的小计谋得逞，心中美得冒泡，哪里料想中午刚到，便突然杀出个自己全然不认识的程咬金。

“喂，跟班，她是谁？”宋芷气结，不客气地指着管蔷问。

“我女朋友。”容晟答得自然。

而管蔷虽觉得这样的对话令人尴尬，但碍于宋芷的身份，也并未多嘴，脸上挂着的是职业化的微笑。

但她不笑还好，一笑，宋芷自动将之理解为来自情敌的示威。沉默了一阵，宋芷终于恢复了以往的心高气傲。她将自己面前的餐盘径直推到容晟的面前，命令道：“跟班，我手刚才抽筋了，喂我吃饭！”

这真是低劣到只有十几岁小女孩才敢使出的伎俩，任管蔷再想反击，她都不可能有勇气在众目睽睽之下向容晟提出同样的要求。

她已经不小了，到了懂人事、讲道理、学会按捺的年纪。然而，宋芷呢？她虽早早精通人情世故，却每每热衷于破坏这样的游戏规则，尤其是当被嫉妒冲昏头的时候。

容晟的脸色骤然间变得煞白，虽还是在笑着，姿态却远不如刚才那么游刃有余。周围已有同事投来好奇的眼光，容晟觉得头痛至极，只好一把将宋芷拽起来，拉出了员工餐厅。

电梯一路下到一楼，大门刚刚打开，一直保持沉默的宋芷便开始反抗。她将容晟的手重重甩开，嫌恶地冷哼一声：“别碰我，烦死了！”

“好。”容晟虽然答得自持，声音里却多少有了怒意。

“记住，你只是我的跟班。”宋芷脸上毫无惧色，一字一顿，“所以，我说什么，你就要听什么，不管是不是在你女朋友面前！”

宋芷生起气来十足蛮横，而容晟虽暂时忍让，却绝不是因为性格软弱。相反，他强硬起来比谁都令人畏惧。

所以，当宋芷站在原地一动不动，第四遍表示拒不吃午饭时，容晟终于火了。刚满十七岁没多久的宋芷本就偏瘦，容晟很轻易地就将她整个人扛了起来，全然忘记自己身后站着的是急忙跟下来看情况的管蔷。

这样的焦躁感是因为什么呢？容晟当年并不是特别明白，但他知道，他见不得宋芷刻意挑衅自己。她在想什么，他说不准，可他就是不希望她称心如意。

终于，挣扎无效的宋芷趴在容晟车子的副驾驶座上喘着气大骂：“我要让我爸解雇你！立刻！马上！”

“好，但是烦请小姐配合我完成董事长交给我的最后一项工作。”

“那是什么？”

“陪你吃完午饭。”

“……你给我滚！”

【5】

就这样，宋芷和容晟的关系虽时好时坏，但无论嚷嚷过多少遍，宋芷都没有真的去宋美生面前参容晟一本，辞掉他。相反，有宋美生的器重，容晟的事业可谓风生水起，很快升职调任，再不是宋芷口中的跟班。

因为换了部门，容晟不再负责宋美生的行程，宋芷和他见面的机会便少了许多。起初宋芷还不以为意，频繁地去公司。直到某天宋美生忍无可忍，一回到家就将她拎去书房，她这才清醒过来，懂得收敛。

作为一个商人，宋美生向来不喜欢浪费时间，而这一次，他却少见地打量了宋芷好几分钟。

房间里气氛凝重，沉默良久后，宋芷终于松口：“我知道了，以后我不会再去公司了。”

说罢，宋芷便镇定地推开门，走回自己的卧室。

说不难过是假的，却终究哭不出来。她受的教育里，绝没有为了爱情掉眼泪这回事。

“太廉价了。”宋芷还记得那位高贵的留学英国的礼仪老师这么告诉自己，“淑女是不会为爱情流泪的。”

宋芷虽然觉得她的每句话都犹如笑话，最终却还是谦恭地点点头：“我知道了。”

她真的知道——

穿三寸高跟鞋要想走得优雅，势必得在背地里多加练习；无论多么讨厌对方，在人前表现出来都是愚蠢的；不能吃零食；不准当街喧哗；走路必须抬头挺胸……宋芷有时候觉得，她的人生无趣到像一本硬皮装帧的词典，干净利落，从不出错。

但不知为何，在容晟面前，宋芷却能够心安理得地做个不懂礼教的蛮横少女。就算她颐指气使，她亦知道，他不会看低她。这种微妙的直觉令她安心。

可如今爸爸下了无声警告，宋芷亲眼见过违背他的人的最后下场，所以，她比谁都明白，沉默的背后意味着什么。

宋美生虽然器重容晟，却绝没有让他成为自己家人的想法，否则，当初也不会将认为与之匹配的管蔷介绍给他。商人毕竟是商人，唯利是图是商人的本性，在宋美生眼里，宋芷至少值得许配给一个更好的生意伙伴。

能清楚地领悟到这点，宋芷心中已无太多波澜。待到情绪平复之后，她甚至翻出手机，开始给班里的同学打电话。

“嗯，上次你不是约我一起出去玩吗？这周我刚好有空……好的，那到时候见。”

【6】

那年的宋芷，经由着各种聚会认识男生，算是穷凶极恶地谈了好几场恋爱，然而没有一次能撑过一个月。她和他们在一起总是显得懂事又大方，虽看上去很般配，却终究隔了一段说不清道不明的距离，最终只有不欢而散。

起初宋芷还能做到平心静气，越到后来越是意难平，尤其在偶然得知管蔷和容晟复合后，更是懂得了何谓抓心挠肺的感受。

那年的管蔷早过了适婚年龄，已成为都市中广大“剩斗士”之中的一员。而到了这个年纪，很多事情已变得不那么重要，这其中自然包括，容晟当年撇下她，匆匆忙忙地追着宋芷的背影跑出去。

他那天破天荒地撞到了三张桌子、一个人，她以一个旁观者的姿态读取了他内心最隐秘的情感，却心满意足地将之保守为秘密。只因他们都是聪明人，不做无利可图之事。

和管蔷复合的第二个月，容晟终于学会将约会场所换到公司附近的咖啡店，倒不是终于学会浪漫，而是潜意识中希望避免和宋芷不期而遇。

虽然她已有很长一段时间没有出现在公司，但回想起两年前她胡闹的画面，他仍是心有余悸。

他喜欢她，从很早以前，又或是初见，她那种蓬勃的、肆意的青春，和他隐忍压抑的青春期截然不同，他很轻易被吸引，却没办法沉沦。

生活教会他很多事，比如量力而行，又比如视人给爱。宋芷说到底，终究不是他能够匹配的那一类。

思及此，容晟难免觉得灰心，果真再圆满的人生，也终有遗憾，又或者是只有这样的遗憾，才能够成就所谓的圆满。

容晟完全沉浸在自己的情绪中，宋芷是何时进店的，他根本没有意识到，直到管蔷提点他，两人才不冷不热地对望。

这一次，她没像过去两年多里，总以一副大小姐似的姿态叫他跟班，因为她身旁跟了个人。

这件事后两年，宋芷已记不起当时的那个男生姓甚名谁，但回想起那一日，宋芷始终无法遗忘当天傍晚的那场暴雨。

喝完咖啡，她和男友相携而出，而走在她身后不远处的，正是随之结账埋单的容晟和管蔷。

雨幕低垂，宋芷伸出一只纤细的胳膊拼命挥动，终于拦下一辆路过的的士。

“喜来登。”她吐字清晰，完全无视身后脸色惨白的容晟。

有时候人活得太清醒反倒没趣味。当窗外冰冷的雨点打在宋芷的脸上时，她的脑海中忽然冒出这句话，然后她将男友的手握紧了些。

【7】

然而那晚的结局着实难堪，宋芷非但没能成功地有趣一回，反倒被酒店的保安带去问话。

“都说了我已经满了十八岁！”怒气冲冲地将身份证丢在桌上，宋芷一抬头便看见姗姗来迟的容晟。

“宋董事最近很忙，听说这件事后，让我立刻带你回家。”容晟的脸上并没有表情，方才还跟在身边的管蔷也已不知去向。

宋芷怒极反笑：“小狗还真是没良心，学会反口咬主人了。”

“如果非要这样说，那么，小姐尚且不算我的主人……”容晟看上去丝毫未被惹恼，“我的主人应是宋董事才对。”

言至此，再多说什么也只能招来保安异样的目光。宋芷深吸一口气，干脆就此打住，坐在沙发上闭目养神，想看看容晟接下来能拿自己怎么办。

然而，容晟没像以往一般径自走过来拽自己走。他甚至干脆坐到了她的身旁，以一种极其官方且冷淡的语气说道：“这样好了，小姐什么时候愿意回家了，记得告诉我一声，鉴于小姐您已是成年人，肯定比我更清楚什么事该做，什么事不该做……”

容晟公事公办的语气像极了宋美生，也就是在那一瞬间，宋芷自灵魂深处打了一个冷战。

成长有时真的只是一刹那的事情，苍老亦然。于宋芷与容晟来讲，比起深爱却无法得到的感情，从一开始就知道不能开始、不应开始、开始亦不会有结果的感情更伤人。

而在这样缓慢而深刻的绝望感中，宋芷终于顺从地站起身："我们回去吧。"

走出酒店，宋芷才发现，这场骤雨竟然已变成一场豪雨。

铺天盖地的雨水中，宋芷甚至难以分辨出眼前的景致，一切都是湿漉漉的、灰暗的。她只能靠引擎声找到容晟的车子，然后拉开车门坐进去。

然而，还没等宋芷系好安全带，容晟便已踩足了油门将车开了出去。

那真是一趟糟糕的车程，以至于从不晕车的宋芷，一下车便在大门口吐得昏天暗地。

滂沱的大雨里，屋里的仆人暂且遗忘了宋芷，她终于短暂地做了一回宋小姐以外的存在。而当她惊喜地意识到这点时，她终于开始哭泣。

那真是一场迟来太久的眼泪，回忆中的任何一个场景都能够触发她的泪点。距离十六岁的那场宴会已有两年，她却依然清晰地记得容晟替自己贴创可贴时的表情——微微皱着眉，带着几许于她来说有些陌生的怜惜，让她想起了小时候养过的小狗泡泡。

泡泡在陪了她三个月后被强行带走，因为家庭医生发现她其实对狗毛过敏，在那以后，她开始了漫长而孤寂的青春。

而其实，有很多个时刻，宋芷都想要回头敲开容晟的车门，扑进他的怀中大哭一场。然而还未等她付诸行动，家中的大门已经洞开，宋美生撑着一把长柄黑伞，深锁着眉头，沉声叫她的名字："阿芷。"

于是，宋芷不再仅仅是宋芷，而是摇身变回宋家的小姐，她有自己的特权，也有自己永世不能触碰的禁区。

【8】

而再往后，转眼便是两年光阴。宋芷和容晟的事终究成为一桩悬案，再没有一个说法。

年底，宋芷年满二十岁，仍留在本城念书，读的是国际经济与贸易专业，但再没有住在那栋豪华却冰冷的大房子里。

除了上课，她几乎很少出门，就住在学校附近的出租楼里。若有稍微知道她身世背景的人问起她这两年发生了什么，她亦从来只是摇头。若是被逼急了，她就开始笑，说的话也无非就是用简简单单两句话：一是宋家被人出卖，公司被收购重组，宋美生意兴阑珊，干脆携眷出国养老，唯有宋芷选择留下来读书；二是，当初那个出卖宋家的人不是别人，正是容晟。

其实宋芷生日当晚，亦曾将这桩陈年旧事翻出来仔仔细细地回味了一遍，最终仍然得出这样的结论容晟他真的谈不上有错。

生意场上，尔虞我诈，诱惑摆在那里，不是他，亦会是别人，宋家终究逃不过这个结果。然而有些事，越是看得通透，便越是容易伤心。宋芷虽懂得很多道理，能够安抚宋美生以及一众家人，却始终无法说服自己不去恨容晟。

当初他对她太好了，让她心怀暖意，最终她被他的自私与贪婪波及，暖意冰封，徒留下一股寒气。

她花光力气亦无法赶走那股寒气，最后只好纵容它留在心底，提醒着自己应该憎恨他。

而其实，在这兵荒马乱又寂寥的两年里，宋芷有再见过容晟一面。

彼时，他已靠着卑鄙的手段坐上那家公司副手的宝座，一句“一人之下，万人之上”来形容，绝不为过。但当他陪着管蔷逛商场，经过她身边时，身上的凌厉之气却不自觉地收敛了去。他的眼神甚至哀恸得犹如犯了错的孩子，令她觉得可怜又可笑，但她并不会因此就想放过他，所以，她选择了回头，像四年前那样，以高高在上的姿态对他说：“你真是一只不折不扣的小狗。”

面对这样赤裸裸的羞辱，容晟却没有恼怒，反倒是管蔷的脾气随着年龄渐长，怒气冲冲地准备冲过来理论，好在容晟马上制止了她。

他转过头来望向宋芷的表情似有尴尬，又带着几分苦楚：“小姐……”

多么可笑，他叫了她这样久的小姐，最发自内心的一次，却是在她已不是他的小姐后。

恍惚间，宋芷又想起了泡泡，怕是那句“小狗”背后隐藏的复杂情感，终其一生，都只会是她一个人的秘密。

思及此，宋芷不禁勾起嘴角微笑，且不忘向容晟强调：“对了，你要记住，我已经不是你的小姐了。你的小姐，只可能是你新老板的女儿，但绝不会再是我。”

说罢，宋芷利落地转身，再没有回头。

【9】

在那之后，宋芷大约有近一年的时间没有见过容晟。直到春节将近，宋芷因为无聊接了附近一家夜店的酒水推销工作，才得以与之重逢。

三百多个日夜过去，宋芷甚至已懒得像那回一般嘲讽他，而是以十分冷静的姿态和他对视。

他们本都是极其理性的人，所以才会在费尽心机后选择不动声色地放弃。

但不知为何，当宋芷以一副娴熟的姿态为自己倒酒时，容晟的心却远不如自己以为的那般风平浪静。

他迫切地想要知道她为什么会在这样的场合，是为了有趣，还是为了生计？明明当年宋家拿到的现金不少，她绝不至于沦落至此……

容晟不禁越想越焦躁，猛一抬头，竟发现宋芷正和在座的一个人拼酒，那原本还可控的焦躁感陡然间升级，下一秒，终于变成原子弹被引爆。

容晟几乎是以强硬到蛮横的姿态将宋芷拖出包房，起初宋芷还会象征性地挣扎，最后干脆连动都懒得再动一下，甚至还调皮地向他眨眼睛。

也就是在那一瞬间，容晟彻底醒悟过来，原来她都是故意的。

故意去与人家拼酒，故意惹怒他，只为了看他失态。

从前他对她只有怜爱与忍耐，后来他对她则是愧疚与躲避，而此刻，他竟然产生了一个阴暗到可怖的念头……如果他豁出去吻了她，后果会怎么样？她会跳起来和他真的拼命，还是如此刻一般顺从？他迫不及待地想要知道结果，于是，倾身用力地吻了下去。

这大概是容晟和宋芷相识四年来最为失控的一晚，于宋芷，亦如是。然而，若说两人最大的区别就是，宋芷一边热烈地回应着容晟的吻，一边在心中冷笑着想，这一切于她，只是一场报复的游戏。

十六岁那年刚喜欢上容晟时，她便已觉得束缚太多，活得太清醒是一件无趣的事，所以，在褪去宋家小姐的光环后，她决定顺遂己愿，做一个有趣的人。

她知道，自己无法说服内心不恨容晟，那么就制定一个漫长的、完美的报复计划吧。选择在最合适的时间，出现在他的面前，让他愧疚，让他失控，让她以自己这颗因为懂事而疲惫、因为疲惫而老到再无法爱人的心为赌注，毁掉他的安宁。

反正命运既然已让她终于得不到他，那就让他永远不安地老去吧。在容晟用门卡打开房门的那一刻，宋芷微笑着想。

【10】

那一夜之后，宋芷再度消失了。而当她再度回到容晟的视线之内时，又是两年时光过去。而这一次，她的身边多出的，则是一个已谈婚嫁论的男朋友。

彼时，容晟亦已和管蔷谈到婚前协议，反正人作为社会的一个小单位，终究是要结婚的，那么，娶一个熟悉的总比陌生的好……更何况，他们之间的关系，远没有爱不爱这样纯粹。

是的，你或许没有猜错，当年容晟作为受万人唾骂的内奸将公司资料出卖给对方这件事的背后，真正的操作方，其实是管蔷。

作为容晟名义上的正式女友，她有他公寓的钥匙，在他再度因为宋芷的事将她撇下后，她怒气冲冲地去到那里，而后看到了电脑里来自对方公司的邮件——

里面开出的条件实在是太优厚了，优厚到足以安抚她因恋爱受创的一颗心。

所以，当管蕾自作主张，以容晟的名义交出内部信息时，一切已再没有转圜的余地。容晟能争取的，无非是让宋家的利益最大化。宋美生会因此有个不错的晚年，这大概算是容晟的以德报怨。

虽然宋美生从不希望他染指自己的女儿，但也毕竟器重过他，从某种程度上来，容晟虽现实，却不功利。所以权衡再三，他选择了一条在保全自己的前提下，最能令宋家受益的道路，虽然他明知道，自己选择的这条路，会被宋芷曲解、憎恶。但，就算她不恨他，那又如何呢？他们在一起的机会仍旧渺茫。

很多事情，一旦开局写好，结尾就很难出现变数，这个道理，他比谁都明白。

然而，容晟虽这样想，对此一无所知的宋芷却不尽然。从被容晟背叛的那一刻起，生活于宋芷而言，便俨然沦为一场巨大的游戏。

她要玩得尽兴，所以她决不会出国。一年、两年、三年……他知道他默默留意着她的消息，所以她耐着心性，总是选择最恰当的时机出现在他的面前。因为，只有这样，她才能利用他身体里每一个愧疚的因子，让他永远对自己咬牙切齿，也永远不敢忘记她。

而现在，这份大红色请柬，宋芷想，大概应该算是这个游戏的尾声吧。她不是骗他的，她是真的要结婚了——

爱过之后若山穷水尽，那便务必要在身心俱老之前将自己嫁出去。

只有笨蛋才会留在原地，宋芷她才不是笨蛋。

【尾声】

宋芷和容晟在岛上的最后一天，出乎意料地平静。

恢复理智的容晟再度回到岛上，对她说的第一句话是：“我答应送你走。”

“为什么？”

“因为你已经不爱我了。”容晟无奈地笑了，“我思考了很久，虽然冲动地把你带来这里，却还是没有办法昧着良心把你留在身边……所以，去结婚吧，女孩子，总是要嫁人的。”

“这句话还真不适合你啊，小狗。”宋芷撇撇嘴，抬起高傲的下巴，“那么，你呢……”

“我自然也会娶别人的。”容晟沉吟片刻，答道，“你看，从我们认识的第一天起，我就已经是这个世界上最遵守游戏规则的人了。”

“……谁说不是呢？”宋芷扯起嘴角，腮边却有眼泪不自觉地滑落。

这将是他们最后一次这样对话了，所以，容晟决定永远隐瞒她关于背叛的真相，而宋芷亦在心中决定，不要告诉他小狗背后的真正含义。

他们都老了，老了的人并不适合谈这些关于青春的、沉重的话题，尤其是老了的聪明人。

那么，这样看来，一切已是最完美的收尾——

宁愿被你憎恨误解着深爱，也不要怀揣释然，有朝一日终被时间浪掷，被你忘怀。

今生，我都不会以摧毁你的信仰为代价，去成全自己的爱情。而在我们眼所能见、耳所能听的这个世界，上帝将不会把我置于你的手中。这些，我都已经答应过了，所以，请你幸福。

你我相逢在黑夜的海上

创作手札：

我喜欢卓少扬多过聂端然。

可能是坏男人情结作祟？

不重要的。

那些年轻的日子里，谁要老老实实地爱一个好人啊？要爱就爱一个可爱迷人的反派角色。

不过，既然我得不到卓少扬，灭绝也别得到他好了。

啊，我喜欢过的坏人们啊，你们过得还好吗？

001 你是四月早天里的云烟，黄昏吹着风的软，星子在无意中闪，细雨点洒在花前。

我至今记得初次见到你时的情形。

那是千禧年的春天，还在念小学四年级的我去妈妈办公室拿钥匙回家。从小学部到初中部有一条捷径，但需要穿过一片荒草丛生的空地。我一向对那片空地有诸多忌讳，只因为我曾在那里被一条蛇吓得半死。

其实那天选那条路是无奈之举，我妈虽然教书厉害，但生活上忘性大，时常丢三落四。这一次，我怕自己再不尽快赶回去关上厨房的水龙头，家里就要水漫金山了。

是下午四点半的光景，空气里还飘着毛茸茸的柳絮，我埋首一路狂奔，猛一抬头，就看见你坐在那片空地上叼着野草，和周围几个穿着我们学校校服的男生打牌。

长大后，我想，当初之所以会注意到你，大概是因为你身上有一股新鲜的痞子气。我成长的环境很正统，妈妈是初中数学老师，爸爸是大学讲师，除了我那被我妈指称“离经叛道又迷途知返”的舅舅，我压根没有碰到过你这类人。

经过你身边时我注意到摊在地上的牌，原来你们在算三八二十四。那个游戏当年正风行，规则十分简单，一人出一张牌代表一个不超过十且不小于一的整数，用加、减、乘、除四种运算，将答案凑成二十四就行。

我从小跟爸爸玩这个游戏，到现在已经腻烦到不行，见你这么大个人，居然还为这种小问题抓耳挠腮，顿时有些看不下去，开始指导你：“这个，加这个，乘以这个，减去这个，就是二十四了。”

我从没有怀疑过自己的数学天分，就像对面那几个初中生从没有把我当成一回事儿一样。最后在他们的一片哀号声中，你接过了他们手中的钱我这才发现，原来你们在赌博。而很快，我又惊恐地发现，我居然把回家关水龙头的事忘得一干二净。

想起我妈的穿耳魔音，我不禁打了个寒战，刚转身想走，你叫住了我："喂，那个小屁孩！"

这一年你十五岁，已经变声，有一把迷死人的嗓子。我一愣，茫然地回头，你举着几张票子对我笑得十分灿烂："今天你帮我赢了钱，我得好好感谢你啊！"

我开始盘算，在确定那些水量此刻足以淹到我家大门口，引起我家邻居的注意，给我爸打电话后，干脆心一横，答应了你的邀请，一起到初中部门口那家小摊吃凉粉。

当然，我们一前一后离开的时候，那几个输了钱的家伙没忘记羞辱你："下次有本事别把你的小媳妇带过来！"

我的脸噌地一下红了，眼巴巴地看着你，没想到你压根没当回事，十分淡然地转头问我："小屁孩，你叫什么名字啊？"

"舒薇。"我有些不满，"我不是小屁孩。"

"哟，挺好听的。"你反复念了几遍我的名字，笑了。

你的眼睛弯弯的，湿润而明亮，让我不禁想起有首诗里写的——你是四月早天里的云烟，黄昏吹着风的软，星子在无意中闪，细雨点洒在花前。

002 我泪眼婆娑地望着你，终于大哭。

那家小摊的凉粉果然名不虚传，我吃撑没形象地揉肚子，你抬手看了看表："六点了，小屁孩，你回家吗？"

想起妈妈下午五点半下班，我"哇"的一声惨叫出来，脸瞬间变得苍白。你见我反应如此激烈，也吓了一跳："喂喂喂，你怎么了？"

我当然不好意思说我妈会因为我晚归而凶我，只好支支吾吾，你被我抓耳挠腮的样子逗乐了，干脆问我：“要不我陪你回去解释？”

我妈是什么人我还不清楚，越解释越麻烦，我惶恐地摇头：“不用了。”

走出小店，我往左走，回学校的家属楼片区。我本以为你会走相反的方向，没想到你疾步追上我：“看来我们顺路，一起走吧。”

当我们在同一栋大楼前停下时，我傻眼了，指着另一个单元门问：“你住这里？”

“刚搬来，今天去办转学手续了。”你笑眯眯地解释，“我爸人很好，你一直住这里，说不定还认识呢！”

“那你爸爸叫什么名字？”

“聂均。”

“那个……”我脑子里突然炸开了无数朵蘑菇云，“聂均，是我舅舅。”

“咦，你就是那个小表妹？”

“……可我不知道舅舅什么时候结婚了。”我惊讶极了，恨不得马上回去向妈妈求证，没等你答话，便一溜烟儿地冲上了楼。

当晚，我们全家在一片水泽中吃晚饭。

我扒了两口饭，想起自己从天而降的表哥，一个没忍住问道：“妈妈，舅舅结婚了？”

妈妈原本在盛汤，听见我的话即刻停住了手上的动作：“你听谁说的？这件事我和你姥姥都不承认，想都别想！”

“可是，舅妈已经带着表哥搬过来了。”

听罢这句，我妈握在手里的汤勺一下掉在桌上，她一撸袖子站起来：“你再说一遍？”

我被她的架势吓坏了，赶忙重复：“舅妈已经带着表哥搬过来了。”

因为我的话，那天爆发了一场惨绝人寰的家庭大战。我妈把饭碗一摔，揪着我爸就杀去了隔壁单元的舅舅家。

大家都是文化人，自然骂不出什么狠话，可动作比原始人还凶残。我妈为表达愤怒，把舅舅家厨房的盘子全摔了，而后一叉腰：“你要是敢娶这个夜总会出来的女人，就当妈没生过你！我也不会认你这个哥哥！”

舅舅不愧是教语文的，镇定非常，一句话秒杀全场：“端然是我的孩子，我当然要和他妈妈结婚。”

我妈的脸一下绿了，深呼吸两次，颤声问：“你那时真的……”

“真的。”舅舅一锤定音，我妈彻底崩溃了，摔门而去。我手足无措地站在门口看着满地狼藉发呆，你忽然走过来拍拍我的脑袋：“没事。”

“我真的不是故意的。”我略带哭腔。

“我知道。”你挑眉，似有满面春风。我泪眼婆娑地望着你，终于大哭。

003 也就是在那个时候，我忽然发现，自己竟然不愿意叫你表哥。

直到小学毕业，我才真正了解到“离经叛道又迷途知返”的舅舅和舅妈过去的事。

据说十几年前，舅舅上大学的时候曾喜欢过一个比自己大的学姐，那个学姐不光是舅舅的校友，还是附近一家夜总会的服务生。姥姥成功地棒打鸳鸯，拆散了他们，舅舅因此一直没有结婚。可没想到十几年过去，两人又遇上了，舅舅蓦然发现自己多出一个儿子，又惊讶又激动，当即去民政局领了证，带着母子二人搬了回来。

自然，这些话不是我妈跟我说的，而是我半夜起来上厕所时偷听到的。不知道为什么，看着妈妈暴怒的脸，我忽然记起你笑嘻嘻地请我吃凉粉的样子。几乎在那一瞬间，我觉得你很可怜，想要好好保护你。

而其实，这一年，你已经十七岁，根本不需要一个十二岁小女孩的保护。但这并不妨碍我去找你玩。虽然你不和我妈妈说话，却好像并不讨厌我。

舅舅家我以前去过无数次，但自从他结婚，妈妈便不再允许我登门，所以我只能悄悄地去。

我很少看见你妈，或者说我的舅妈，记忆中唯一一次是你在客厅陪我打牌，她刚好买菜回来，看见我说了一句“薇薇来了啊”，便进了厨房，再没有出来。

当天夜里在饭桌上我绘声绘色地跟我妈描述舅妈的衣着，说她穿着米色的衬衫黑色的裤子是如何有气质，我妈冷冷地白了我一眼："就喜欢装。"

我一顿，终于放弃继续这个话题。

十三岁那年我终于如愿升上了初中，但不是在妈妈教书的实验中学就读，而是市内鼎鼎有名的一中。用通俗一点的话解释是，我的数学奥赛成绩很好，他们因此决定把我挖过去读书。

这个消息令我雀跃，我急于找人分享，于是我想到了你。

对一个小学六年级的学生来说，鼓起勇气走到高中部的教室，并不是一件容易的事。我做了很久的心理建设，才心一横，爬上你们的教学楼。

可我没想到你竟然在跟别人打架，那是我第一次看见你打架，喉结上下蠕动，一副豁出去不怕死的样子。我整个人当即傻住了，直到闻讯赶来的老师把你和那个人分开，我才发现你嘴角有血。

那天你不常露面的妈妈终于现身，你坐在教室里等她，她一过来，就狠狠地给了你一个耳光。

我躲在门口，身体抖了抖，只听见她慢悠悠地吐出几个字："你就这么想给你爸丢脸吗！"

自始至终你的头都是埋着的，我不敢上前，只能眼睁睁地看着你妈揪着你的耳朵走进办公室，然后我猛然意识到，接下来的课，我已经迟到了。

那天吃过晚饭，我蹲在你家单元楼门口等你，你回来时天已黑了，路灯下，我甚至可以看见你微肿的脸。

你似乎并没有发现我，只是径自往楼上去。我一慌，赶紧叫住你："聂端然，你的脸还疼吗？"

黑暗中，你慢慢停住脚步，回头笑起来："事情都传到你那里了？小屁孩，你知道得还真多。"

你的话令我觉得莫名酸涩，也就是在那个时候，我忽然发现，自己竟不愿意叫你表哥，而情愿直呼其名，聂端然。

004 青春如荒原，他是唯一的信仰。

到一中上课的前一天，我妈特地上街给我配了一副土得要命的黑框眼镜，并且声色俱厉地警告我，不准早恋。

她的话让我惶恐，我赶紧发誓以表决心：“我是去读书的，绝对不会早恋！”

就这样，我成了一中尖子班的一名住读生，每天跟一堆同样头脑很好的学生混在一起，削尖了脑袋争前三名，忙得不亦乐乎。

而相比之下，你的生活就比我轻松多了。隔壁的B城师大很出名，你最后不知道是吃了什么灵丹妙药还是得了仙道，居然好运地挤了进去，念的竟然还是舅舅当年学的那个专业中文系。

你一向很低调的妈妈因为你竟然破天荒地允许舅舅办了几桌酒庆祝，虽然姥姥和妈妈注定缺席，但那天依然很热闹。

我跟我妈撒了谎，到酒席上混吃混喝，本来想敬你一杯汽水，却发现你吃得很少，笑得十分节制。

席尽人散，舅舅带着你妈去结账，你站在酒店外面抽烟。

我从没有见过你抽烟，不由得傻眼了。你点了一根吸了两口，回头发现我的存在，眼帘慢慢垂下来：“你怎么会在这里，你妈还不知道吧？”

我盯着你手中的烟一动不动，只知道摇摇头，你似乎终于明白过来我心中所想，很平淡地笑了：“你还没看过男生抽烟吧？”

其实我看过，只不过是没看过你而已。我这样想着，却突然记起还有其他重要的事要问你：“你为什么不报土木工程？”

我的声音掷地有声，你掐灭烟头，瞟了我几眼，神情中已有不耐：“小屁孩，你懂什么。”

你的话语这样冷静，和平时差距甚远，可我还不死心：“我以前明明看见你电脑里有很多建筑图，墙上也有……”

“你什么都不懂。”你残忍地打断我，“回学校吧，如果查房查到你不在，你妈肯定要把你家掀翻了！”

那大概是你第一次对我凶，在我们认识的第三年，我觉得委屈异常，终于在回家的路上放声大哭，因为你说我什么都不懂，你彻底否定了我。

而其实，等到很久很久以后我才明白，你那时说得没错，我确实什么都不懂，不懂舅舅对你意味着什么。如果你的人生是一片荒原，他便是你唯一的信仰。

005 灭绝，你难道没有喜欢过什么人吗？

十四岁那年，我终于长成了一个讨人厌的女孩。

同学都叫我灭绝，我穿深色校服，戴黑框眼镜，衣袖上还别着风纪委员的袖标，在校园里走一圈，回头率绝不比当时风头最劲的校花低，只因为他们觉得我烦，当我是老师豢养的小狼狗。

那时我们的班花叫乔玥，是一个巧笑嫣然的女生。美女都有特权，乔玥也不例外，她的特权是除了有一个固定的男朋友唯她马首是瞻外，还有一大群男生等着被她传唤，并且以此为荣。

我和她同学这么久，只和乔玥说过两次话，一次是开学时我问她新班级的位置，她解答完后我说的“谢谢”，另一次是后来我目睹她跟男生接吻时语无伦次地说的“对不起”，虽然后来我发现，我没什么好对不起的。

看见乔玥接吻纯属意外，那晚是个大风天，我把眼镜忘在教室了，返回去取，结果一推开教室门，就看见乔玥和她的正牌男友吻得如火如荼。

我一惊，条件反射地把门拉上就跑，跑到校门口才记起，眼镜又忘记拿了。

关于这件事跟不跟老师报告，我苦恼了一个晚上都没得到答案，没想到第二天早上刚进教室，乔玥就叫住了我：“灭绝，你是不是想把昨天的事报告给老师？”

他们都叫我灭绝，我已经习惯了，面无表情地回看她，才发现她在微笑。

“灭绝，难道你没有喜欢过什么人？”

她这样问我，我一瞬间怔住了，过了很久，我小声答：“爸爸妈妈算吗？”

我的表情很认真，她没忍住，扑哧一声笑出来：“等你有了喜欢的人，你就不会想要打我的小报告了。”

乔玥的语气不咸不淡，我却为这件事记挂了一整个夏天。你大学第一个暑假回家的时候，我照例偷跑去你家，你正坐在电脑前打游戏，我冷不丁地问你：“聂端然，你有喜欢过什么人吗？”

你停下手上的动作，慢吞吞地回头：“怎么？”

“有没有？”

“谁都有过吧。”你耸耸肩笑起来，“原来小屁孩也到了为情所困的年纪。”

我压根没有再留意你接下来说什么，只是觉得害怕，为什么你的心里可以住过别的人，我却没有？又或许，其实是有的，从一开始就有，只可惜那是一个影子，模模糊糊，永远见不得光。

我蹲在沙发上很久，直到双腿发麻。然后，我听见你问我：“舒薇，你哭了？”

006 忽有故人心上过。

作为一个敬业的灭绝，我的初中在我妈的连连称赞声中结束。

高中时我仍是在一中就读，就连班主任都是初中周末补习时带班的老师，她看见我倒是很高兴：“舒薇，很厉害嘛！”

她只说对了一半，我的学业是很厉害，但是我的感情一片凄凉惨淡。每天我都在睁大眼睛寻找一个笑起来痞痞的男生，但很遗憾，那些笑容始终都差一点，直到卓少扬出现。

作为我生命中的第一个男朋友，卓少扬的登场充满戏剧性。那天作为有多年工作经验的风纪委员，我拿着黑皮小本子，意气风发地站在学校后面的围墙内准备逮逃课的学生。

很不幸，卓少扬就是其中一位。

暖风拂面，柳絮满世界地纷飞，卓少扬翻墙的姿势就像港片里的男主角，潇洒无敌。他的眼角微微上挑，笑起来嘴角的弧度惊艳得我握笔的手都不再稳。那一刻我只想到一句话——忽有故人心上过。

我疾步上前挡住他的去路，扶正眼镜义正词严地问他名字，没想到他一愣，抱住手肘看着我笑得更欢了："卓少扬。"

"卓少扬，"我努力克制自己不去看他的脸，"你是哪个班的？"

"我真是伤心，灭绝，我们同班了这么久，你居然还不记得我的样子。"

卓少扬的话震惊了我，我猛然抬头，正对上他的弯弯眉眼，他恶作剧似的俯下身来："好吧，我贿赂贿赂你，这样你就不会登记我的名字了吧？"

他的手落在我的左脸上，我的本子和笔稀里哗啦全掉在了地上，在他转身的那刻，我的眼泪泄洪似的流了出来。

我是在三天之后去找卓少扬的，其实，以我的性格，应该对他避之唯恐不及，但在我发现我妈居然偷看我的日记后，一向乖顺的我终于愤怒了。愤怒让人不分是非，我一门心思只想反击。可是，如何反击呢？大概只有靠早恋。

跟卓少扬告白的场地一点也不好，他正和他的一群哥们站在男厕所里的过道上抽烟，他们这群问题儿童的把戏我再清楚不过，干脆站在男厕所门口扯着嗓子喊："老师来了！"

那群家伙果然慌了，一窝蜂地冲出来，只有卓少扬慢吞吞，边走边笑："你找我有什么事呀？"

"找你做朋友。"我说话就跟打入团申请报告似的。

他一下子就被烟呛住了："要是我不答应呢？"

"不答应就算了。"

"灭绝，想不到你这么好玩，我不答应岂不是亏大了？而且那天那么近一看，我发现你还挺好看的，带出去不丢人。"

他的语气抑扬顿挫，我呆若木鸡。他走过来拍拍我的脸，笑嘻嘻："我女朋友就是好玩，还是个天然呆！”

007 我除了有这张跟他笑起来很像的脸，还有钱。

灭绝和花心大少卓少扬走在一起的新闻不胫而走，我一下子由群众厌恶的对象，上升为了女性公敌。可能我一向被讨厌惯了，也就没什么大的感觉，倒是卓少扬一把鼻涕一把泪，觉得对不起我。

他念叨得久了，我无奈地说道：“行了，行了，我没事。”

“真没事？”

“真没有！”

“那好，今天我送你回家吧！”

就这样，卓少扬在成功地把我弄得晕晕的后，达成了送我回家的目的。用他恬不知耻的话说是，美男计。

可我没想到我会在自家楼下见到你，这一年，我上高一，而你上大四。

你穿了一套我没见过的西装，领带系得很紧，我牵着卓少扬的手傻乎乎地望着你，你眯起眼：“舒薇，找男朋友了？”

我点点头，又摇摇头，卓少扬不满了，冲你嚷：“你谁啊？”

“聂端然，舒薇的表哥。”你笑笑，就这样从黑暗中走来，如远航后靠岸的船，“刚好，我请你们吃宵夜吧。”

那晚我们在家属区对面的摊子吃烧烤，你夹了韭菜给我，转头问卓少扬：“你是不是真的喜欢她？”

这个问题太没技术含量，连我都傻眼了，没想到卓少扬却笑得很欢畅：“废话！”

他笑罢，你也跟着笑起来，我看着热气腾腾的烧烤，忽然没了胃口：“你怎么不上课了？”

经我一提醒，你似乎才想起初衷：“忘记跟你说，我是回来联系实习的，下学期，就在你们学校，也许是你们班。”

你从不食言，所以，当你真的出现在我们教室的门口时，我没有惊讶。

班里有女生交头接耳，也有男生嗤之以鼻，我顺着他们的目光看向你，才发现这一次，你真的是变了。

什么时候，你不再是那个静坐在荒草丛中的少年呢？我一抬手，看见自己中指上卓少扬上个月送给我的戒指，是阵阵心虚。

和卓少扬在一起后，我的外表并没有改变多少，他说与其让我去扮纪晓芙，不如本色出演灭绝，然而，女生们写给我的匿名信却丝毫没有减少的趋势，最严重的一次有人叫嚣，舒薇，你会付出代价的！

可我不知道代价来得这样快。放学后我们小组被安排去打扫偏僻的音乐楼，打扫结束，那几个女生直接锁上了门，指着我冷声道："我们是帮大家出口气！"

十几岁的女生很容易觉得自己代表正义，我哑然，但耳光很快噼里啪啦地甩下来。我眼冒金星，顿时昏了过去。

醒来时你竟然在我的眼前，我只当自己眼花，没想到你扒开我的刘海摸我的额头，自言自语："嗯，还好，没发烧。"

确定我无大碍，你开始打电话，先是打给学校的主任，再是我妈，最后是我舅舅。你打完电话，我已经扶着墙壁站了起来。

你回头喊我的名字——舒薇，我一愣，旋即整个人跌在了你的怀里。你不知道，我是故意的，没有人知道，这样的故意有多绝望，仿佛自己是在黑夜海上迷路的小船，失去了灯塔，再也找不到海岸。

你抱着我没动，很久过后，你说："走不动了？我背你回去吧。"

月夜有星，稀疏几点，一刹那，我失了聪瞎了眼，再看不到别的风景——自然，我也没能看到站在我们身后的卓少扬，此刻正渐渐握紧拳头。

我在家休息了一个星期，卓少扬是在我返校的那天早上来到我家楼下的。我笑着揉揉还没完全消肿的脸，想跟他解释，他却只丢给我一沓白纸，冷冷道："那天我都看到了，这些是我刚拿到的。对了，我好像忘了跟你说，我除了有这张跟他笑起来很像的脸，还有钱。"

我整个人瞬间僵住了，身体也慢慢失去温度，终于，我落荒而逃。

008 然而，你不知道，我此刻在想的，是你。

我在街上漫无目的地走了一天，直到傍晚，才敢敲你家的门。

舅舅和你妈去看电影了，你正坐在沙发上看电视，见到我来，特地去冰箱里找冷饮。

你递给我一瓶绿茶，示意我接，我的眼泪却疯狂地涌出来，你意识到状况不对，丢开饮料问我："你怎么哭了，是脸还疼吗？"

"关你屁事。"我不识好歹，边抽出纸巾抹眼泪，边将头扭向一边。

你的喉头动了动，很久过后，问我："你今年几岁了？"

我终于回头正视你，可你似乎并不是真心想问我，你自顾自地说下去："我今年二十一岁了。"

我没再哭了，抬头错愕地看你，你伸出一只手，似乎想抚摸我的头，最终却僵在半空："我们去吃凉粉吧。"

那家店晚上没什么客人，路灯昏黄，我掰开筷子，递给你，可你没有接。

"昨天，我妈刚给我安排了相亲。"你似在说与己无关的事情，神色中丝毫没有不自然，"但是爸爸劝我继续读书。"

"读什么书？"

"伦敦的大学，我曾经提出过申请。"

"通过了？"

"通过了。"

一时间我们都沉默下来，我不知道此刻你在想什么，然而，我的脑海中出现的只有你，初中时痞气的你，高中毕业时一夜长大的你，大学时奋发图强得如同精英一般的你。然而，你不知道，我此刻在想的，是你。

那天我的凉粉没吃完，卓少扬便气势汹汹地打来电话，我按断几次，最后他只好发短信："灭绝，你决定是自己来找我，还是我去找你。"

他说话向来算数，我手一抖，站起来："卓少扬找我。"

你点点头算是听见，结完账后折返回我的身边："那我送你到公交车站。"

夜风很凉，我不自觉地抱住手肘，你递外套给我，我却固执地摇摇头，指着不远处的站牌：“我到了。”

你停住不动，示意我走，我每一步都像是走在刀尖上，心痛却无法滴血，终于，在漫长的等待中，你叫住了我：“舒薇。”

你没有把话说下去，我也不敢回头，最终，我们都选择粉饰太平，你爽朗地笑起来：“路上小心。”

我愣怔片刻答：“我知道。”

抵达卓少扬说的地方时，他正和一群人喝酒。见我来，他一把将我搂过去，笑道：“想死我了！”

我条件反射般地推开他，他绯红的脸终于暗淡下来，咬牙切齿：“不要以为我不知道，其实你——”

他话未说完，我便惶恐地捂住他的嘴，生怕他再吐露出半个字。我的眼泪噼里啪啦地落下来，他的牙齿几乎咬破自己的嘴唇：“好吧，我不说，但是，灭绝，你是我交往这么久唯一没有碰过的女生……”

没等他把话说完，我已经打断他：“好，我答应你。”

009 这些，我都已经答应过了。所以，请你幸福。

和卓少扬分手的那个清晨，窗外暴雨如注。

我和他并肩走出旅馆，他眼巴巴地将手伸过来，却被我重重地甩开了。他深深地看了我一眼，眼睛红了：“舒薇，你是不是在恨我？”

回想起昨夜在旅馆里，他最终放弃解开我衣服的纽扣，我摇摇头：“没有。卓少扬，你听我说，我们分手吧。”

雨势依旧没有要打住的意思，我戴着我的黑框眼镜，透过厚厚的树脂镜片看这个世界，发现模糊一片。

卓少扬在屋檐下抽完了他的那包红双喜香烟，然后抬起手揉乱了我本来就跟鸟巢似的头发。

“虽然我可能不是个好人，但我真的喜欢你，灭绝。”他这样说。

卓少扬的背影最后消失在了连天的雨幕中，他走后，我独自在雨中站了很久，没有哭，只觉得冷。我孤孤单单的爱情，我那不被世人允许的爱情。最终，我自私地应允了自己的爱情，就只有还他以伤害。

爱情从不公平。

雨停后我乘车回去找你，舅舅和你妈都不在，你似乎在整理房间，见我来，微笑着招招手："舒薇。"

我已不记得从何时起你不再叫我"小屁孩"，就像我不知从何时起，开始爱你。这样毫无前途的爱，如一场无人坐庄的赌局，三月桃花，七月流水，最终只能应了满眼灰飞烟灭。

你指了指放在桌上的Offer对我说："我想过了，还是决定继续读书，我暂时不想结婚。"你的眼深如潭水，我突然回想起很多年前你叼着一根草打牌的痞子样，心脏如缺血般难过。

"聂端然，我想考S大。"我仰面看他，似凝望一幅永远触及不了的绝美风景，可也许正是因为到不了，才可以成就所谓的绝美。

"加油。"你对我说，然后你在有生之年第二次拥抱了我，在我耳畔说了一句话，我一怔，终于泣不成声。

你说，我偶尔想过，我们若不是兄妹该多好。

可是，很多事，失了开局，就注定没有结局。

两个月后，你如期搭上了前往英国的飞机，而我的生活，还要继续。作为一个曾泡到过花心大少的灭绝，大把少女一边嫉恨我，一边等着我支招。卓少扬被缠得不胜其烦，终于找到我："灭绝，你真够灭绝，好歹我也喜欢过你，干吗不留情面地把我往别处推？"他笑起来的样子还是很像你，可我已经肯定，那不是你。

当天晚上我请他喝酒赔罪，酒过三巡，他的面色微醺："舒薇，你真的不告诉他？"

"告诉他什么？"

"他不是你表哥这件事，其实你完全可以跟他说，你爱他。"

"不要。卓少扬，永远都不要，你什么都不懂。"

曾经，你对我说，你什么都不懂，现在，我对另一个不知道我们故事开端，只知道故事结尾的人说，你什么都不懂。

或许我们都不曾完全懂得，但我们都以自己所能够理解的姿态去付出了，就不会再有怨怼。而其实，在我十六岁的夏天，我妈曾经跟我有一次长谈，在她偷看完我电脑里的日记后。

当日我羞愤得想死，但她的反应比我想象中的冷静太多，只是冷笑："不可能，就算你们不是表兄妹，也不可能，我不准。"

我不是傻瓜，自然对此起了疑问，结果我没费多大力气，就从舅舅那里得到答案，原来你真的不是他的孩子。那时你妈刚跟舅舅分手，仍在酒吧里工作，那里三教九流的人都有，你妈被灌醉过，很快有了孩子。我知道，她本该打掉你，可那时的她那样寂寞，生下你陪伴自己，漫漫人生，才不会失去继续生活的勇气。

我曾经问舅舅，为什么你不说？他笑笑，说，以后你会懂的。

舅舅说得不错，后来我慢慢长大，便开始真的懂得。原来舅舅是你的信仰，他那样好，那样包容，满足了你对父亲的全部幻想，你从不忍心让他失望，即便折损自己的心愿，也要尽力去让他满意、安心。

那一刻，我终于知道，今生，我都不会以摧毁你的信仰为代价，去成全自己的爱情。而在我们眼所能见、耳所能听的这个世界，上帝将不会把我置于你的手中。这些，我都已经答应过了，所以，请你幸福。

初恋残酷物语

创作手札：

大部分的言情类小说中，对女主角颜值的表述，都是暧昧的中上。

中上是个什么意思？我的理解是素人美女。

想起来真丧气啊，这个看脸的时代。哪怕是我自己，书写的以“丑女”为主角的故事，也不过寥寥几篇。

曾有一篇《如果风不再吹》，收录在上本故事集《青春已老》中，还有就是这里的杏子了。

就像标题那样，不漂亮的女孩子的初恋，本质上是个残酷的故事。

好在，明日尚有新的温柔。

原来活到今天能爱到开花结果，要感谢与旁人一起犯过成长的错。

【1】

杏子觉得自己得了一种病，这种病千百年来在医书中都没有明确记载，于是，杏子自己为它取了个名字，恋爱疲劳症。

杏子今年二十岁。二十岁，在很多人看来正当好的年华，杏子没有虚度，她用它们来谈恋爱，很多很多场恋爱，长至三个月，短的不到一周……然而，无一例外，最后都会走到分手。

分手后杏子总是恢复得很快，姐妹们咂舌她的复原力，纷纷请教诀窍。杏子伸出细细的手指在她们眼前晃，眨着眼道："其实只要记住一点，恋爱不是为了得到这个人就好啦！"

众姐妹恍然大悟，难怪杏子可以这么洒脱，原来不是为了结果。然而，没有结果的恋爱，杏子能得到什么？

这个秘密当然只有杏子知道。

她可以从他们的身上嗅到和他一样的味道，看到和他一样的眼神，甚至可以吻到和他一样的嘴唇……只是，住在杏子心中的那个人，从来都不是他们。

当然，杏子也不是全然麻木。通常分手的第一天，她还是会感到难过的，为自尊，也为接下来无趣的生活，她常常会大哭一场。每当这种时候，她就会毫不客气地抓起手机，给林立志打电话。

"Hi，林立志，我又失恋啦！"她夸张的笑声是失恋人士的专属。

通常林立志都会沉默一阵，然后连名带姓地叫她："程幸，你一个女孩子不能这么随便，怎么才恋爱没多久就又分手了！”

林立志的话语里常常弥漫着一股优等生特有的迂腐味，杏子过去很讨厌，现在却习惯了，还能置若罔闻地继续撒娇：“好吧，好吧，我做人随便，不过，我不管，我失恋了这么伤心，你必须请我喝酒！”

通常杏子要是把话说到这个地步，林立志都会毫无悬念地举白旗投降：“……好吧，我请你喝酒！”

然后杏子就开始欢天喜地地挑衣服、化妆、喷香水，美滋滋的样子像是去赴一场约会，根本不像去借酒消愁。

而当天晚上，林立志又势必会一边替杏子斟酒，一边展开一场别开生面的动员大会，希望杏子迷途知返，好好念书，至少和他一样，考个研究生读读。

杏子对此嗤之以鼻：“我又不是你，脑子好、能跳级，二十岁就可以读研究生，你不要管我啦！”

“我只是想你不要再因为无聊，随便谈恋爱而已……”林立志看上去挺委屈。

“我一点也不无聊，而且……我最近生病了，完全没心情读书。”杏子打了个酒嗝。

“病了？哪里病了？”林立志就算关心人的言语也匮乏到令人发指。

“不劳您费心。”杏子从鼻腔里挤出一声长长的冷哼，“反正你只认识你的学术论文，明天我会自己去医院的！”

林立志被杏子说得微微发窘，他确实不懂女孩子那些乱七八糟的毛病，就好像他十六岁高中毕业时才知道同桌谈论了三年的“大姨妈”究竟是什么东西。更多时候，他对这个世界的感觉迟钝得可怕。

所以，那天晚上结完账后，他当然也不晓得要送杏子回宿舍，只是替她叫了出租车，便扬长而去。

坐在车上，杏子闭上眼，疲惫地嗅了嗅手腕上残留的香水味，难免气急败坏地想，为了来见他喷这个，果然是暴殄天物！

想着想着，杏子的嘴角不自觉地上扬，却不知忽然又记起什么，那条弧线最终还是缓缓地恢复成原状。

【2】

就像杏子跟林立志说过的那样，她觉得自己病了，所以第二天一起床，她就去医院看病了。

门诊部大厅人满为患，很容易让杏子产生误解——社会已大同到医疗免费。杏子排在长长的队伍后面等挂号，好不容易轮到她，她迟疑了片刻，说：“请帮我挂神经科。”

但当杏子推开神经科诊疗室的大门时，她还是在心里小小地惊艳了一把。因为坐诊的那位医生既不在更年期，也没有谢顶。他看上去三十岁出头，或许还年轻一点儿，白大褂一尘不染，最最重要的是，他的眉毛很像他的——

从十六岁到二十岁，杏子都在收集的那个他。

杏子突然对这次诊疗充满了兴趣，她兴奋起来的样子就像一个刚刚步入青春期的小女孩，眼睛放光，笑容璀璨。她拉开椅子，在这个和他有着一样眉毛的医生面前坐下来：“Hi，医生你好，请问你叫什么名字？”

就这样，人民医院最炙手可热的潜力股秦阳便被杏子不费吹灰之力地搭讪了。

秦阳很久没见过这样古灵精怪的女生了，不禁微微扬起嘴角：“医院规定不能随便透露医生的名字。”

“可你的名牌上明明已经写了呀。”杏子毫不在意地哈哈大笑起来，“秦——阳——哦，原来是秦医生啊！”

接下来的诊疗很快变成了匪夷所思的问答大会，通常是杏子提问，秦阳回答，且标准答案多为“有”或“没有”。

“你有没有觉得当医生很无趣的时候？”

“……有。”

“那你有没有女朋友？”

“……没有。”

“那你介不介意多个女朋友？”杏子托着下巴笑盈盈地望向他。

终于，秦阳不能再以“有”或“没有”搪塞她了：“医院规定——”

“我不听，我不听！”杏子任性地捂住自己的耳朵，“反正只要不是在医院里就可以了吧？我明白了，我们待会儿见。”

说罢，杏子已站起来，蹦蹦跳跳地离开了诊疗室。

下午六点半，当秦阳走出门诊部的大门，一眼便看见了蹲守在树下的杏子。夕阳的余晖落在她染成亚麻色的头发上，她并不漂亮的脸上洋溢着少女特有的芬芳笑容。只见杏子跌跌撞撞地朝他跑过来，伸出一只手，理直气壮地望向他的眼睛：“现在可以给我你的手机号码了吗？”

【3】

失恋两周后，杏子又恋爱了，和潜力股秦阳。

医院里的小护士们禁不住议论纷纷，秦医生这是被猪油蒙了心？怎么会看上长相身材个性都很一般的杏子？但只有秦阳自己知道，他乏味的生活需要杏子这样活泼的姑娘作为一剂强心针，更何况，杏子的乱七八糟并不惹人反感，相反，他还很受用。

如此这般，杏子和秦阳的恋爱进展顺利亦是理所当然。很多时候，秦阳甚至会自信满满地觉得自己对这段关系是运筹帷幄的。直到某天两人约会结束，他送杏子回宿舍，在楼下见到一脸苦相、坐立难安的林立志，某些男性特有的神经才在他的脑海中苏醒，一个小小的声音开始提醒他，这段恋爱可能不会如你预计的那么简单顺畅。

秦阳很难不下意识地将林立志当作情敌，然而杏子接下来的反应推翻了他的臆想，甚至可以说，令他觉得自己多虑了

因为杏子不仅完全无视掉了林立志求助的眼神，还非常冷漠地打发他走：“你没看见我在和我男朋友约会吗，走啦，走啦，有什么事回头再说！”

黑暗中，再次回到绝对胜利者地位的秦阳无心说服自己去观察对方的

表情，但林立志的声音却没能完全被阻绝在自己的听力范围外。秦阳可以清楚地听见他谨小慎微的声音:“对不起，我来这里是不知道该怎么办……烁儿，烁儿她回来了。”

原来他找杏子想说的是关于别人的话题，秦阳在心中总结，渐渐又恢复了起初的好心情。

倒是杏子，微蹙着眉，沉思了片刻，才又催促林立志快走：“我知道了，不过，你还是先走吧……我现在真没空！”

就这样，林立志灰溜溜地被杏子赶走了。目睹全程的秦阳终于放心，郑重地和杏子告别后，也开车离开了。

等到秦阳的车子开远了，杏子的脸色才渐渐起了变化。她没有径自上楼，而是在宿舍楼门口来回踱步。

走了好多个来回以后，她终于掏出手机打给林立志，声音里却充斥着不耐烦：“好了，好了，现在我的事情忙完了，你可以回来了！”

说罢，杏子迅速地挂断电话，一屁股坐在花坛边。

月黑风高，这样的夜晚真适合林立志这样的低情商玩失恋，杏子冷哼一声，一回头，便发现人高马大的林立志已委屈地站在不远处望着自己：“烁儿回来了……”

“你已经说了三遍，你是祥林嫂吗！”杏子暴躁地跳起来。

“我……”

“你什么你。”杏子一掌重重地拍在他的后背上，“出息点，别想她了！”

“可是，我应该对她负责的……”林立志的台词充斥着二十世纪九十年代言情剧的狗血气息，杏子受不了地踹了他一脚：“负责！麻烦你先对自己的脑子负责吧！”

【4】

杏子和林立志的关系，实在很难用一句话准确概括。

曾经，他们做过几年小学同学，但林立志太聪明了，小学没毕业就被老师抓去跳级读了初中，同学就此没得做，他们的关系便仅限于住在同一栋大楼；然而林立志的初中生涯刚结束没多久，杏子的爸爸便发了财，带着一家人搬去了高档住宅区，所以他们就连邻居也都不算了；还好杏子考高中时她爸舍得砸钱，终于杏子以五万人民币的高价换来林立志所就读重点高中的通行证，他们勉勉强强又做回了校友……

所以说，等林立志十六岁考上大学时，他们也就连最后的一点校友关系都没有了。后来杏子上了大学，但她的分数勉勉强强够专科线，而林立志呢，人家读的是杏子学校隔壁的211工程的大学，和杏子分属于两个世界。

故事说到这里，可能你就要揣测了，哇，这么无趣的家伙，这些年一定没有女生喜欢他吧。那你就大错特错了。

在林立志乏味的感情履历表上，曾记载过光辉的一笔，但只需这一笔，便足以让其他谈过N次恋爱的家伙自惭形秽。没错，林立志这个书呆子泡到过的不是别人，正是杏子高中时期的传奇级美女，那个美女恰好有个很TVB的名字，叫廖烁儿。

廖烁儿和林立志的分手属于无疾而终型，高三毕业之后，廖烁儿忽然表示自己要去美帝国镀金，并以光速搞定一笔和她工薪阶级家庭收入极不相称的镀金费，坐着飞机义无反顾地杀向了美利坚。从此，林立志的感情世界回复到空白一片，毫无悬念地再度沦为了低情商、没趣味、只会读书的闷蛋。

对于林立志对廖烁儿的深情不悔，杏子其实很能理解，因为廖烁儿长得实在漂亮。和容貌一般般的杏子相比，廖烁儿只靠这一点就可以完胜，谁叫这是一个现实的社会。杏子很明白这个道理，所以，庆幸，她还算有钱。

有钱真的是一件很好的事，有钱可以买到品位、可以买到朋友。杏子嘴上不说，但心里明白，自己能不间断地换男友，爸爸给她的钱是很大一部分原因，但秦阳除外。

秦阳暂时还不知道她很有钱，在知道她身家之前便接受她，杏子很难不阴暗地揣测，他对她别有所图。至于是不是像她一样贪图别人的眉毛，杏子说不好，也不介意。

恋爱这件事，太认真就痛苦了，所以，杏子从不认真。

【5】

再见到廖烁儿，是在陪林立志逛街的一个周末。

杏子翻出包包里爸爸刚给自己买的新车的钥匙，在林立志眼前晃了晃，示意他上车，却没想到他根本不买账，扭头就要上楼："我不想买衣服。"

"可是你已经一年没买过衣服了！"杏子瞪大眼睛，觉得他已经不可救药。

"可是我没觉得衣服不够穿。"林立志虽闷得无趣，但绝对固执，忍不住辩解。

"你每天窝在家里看书，当然一套睡衣就够了！林立志，你给我听着，你妈真是白给你取这么励志的名字了，为了廖烁儿，你当真就这么怕会遇到她啊？有本事你就永远不要出门啊，你这个尿包，彻头彻尾的大尿包！"杏子毫不心疼地一脚踹在自己的新车上，只听车子发出一声难听的闷响，引来无数路人的目光。

林立志脸皮薄，虽然脸色依然难看，却还是憋着自己松了口："好，你不要说了，我跟你去就是了。"

车子一路开上内环，杏子故意把音乐声调得很大，导致她的神经都开始隐隐作痛。一旁坐着的林立志正在打盹儿，活了二十年，好像只有和廖烁儿在一起的那几个月，他才展现出对生活的最大热情。会常常笑，也会说一些冷到不行的笑话，最重要的是，他会隔三岔五紧张地问杏子，这套衣服还能看吗？

其实林立志长得很好看，如果能打扮一下，绝对能挤进年级帅哥榜的TOP10排名，可他从来没有兴趣。他的人生似乎就是围着数理化转的，直到廖烁儿出现，他的人生里才终于多出一门恋爱选修课。

但廖烁儿这个不称职的老师却中途逃跑了，剩下林立志这个好学生守着空荡荡的教室茫然四望。他还有很多东西没有学会呢，为什么就下课了？

像林立志这样情商不高的人不易动情，但一旦认真，又特别执着。杏子还记得他失恋的前三天都闷在房间里做数学题，就好像他做完这些题，就能得到关于廖烁儿离开这道题的答案一样。

他的眼睛是血红的，那是杏子第一次看见他情绪激动的样子，但杏子只觉得嘴里发苦。

想到这里，杏子握着方向盘的手有些微微颤抖，不过，还好，她可以承受得住，毕竟这是她已经习惯的。

习惯了林立志对自己毫无自知的伤害，也习惯了自己此生最初爱过的那一个……从来没有在一起过。

【6】

杏子从小就长得不漂亮，据说这是遗传了她路人甲长相的双亲。其实这件事想来也不是那么难以令人接受，毕竟这世界上美人的数量是有限的，不然也就不用特地以“美人”和“路人”区分，以展现出她们的金贵。

路人杏子最先学会的美德就是不要过于热衷展示自己。因为路人的展示和美人的展示在很大程度上受到的待遇是不同的。就好像幼儿园时杏子曾献宝似的将自己画好的画给老师看，老师只是微笑着摸摸她的头说了声“画得真好”，廖烁儿却因此得到了老师的无数句褒奖和一个嘉奖的香吻。

亲近美好的东西是人类的天性，初中读完第一本心理学书后，杏子便在心中偷偷原谅了当初那个老师对自己的伤害，但她无法说服自己不再对廖烁儿过分关注。

幼儿园毕业时，杏子故意选了和廖烁儿同一所小学就读，然后认识了班里最闷也是最聪明的林立志。

如同当初的幼儿园老师喜欢漂亮的小女孩一样，杏子自然也喜欢漂亮的男生。并且，如果在漂亮的基础上能聪明一点就更好了，所以，杏子毫无悬念地喜欢上了林立志。

小学生的爱情是爱情吗？这个命题太高深莫测了，杏子不能给出所谓的标准答案，但杏子知道，如果能从小学持续到大学的爱情，那一定是爱情，就好像杏子对林立志一样。

而其实，做同学的那几年里，杏子和林立志说过几句话甚至可以用两只手数完。

每一次，都是杏子像故事书里害羞又别扭的小丑一样跑到林立志的面前，跟他说话，而每一次，林立志回答她的，都是礼貌而客气的应允——他这样温柔的人，很少拒绝别人，但绝对谈不上热情。尽管他一直知道，他们其实住在同一栋大楼。然而，那又怎样呢？再纯真可爱的孩子身上都存有人的天性。林立志不介意黑黑瘦瘦的杏子怎么想自己，他能看到的，只是站在讲台上讲故事时杏仁眼会闪闪发光的廖烁儿。

所以，很多时候，初恋是一件极其残酷的事，A 喜欢 B，B 喜欢 C，然而 C 呢……C 谁都不喜欢。

C 最爱的，永远只有自己。

小学毕业之前，杏子曾有过自幼儿园那段往事后与廖烁儿的第一次对话。她们友好地回忆了共同度过的六年，然后自然而然地提到了先她们一步跳级读初中的林立志。

“你还记得五年级升去读初中的林立志吗？”杏子小心翼翼地问，生怕泄露了内心的机密。

“哦，你说那个书呆子啊……”廖烁儿的回忆似乎很艰难，“我们其实没有说过几句话，他好像除了读书以外，不大关心别的事情。”

“是这样啊，嘿嘿……”杏子装傻地笑起来。

“难道不是吗？”廖烁儿也跟着大笑。

然后，杏子便在心里小声地对面前什么都不知道的廖烁儿说：“其实他很关心你，在过去的五年里，他偷看你的次数，和我偷看他的次数，一样多。”

【7】

如果说初中岁月能有什么让杏子提得起兴趣再回忆一下的话，杏子想，大概就只有自己摇身一变，突然成为有钱人这件事了。

其实关于发财的经过，杏子没什么好说的，因为她爸爸的发家史，说到底就是一部走了狗屎运的暴富史，而她就是传说中的暴发户的女儿。

但暴发户的女儿又怎样呢，只要她有钱。是爸爸的钱，第一次让杏子体会到被关注和讨好的滋味。那些平时很少联络的同学在初中毕业的那个暑假开始疯狂地给她打电话，邀请她一起出去玩，杏子起初受宠若惊，出去埋过几次单以后便学会了搪塞“好好好，我下次有空一定去”，“对不起啊，下周我爸要带我去夏威夷玩”……到最后，杏子干脆一把拔了电话线，世界就此清静。

然而，这都不算是最离谱的，最离谱的应该是，跟杏子同桌了三年，没有说过几句话的男同桌突然向她表白了。

“程幸，我有句话想跟你说很久了……”

“嗯？”

“……我喜欢你。”

“哈哈哈！”杏子忍不住在电话这头大笑起来。笑声要多刺耳有多刺耳，半分钟后，对方终于受不住，挂断了电话。

然而笑着笑着，杏子突然哭了。她的同桌一定不知道吧，当他和其他男生在她背后议论她，说她长得不漂亮、以后没人要的时候，她其实都听见了。

所以说，钱真是一样可怕的东西啊。杏子擦干眼泪，暗自在心中决定，她一定不能辜负爸爸的钱。

杏子花了五万块挤进了林立志和廖烁儿就读的重点高中，和考进去的他们不同，她披着高价生的外衣，就一定要做与之相称的事。学打扮，学化妆，不爱念书，终于，不好看的杏子勉勉强强能看了，然后杏子开始谈起一场场恋爱。

有校内和自己一样有钱而无所事事的男生，也有隔壁职高的学生，他们夸她够瘦，看起来很有范儿。杏子有点想哭，大概这是她唯一的优点了吧。

就这样，过着和林立志、廖烁儿完全不同生活的杏子，每天仍会在体育场和身处重点班的他们相逢。

课间操的二十分钟，只有重点班的男生女生会好好做操，把每个动作做标准、做到位。而作为吊车尾的杏子他们，就负责看热闹、说笑，然后在解散后重新回到自己的班级。

他们其实还是分属于两个世界，不管她砸多少钱。意识到这一点，杏子第一次感受到真正的绝望。

是啊，她还是喜欢着林立志，因为在她接触过的男生里，他是唯一的那个好看且聪明，没有侮辱、看不上她的人。尽管这样的仁慈，仅仅是建立于无视的基础之上，但对杏子来说，已经够了。真的够了。

【8】

杏子能够真正走进林立志的生活，说实话，靠的还是钱。

那时林立志虎虎生风的妈妈突然查出乳腺瘤，不知是恶性还是良性。住在同栋楼的邻居向来八卦，东家长西家短，于是一传十，十传百，最后这件事终于传到了杏子的耳朵里。

得知这个消息，杏子什么都没说，带着自己的副卡，去银行取了五千元，直接去了林立志的家里。

当时林立志刚好报了个市里最贵的全课程补习班，家里周转吃紧，杏子的钱算是解决了燃眉之急。虽说在林家的一再坚持下杏子松口这钱算是借给他们的，但毕竟恩重如山，林妈妈一下子便将杏子视若己出，活检确定肿瘤为良性出院后，每周都要求杏子来家里坐坐，吃个便饭。

杏子嘴上不说，心里多少还是快乐的。那种快乐像夹心糖，外面甜甜的，内里却能流出酸酸的果汁，令杏子牙也酸，心也酸，最后终于酸出眼泪来……但这些情绪，杏子从来不会在林立志的面前展示，因为她知道，就算自己表现出来，林立志也看不到，所以何必像个跳梁小丑一样浪费力气呢。

而就在林妈妈和杏子逐渐建立起深厚情谊的时候，已经获得保送名额的林立志对廖烁儿的暗恋也差不多进入了白热化的阶段。可作为从小到大的好学生加大美人，廖烁儿从来不乏别人的爱慕与关注。而这些人里面，多一个林立志不多，少一个林立志不少，廖烁儿向来不笨，她知道凭借自己所持有的资本，足以轻而易举地找到一个其他方面远超出林立志的人，所以眼下她压根没必要把自己的青春浪费在这个书呆子的身上。

就算他暗恋自己很多年这件事听上去无比深情又怎么样呢，廖烁儿此刻关心的，仅仅是如何能跳出寒门，毕竟想要过上更好的人生，光有智慧、美貌、努力是不够的，还需要钱，令自己能够继续向上攀升的钱……但多么讽刺，她廖烁儿什么都有，唯独没有钱。

单亲、家贫、貌美……在未来，这都将会是令人对自己浮想联翩的关键词，然而，廖烁儿的自尊心和虚荣心绝不允许，也无法忍受被别人轻视。所以，求求老天爷，发生点什么吧，发生点什么，改变这一切。

比如，第二天醒来，自己的爸爸忽然出现，带着像杏子爸爸一样多的钱；又比如……让她变成杏子。就算不漂亮也没关系，反正现在医疗美容技术这么发达，一定有什么办法变漂亮，但唯独钱，她廖烁儿变不出来。

想到这里，趴在课桌上拼命做题的廖烁儿终于无声地流下了眼泪。

是啊，生活远比故事残酷多了，故事里灰姑娘的标准配置是骑白马的王子，富家小姐一定是又漂亮又聪明又贤惠……然而，生活里，可没有这样的完美。

【9】

其实现在回想起来，杏子也不明白为什么自己会向廖烁儿提出那么离谱又那么疯狂的交易。

她们嫉妒对方这件事，彼此都心明如镜。所以，当杏子找到廖烁儿的时候，廖烁儿不是不惊讶的："……你找我有事？"

“嗯。”

“……什么事？”

“林立志的事。”杏子烦躁地将口中嚼着的泡泡糖吐掉，“他都已经被保送了，现在每天还在疯狂地做题，也不怎么吃饭，谁劝都不听，我看这样下去，他迟早会死掉的。”

“这跟我有什么关系？”廖烁儿抱住手臂冷冷地望着杏子。

“废话！当然是因为他喜欢你！”杏子觉得自己比任何时候都讨厌眼前的这个人。她明明得到了自己渴望的青眼，却视之如草芥。

“他喜欢我，我就要负责喜欢他吗？你的逻辑真可笑。还是程幸小姐您吃饱了撑着了，闲得没事，来找我的乐子？我和你这种坐吃山空的米虫不一样，我要念书，很忙的！没别的事，我先进去了！”廖烁儿的脸色终于垮下来，扭头转身就要走。

杏子赶紧冲上去胡乱地抓住她的胳膊：“等等！”

“有什么话快说，我没空陪你这种有钱人瞎耗时间！”

“你很想去美国留学是吧？”杏子也不怒，只管死盯着她的眼睛，“这样吧，你去和林立志谈恋爱，我负责送你去美国读书的钱！”

“拿我开玩笑这么有意思？还是你喜欢林立志到脑子不正常了？”廖烁儿目瞪口呆，难免气急败坏。

“都不是。”杏子忽然笑了，“只是我高兴。我高兴叫你去跟林立志谈恋爱，你不答应也可以，不过后果你可以猜猜看……但是，要是你答应，我就说话算话，送你去美国读书。你不是什么都有，就是没钱吗？没关系，我有钱，所以你要给他爱，很多很多的爱……”

“就像他吝啬于给我的那样。”这后半句，杏子没有舍得说。

这就是林立志走狗屎运泡到传奇级别校花廖烁儿这件事背后的真相，杏子为此偷走了爸爸的银行卡，提走了里面的三十万元，以一顿在医院住了一个月、断了两根肋骨的毒打，换取了林立志短暂的初恋。

那之后，廖烁儿如愿地走了，走的前一天，她竟出乎意料地来到医院，看腿上打着石膏、脸上缠着绷带的杏子。

“你真是个疯子。”廖烁儿冷冷地说，“我一点也不感谢你，因为这是我应得的。”

“……什么意思？”

“为了向这样疯狂的你致意，我把我所有的第一次都给了那个书呆子，这个答案你还满意吗？可是，对我来说这不算什么，因为我不需要爱情。程幸，爱情是你们这些有钱又闲的人才谈的东西，我没空。我是来跟你说再见的，相信几年后，一切都会不同吧。希望到时候你回想起这一段还不会后悔，以牺牲自己为代价成全别人的初恋，真的值得吗？”

“我不会后悔的。”杏子迟疑了片刻，别开脸小声答道，“我成全的是自己的初恋。”

【10】

那天说是再见到廖烁儿，其实也不过是远远地看见。果然一切真如她当初所说的那样，都不同了——如果是当初的那个她，或许倾尽一生亦无法挽着如今身边那位一般水准的人吧。求仁得仁，廖烁儿的人生算是没有遗憾，那么，她的呢？

当杏子发现自己染上“收集林立志”的这个毛病时，已经是大学二年级。有一天她翻看这几年的照片，才蓦然间发现，她交往过的男朋友，都长得好像他。

或是有和他一样的眼睛，或是有和他一样的嘴唇，甚至还包括他的声音、他的味道……意识到这点，杏子的手开始拼命地抖动起来，那种恐惧与绝望，如一个罹患绝症却毫无知觉的病人，突然间收到病危通知书，前一秒还活蹦乱跳、精神百倍，后一秒已呼吸困难、濒临垂危。

她明明以为已成全了自己的初恋，她以为她已经从这段暗恋里毕业，原来事情根本不是这个样子，完全不是这个样子——

她骗过了自己，这是她出生以来，最高超的演技，却永远无法享受到旁人的赞美。但一切应该就此打住了，沉溺于一段永无结果的单恋十年就够了——

剩下的，她必须努力交还给自己。

等杏子和秦阳的恋爱终于迈过第三个月，进入第四个月时，林立志的情绪已好了许多，至少不会再神经质地反复问自己，烁儿回来了，他该怎么办？

人生有些事实难再续，更何况他的初恋是以她的初恋殉葬换回来的，这个道理杏子虽不会告诉他，但她相信，终有一日他会懂得。因为她毕竟是自己第一个喜欢上的人，那么聪明的一个人。

那么，秦阳呢，杏子想，或许她并没有自己想的那么不认真吧。毕竟这段时间相处下来，她必须承认，他真的不是自己最初阴暗地揣测的那样，是为了得到她的什么。

相反，他是第一个不因为自己有钱而选择和自己在一起的人，他看自己的眼神那么专注而温柔，他也会主动牵起自己冰冷到麻木的手……这样如果都还不是爱情的话，杏子实在无法说服自己相信，自己经历过的那些才是真正的爱情。

但也只有经历过那样的愚蠢、那样的绝望、那样的悲恸和那样的执着后，杏子才学会这样平和、知足，拥有建立在互相回应的基础上的爱情。

这是一种更为成熟的爱情，只有经历过单恋的人才懂。

【尾声】

又是一个懒洋洋的午后，杏子出门和出门约会。当秦阳小心地为杏子拉开车门，杏子侧身坐上副驾驶座时，她抬头望了望他好看的眉毛，内心倏忽间闪过一阵温柔的感伤与感激——

他有没有曾经试着在自己身上寻找初恋的影子呢？

还是正因为那些过去的影子，才令他有今日的温柔？

原来活到今天能爱到开花结果，要感谢与旁人一起犯过成长的错。

像鲸鱼没入孤单深海

创作手札:

一个性格近乎病态的男主角的爱情故事。

也许不是爱情故事，只是一个孤独的故事。

人是一种很奇怪的生物，偶尔会因为自己没有拥有某样东西，而不相信世上存在这种东西，更无法相信自己未来会有获得这种东西的可能。

周逸然就是这种人。

无法得到共鸣的爱情，是最孤单的爱情。

依然写于我的一次热恋期，对这样的自己真是没辙。

他的爱开始在她的爱结束以后。

他们的爱，永远不在一个频率。

【1】

人的一生，可以被许多不起眼的小玩意扭转，比如一张彩票，一张唱片，又或者于松露来讲，仅仅是一张船票。

七年前的这座海港小城，空运、陆运远不如今天发达，所以大家都习惯于坐船。船票好买，但舱位好贵，所以，松露的妈妈只买了散票。

没有座位，一大一小两人只好尴尬地和人群一起挤在大厅。大厅简陋，房间里十分湿热憋闷，松露有晕船的毛病，难免觉得恶心想吐，却因为害怕影响到身边的人，只好强忍着胃里的翻腾，直到脸色惨白得好似一张纸，才慌慌忙忙地拨开人群，冲去甲板。

迎面吹来的海风又咸又涩，吐过之后，松露总算能够正常呼吸。从口袋里翻出用旧的手绢狼狈地擦擦嘴，一回头便看见那个衣着正式到略显违和的周逸然。

那几年小城很少有人出街着正装，成年人都罕见，何况他这样的小小少年。松露只记得他有一张看上去并不友好的面孔，高挺的鼻梁以及薄薄的嘴唇。站在呼啸的海风中，有一股萧瑟的高贵感。

松露被他打量得微微发窘，别扭地想要把头转开，却忽然听见他身旁那位年迈的先生十分友善地开口向自己打起招呼：“小姑娘一个人来坐船？”

松露一时间变得有些为难，不知回答好还是不回答好。正当她纠结之际，随着船身的又一番颠簸，那熟悉的恶心感再度卷土重来——

哇啦一声，松露果真将污秽物悉数吐在了甲板上。

“啊！脏死了！”那少年果然禁受不住，暴躁地跳起来，连带嫌恶地捂住自己的口鼻。松露因他的举动变得更加窘迫，眼圈立时红了，转身要往大厅里跑，却意外地被人从身后一把拉住。

松露吓得不住哆嗦，泪眼婆娑地转过头，才发现竟是刚才问自己话的老先生。

“小姑娘要去大厅？难道你没有舱位？”

“……没有。”松露老实地摇头。

“可你这个样子，去那里会吐得更厉害的……”老先生友好地摸摸松露的头，示意她跟自己走，“去我们那里休息一下吧。”

这无疑是巨大的诱惑，但对习惯与妈妈相依为命的松露来说，得到对方的邀请后，她首先想到的仍是妈妈。迟疑了很久，松露怯生生地问道：“那么，我可以叫上我妈妈一块儿吗？她也不大舒服。”

听罢这话，着正装的少年不出所料地露出了不屑的表情。对此，松露决定视而不见。而在得到老先生善意的应允后，松露实在难掩内心的欢喜，如同一只小兔子般欢喜地朝大厅跑去，想要告诉妈妈这个好消息。然而，松露哪里知道，那拥挤的大厅里虽挤满了陌生的旅人，却再没有了妈妈熟悉的身影。

是的，在松露十五岁这年，她的命运终究被一张客船的散票更改。她成了被母亲预谋抛弃的孩子，但并不像其他被抛弃的孩子那样，她没有凄惨地过上风餐露宿的流浪生活，相反，她的船票更像是一张印有五百万中奖号码的彩票那位好心的老先生收养了她，从此，松露被冠上了那位先生的姓。

周松露，这个名字的来历大抵就是这么回事。

【2】

虽换上锦衣，吃上玉食，但更多时候，松露对这样的人生仍感觉没有真实感，就好像松露对和周逸然开始了漫长而痛苦的“同居”生活这件事也没有真实感一样。

周逸然这个人的性格远不如他身上那件正装礼服妥帖，与之相反，松露觉得他整个人都隐隐散发着一种危险的气息。这种危险深深地埋藏在他高傲、冷漠且刻薄的外表下，平时并不轻易显露，但若只剩下松露一人，他便会毫不客气地将其展露出来，羞辱她、差遣她、捉弄她，并以此为乐。

而松露亦并不是一个擅长拒绝与反抗的人，十来年的单亲家庭生活令她早早地学会察言观色，且很惯于勉强自己讨人欢心。所以，对于周逸然的各种无理要求，松露都能顺从地应承下来，并尽力去达成，令周逸然难以抓到话柄，恨得牙痒痒。

松露还记得周逸然最恶劣的一次是心血来潮地差遣她去买冰激凌。尽管他们两人都心知肚明家里厨房的冰箱里放着各种口味、各种品牌的冰激凌，但周逸然仍然很热爱这样低级而无聊的游戏。

“哈根达斯、DQ……呃，超市里那些便宜货也要。对了，不准去最近的超市，我喜欢市中心的那家，打车费我给你，你只要跑腿就好，听懂了吗？”周逸然双臂环抱，惯常地以居高临下的姿态命令松露。

“嗯。”松露点头。

“你就不会多说几个字啊？帮我买个东西就这么不情愿？”周逸然凶神恶煞地蹙眉道。

松露见他的坏脾气一触即发，立即改口：“好的，我知道了。我这就出去。”说罢，她匆匆跑去玄关处换好鞋出了门，并且带上了大门。

外面正值酷暑，38℃的高温烤得人头昏脑涨。身在这方圆百里看不到一个人影的别墅区，松露知道自己必须步行下山去坐公交车，当然，松露更知道这是周逸然事先便已经设想过的。

他似乎很讨厌她，当然，从理论上讲，这其实也不足为奇。毕竟是两个毫无关系的陌生人，她突然入侵自己的生活，换了是谁，一时半会儿也会觉得难以适从。只是，周逸然的个性更加极端，除了喜欢的，便只剩下讨厌的。

他不喜欢脏兮兮的、只会曲意逢迎讨好的松露，那就只剩下讨厌。而既然讨厌，当然要想尽法子折磨她，十六岁的周逸然的逻辑就是这么直接且强悍。

松露那天花了整整三个小时才买齐了周逸然要的那些冰激凌，然而，当晒得全身是汗、十分虚弱的她将一整袋冰激凌递到周逸然手中时，周逸然却只是嫌恶地用手指挑开塑料袋稍微瞅了一眼，而后迅速地将其丢进了房间的垃圾桶："忘了跟你说，我不吃化了的冰激凌。"

周逸然咧开嘴微微一笑，笑容里尽是刺目的嘲讽。松露感到自己浑身都在颤抖，却已分不清是愤怒还是难受，果然下一秒，她便重重地倒向沙发，看样子是中暑了。

失去意识前，松露感到小腿被重重地踹了一脚，与之相伴的，是周逸然阴阳怪气的声音："喂，你不会是要死了吧？"

"……喂，你这么脏，别死在我家！"

"喂、喂、喂……"

【3】

那次恶劣的玩笑后，松露大病了一场。老先生公事繁忙很少在家，所以大部分时候都是仆人在照顾她。周逸然曾来看过她一次，就在出事的当晚。房间里奶黄色的灯光映照在他诡异的严肃的脸上，松露刚睁开双眼，便听见他从鼻子里挤出来的冷哼："原来还没那么容易死嘛，真令人失望。"

松露整个人都快虚脱，嘴唇一张一合，最终却没能挤出半个字。只是大颗大颗的眼泪在眼眶里打转，她觉得很委屈、很害怕。而在那之后，松露就真的没有再说过话了。

首先发现这件事的其实是出差归来的周老先生。签订完最新的合同，他心情大好，晚餐时特地与松露聊天，想问她习不习惯这里的生活。哪知道她挥舞着细细的手臂，嘴唇正常地开合着，却没有声音自声带发出。老先生先是诧异，后是震怒，晚餐后将周逸然叫进书房，很晚才放他出来。

松露不知道他们都说了些什么，但可以确定，一定不是什么轻松有趣的话题，因为周逸然看她的眼神又蒙上了一层别样的愠怒。

变得无法发声后，老先生曾为松露找过几个医生，外科和心理方面的都有，他们都建议松露去接受完整的疗程。松露想了想，最终婉拒了。

和说话相比，松露渐渐体会到不能说话的好处。她不用再去战战兢兢地思考自己该说什么才能令老先生满意，让周逸然改变想法、不再变着法地欺负自己。她只需要安静地关在自己的世界里，关注自己想要关注的事情就好了。

那之后，松露爱上了在周末的下午步行去看海。

别墅区内就有一处海滩，富人们有钱但没时间，所以这里总是空无一人。松露独自坐在柔软的白沙滩上，想起丢下自己不知所终的妈妈，不禁觉得近来的生活仿佛做梦。

而于旁人来讲的好梦，对她来说，却实在说不清是什么滋味。她想到了深海里的鲸，岸上的人都羡慕它曼妙的体态、美妙的喷泉，抑或是群居的热闹。但只有身在其中的她知道，那些都是假的，只有光鲜外表下的孤独是真的。

想到这里，松露觉得自己应该回到岸上了。午饭时，她小心翼翼地用手向难得在家休息的老先生比画，她想回去读书。

十五岁，刚好是可以上高中的年纪，松露知道自己的请求有些唐突，但仍是斗胆提出了。没想到老先生答应得十分爽快，并且条件只有一个，那就是不去特殊学校。

“总有一天你会愿意再度开口的，我们都会等你。”他举着红酒杯，眉宇间的皱纹深刻而刺眼。松露忽然有些想哭，他真是一个不折不扣的好人，虽然有一个坏得冒泡的外孙。

当天晚上老先生便谈妥了松露要去就读的学校，不知幸还是不幸，恰好和周逸然念的是同一所，只是他高她一级。

仆人将整理好的书包放入她的房间，松露若有所思地摩挲着背带，忽然感到一阵前所未有的后悔。或许她应该放任自己身在海里，有周逸然在，她根本上不了岸，无非是从这一片海域，游向另一片未知的黑暗的漩涡罢了。

【4】

当晚同样煎熬的还有隔壁房间的周逸然。他做梦也没有想到，外公会将这个脏兮兮的拖油瓶丢进自己的学校，还嘱咐自己照顾她。

照顾个大头鬼！

十六岁的周逸然虽看上去冷漠老成，内心却始终住着一个顽劣的小男生，否则也不会隔三岔五地找松露的麻烦。严格意义上讲，他并不如表现出来的那样讨厌她，可是周家循规蹈矩的日子多无趣，松露是这里唯一的异类，他只好拿她寻开心。

周逸然还记得第一眼看见松露时对她的印象，那个浑身脏兮兮、在甲板上吐得昏天暗地的小女孩，她有一双亮晶晶的眼睛，很像他的妈妈。

周逸然不知道外公是不是因为这个理由而选择收养松露，也不敢问。在周家，他看上去是小霸王，凡事都肆无忌惮，实际上，他十分敬畏自己的外公。

还记得他被接回周家那天外面下着如注的暴雨，仆人将他放进车里，一路载到这栋陌生的别墅前。同行的人小心翼翼地替他推开门，周逸然便看到眼前这位拄着拐杖、表情凝重的老人，他们让自己叫他外公。

在失去了双亲的同一天里，他得到了一个素未谋面的亲人，从某种意义上讲，这真是一种黑色幽默。

外公花了近两年的时间教他各种礼仪，但从不提他妈妈和爸爸的事情，因为这是周家人心知肚明的秘密。起初周逸然还会傻乎乎地抱着外公的大腿问东问西，但外公的表情实在阴沉得吓人，久而久之他便学乖了，再不开口，而后慢慢长成今天着正装、说聪明话、高傲且刻薄的他。

这是一栋庄严而冷漠的宅邸，周逸然深深知道，但松露似乎误会了。他从她的眼神里可以看到对外公的感激与喜爱……那个阴阳怪气的老头子，她竟然会喜欢？

周逸然难免气不顺，于是乎，每次见到她，忍不住去捉弄欺负，便成了家常便饭。她反抗，他大概会恼怒，然而她从不反抗，他亦觉得被羞辱。

青春初期躁动的情绪，很难以寻常的逻辑去推导。周逸然讨厌这样不可理喻的自己，也讨厌把自己变得不可理喻的松露。

【5】

松露去上学的第一天，便在学校里引起了轩然大波。因为有眼力好且记忆力好的同学发现，她竟然是从周逸然家的车上下来的。于是，关于两人的关系，同学们开始了漫长而执着的逼问。

可是，他们不知道松露是不会说话的。她不说话，自然不能帮助他们解开盘踞于心中的谜团，好奇心旺盛的少男少女们得不到满意的答案，变得和周逸然一样暴躁而难以理喻。他们决定组团孤立她，这个做作的家伙，必须为自己的不配合付出代价。

于是乎，那段日子里，松露的课余时间都花在了寻找上——寻找丢失的作业本、钢笔，又或者是书包。

久而久之，松露渐渐摸出了门道，也记下了他们最喜欢藏东西的地点，比如，体育馆后排无人的座位，没有人的储藏室，还有用于焚烧树叶的空地。

有一次，一个小太妹又来威逼松露解释和周逸然的关系，松露当然是毫无新意地沉默着，果然当天下午，松露的书包和运动服外套便进了焚烧树叶的火堆。

火苗欢快地舔舐着衣料，发出一股奇异的臭味。松露茫然地站在原地，一回头，却发现了周逸然的身影。他和同班的几个男生站在一起，眼神诡异地打量着自己，看他的穿着打扮，是刚下了体育课。

他没有开口说话，仅仅是瞥了快被烧尽的书包和衣服一眼，便和身边的人勾肩搭背地离开了。当然，就算他开口了，松露也不可能回应他，但这种彻底的无视却仍令松露觉得齿寒。他明明知道自己所经受的，都是因为他，可是他甚至懒得对此多解释一句，而是任由旁人误会。

他竟讨厌她到了这个地步，她倒吸了一口凉气，抱住自己的身体。

然而，这都不算是最糟糕的情况，最恶劣的事情其实发生在傍晚的晚自习结束后。当松露来到校门口，准备像以往一样跟周逸然一起坐车回家时，周逸然粗暴地拒绝了她。

“从今天开始，你自己回家，不准告状。如果外公问你，记得说老师拖堂。那么先这样，我走了。”说罢，周逸然啪的一声关上了车门，绝尘而去。

按照以往的状况，松露其实是可以轻易地按照周逸然的吩咐去办的。她的零花钱不少，平时更是没有机会花，可是今天她的书包被烧掉了，而她的钱包，好巧不巧地被放在里面。

松露终于有了想哭的冲动，她在地上蹲了一会儿，觉得太冷，只好起身向前走，四周都是鱼贯而出的学生。可是，他们就算与她同路又如何呢，终究不是同行。

松露擦了擦濡湿的眼睛，如跃入深海的鱼，坚定地朝前走去。

【6】

松露步行回家这漫长的一路，周逸然也没有闲着，早早到家的他并没有多安心，反倒是焦虑地开始在房间里踱步。

当他意识到松露的钱包很可能也一起被烧了的时候，一种名为后悔的陌生情绪开始侵扰他常年保持冷硬的神经。

他似乎办了一件很蠢的事，为了让周围的人闭嘴，他把她赶下了车，却忘了她可能根本没办法回到这里。从学校步行回到这里保守估计需要三个小时，而这一路的治安有多差……恶劣如周逸然竟然后背上都冒出了冷汗。

然而周家家教甚严，就算老先生不在，回家后也不能随意再出门。思及此，周逸然不得不换了一身平素穿的运动服，做一件自己从没做过的事——翻墙。

周逸然的体质不差，加上多年练习防身术，很快便从二楼的窗户跳到一楼的草坪。透过厨房的窗子他可以看到仆人们正忙着清洁打扫，只要他动静小一些，便可以在不惊动任何人的前提下将松露接回来。

然而，当他顺利地离开了周家后，却没能如愿顺利地接到松露。因为英雄救美的角色，已有人捷足先登。

接到家庭律师宋熙的电话时，周逸然正跳着脚在山下的巴士站台拦车。那头宋熙的语气很有一切都了然于心的意味：“小少爷，你现在在哪里？”

“……家里。”周逸然捂着听筒，小心地防范着那些吃饱了出去兜风的跑车车主。

“正好，我在去你家的路上捡到了周小姐，这就顺道将她捎回去。”

“……好。”周逸然从牙缝中挤出这个单字，再打量了一眼自己愚蠢的运动服装扮，陡然间觉得自己对松露的担心真是狗拿耗子，一时间难免胸闷到不行，扭头便往山上走去。

宋熙到的时候周逸然刚好洗了澡换好衣服下楼，见到松露没病没灾地站在他身后，也不知是放心比较多还是闹心比较多，忍不住咳嗽了一声：“既然这么快就找到新司机了，看来以后也不用跟我一起回家了。”

松露不能说话，只能愤怒地用红眼睛瞪着他，倒是宋熙听罢十分爽快地应允：“小少爷的提议也不错，既然老先生已经立好遗嘱将松露小姐交给我全权负责，今后接送她上下学应该也是我的分内之事。”

“……你说什么？”

“周老先生近日身体抱恙，恐不久于人世，所以立好遗嘱，不日公布。小少爷有什么要问的，等老先生回来一起问吧。”宋熙正色道。

一时间整栋大宅笼罩在一种肃穆而诡谲的气氛中，依稀过了很久，大门忽地被人缓缓地推开，松露惊恐地抬起头，才发现是周老先生回来了。

见到宋熙，老先生似乎很满意他的超高效率，微微颔首：“那么，我们先去楼上的书房吧。”

【7】

周老先生在松露十八岁刚考上大学那年去世，葬礼办得十分隆重。老人驰骋商场六十八年，什么世面没有见过，唯一的遗憾大概只有独生女儿不长眼跟了一个浑蛋，替这个浑蛋生了儿子，并且最终还和这个浑蛋一起送了命。

作为周家唯一的后人，周逸然此后身上的责任重大。他要打理外公留下的产业，也要与觊觎财产的远亲斡旋，更要防范松露这个外人的入侵……好在外公虽老却并没有糊涂，早早立下遗嘱，分给松露的财产虽类似于天上掉下丰厚的馅饼，但和周家的家业比是九牛一毛，理论上来说并不值得周逸然耿耿于怀，但周逸然看上去远比应付亲戚们更加气不顺。而这背后的秘密，大概亦只有周逸然一人知道——因为松露要搬走了。

“同居”了这些年，两人留给彼此的虽没有一点美好的回忆，但始终也算是回忆，自有其价值所在。周逸然这样安慰自己，却仍在宋熙把车子停在院门外后忍不住攥紧了拳头。

去他的事无巨细都认真负责的家庭律师，等自己正式上任，要做的第一件事就是把他炒了。然而，就算如此，周逸然亦明白，松露即将离开这件事，已成为板上钉钉的现实。

他其实也不是喜欢她留在这里，只是偌大的房间里，多出这样一个不会说话的人不多，少了这样一个不会说话的人……不大习惯罢了。

可惜，松露不这样认为。漫长的两年多时间过去，她为自己终于能逃离周逸然这个阴阳怪气的魔物而由衷地松了一口气。周老先生对自己不薄，留下的遗产除了现金，还有一套海边的房产，虽然旧了，但她很喜欢，因为睁开眼睛就可以看到碧蓝的深海。

于海上被亲生母亲抛弃的记忆渐渐淡了，现在的松露，更加畏惧的是踽踽独行的孤独。好在她认识了周家的律师——宋熙。

和周逸然不同，年长的宋熙身上没有那种尖锐的戾气，他们能很好地相处，他亦可以教会她许多不懂的东西。和他待在一起，松露感到由衷的轻松与愉快。所以，当他建议她搬出周家时，她接受了他的提议。

海边的房子交通太不方便，宋熙帮她在市区找了一套小套间，方便上课。

两个人一起整理好新房间已是晚上九点半，松露去厨房煮方便面，宋熙却悄无声息地跟了过来。

“……你要不要试一试？”

松露握筷子的手抖了抖，闭上眼睛不敢回头，宋熙却已语调平稳地把话说下去：“和我在一起。”

窗外不知何时起了风，松露莫名其妙地开始走神，周家若是自此没了自己，大概无论自己怎么样都无法取悦的周逸会觉得很开心。

【8】

和宋熙的事并没有立刻出现下文，他耸耸肩，似乎对她的茫然和犹豫很宽容：“我知道你需要时间，我也需要时间说服自己，竟然真的喜欢上一个小女孩。”

他的幽默总是恰到好处，紧张的松露忍不住笑了，微微点了点头。

就这样，剩下的事无非是将搬走的事情告诉周逸然，以及敲定离开的日期。果然如松露所料，听到这个消息的周逸然笑得很是得意，末了还不忘羞辱她：“周家给你的钱只用来圈养宋熙这样的货色，未免太浪费，回头我可以给你介绍更好的。”

松露早已习惯他的刻薄言辞，如今已不像过去每一次那样气得肝颤手抖。她恭顺地笑了一下，站起身来，准备离开书房。哪知道周逸然忽然间起身，一把将她拽住，按向旁边的墙壁。

兴许是力气太大，书桌上的东西噼里啪啦地直往地上落，她觉得格外委屈，却咬牙坚决不准自己哭，瞪大一双眼睛恶狠狠地望着眼前这个无论如何都无法被取悦的怪物。

有好几个瞬间，松露都觉得周逸然要吻她了，虽然这件事本身听上去就很无厘头，但到最后，周逸然只是倾身凑在她的耳畔小声说：“我真讨厌你，脏兮兮的邋遢鬼。”

他的声音里满是轻蔑与不屑，松露终于觉得再也无法忍受了，她伸出手，拼尽全身力气推开他。

盛怒之下即便是女生，爆发力也是惊人的，周逸然被松露推得撞到了一旁的书架上。厚厚的硬皮书哗啦哗啦地砸下来，其中一本恰好磕在他的额头上，撞出一个小小的血窟窿，殷红的血开始汩汩地往外冒。

松露一下子傻眼了，她不知道，自己对周逸然的情绪，竟然积压得这么多、这么深。

和那些被轻视、被无视、被羞辱的感觉相比，她更加厌恶的，其实是自己曾经真心实意想要被他喜欢这件事。所以，她愿意长途跋涉去为他买冰激凌，她以为只要靠自己锲而不舍的努力，终有一天会得到他的青眼，然而，终究是她太天真了。而如此说来……她沉默孤独的青春期里，竟然是喜欢过他的？

她居然喜欢过这个讨厌自己的怪物！

思及此，松露感到一阵前所未有的反胃，要有多自虐、多卑微才能做到这样。她看不起当初的那个自己，更看不起眼前这个心理畸形、以折磨自己为乐趣的人。想到这里，松露的身体里充满了离开的勇气——

再见了，周逸然，和不被喜欢相比，更可悲的是，没有被喜欢的能力。

【9】

答应宋熙交往的请求是在一个天气晴好的周末，因为下午在房间里上网时，松露看到了这样一条新闻，说是有一只叫 Alice 的鲸鱼，一生都是在孤独中度过。只因为她的声音，和别的鲸鱼不在一个频率上。

它没有家庭，没有朋友，不属于任何部落，更没有情人。松露惊恐地意识到，她和 Alice 的处境那么像。然而，人类和鲸鱼一样，天生都是群居动物，她不可能孤单地度过一生，所以她必须选择一个人陪伴自己。毫无疑问，宋熙是最合适的人选。

就这样，松露成了宋熙的女朋友，而他们付出的高昂代价是，周逸然在正式上任的第一天便辞退了他。

对此，宋熙并没有多介怀："只是不做周家的律师，又不是不做律师，你不用太伤心。"

有这样一个胸怀广阔的男朋友，松露觉得别无所求。他们决定暂时去度假，反正大学没有高中严格，想得到一张为期一周的病假条不是难事。

他们去了松露位于海边的小房子，此时是深冬，海水暗蓝，松露无所事事地蹲在海边拾贝壳。拾到特别漂亮的，她想要跟宋熙展示，一回头，却发现表情阴郁的周逸然站在房门口打量着自己。

这么久不见，他又高了许多，不满二十岁便接手公司，命运对他总是充满残酷的冷幽默。他得到了许多人想要的，却未必有旁人看上去的那样春风得意。对于这样的情绪，松露懂一点，却不完全懂，因为她拿到的仅仅是一张船票，而周逸然得到的却是整个周家的江山。

半个钟头后，买菜回来的宋熙终于和前任老板的外孙正式打照面。松露的表情有些尴尬，倒是宋熙坦然，示意她请周逸然进去："看外面的天气是要起风了，这边离市区很远，就算是等司机来接，也要花一段时间，不如进去一起喝杯茶吧。"

"还没有上位呢，就端出男主人的架子。"对于两人的亲密姿态，周逸然怎么看怎么不顺眼，于是，双臂环抱着从鼻子里挤出一声冷哼。

"从严格意义上讲，我和屋主是恋爱关系，所以，刚才的话并没有什么不妥。倒是周先生，是接受邀请，还是不要？"

这是松露第一次见宋熙说话夹枪带棒，难免为他捏了一把冷汗。要知道以周逸然怪异的脾性，扑上去将他撕个粉碎也不足为奇。然而，这次周逸然少见地没有发作，反倒是换上了一副与人为善识大体的姿态："你们的好意，我当然会领情。"

说罢，他先一步推开门，走了进去。

【10】

当晚的晚饭是松露做的，味道可口到令周逸然咂舌，和她住了这么多年，他从不知道她也会做饭。思及此，心中难免五味杂陈。

晚饭后松露回房间上网，宋熙和周逸然留在客厅看报。周逸然见他神态如常，忍不住揶揄："看不出宋律师口味独特，喜欢哑巴。"

"她只是不想说话而已，等到想说，自然会说，我不着急。"

"……宋律师心态真好。"

"嗯。"

"但是你知道吗，她不会说话其实是因为我？"周逸然目光灼灼，终究被妒火点燃。

好在这一次宋熙终于不再是无动于衷："所以说，我不喜欢跟未满二十岁乳臭未干的小男生争风吃醋。她现在是我的女朋友，你记住这一点就可以了。"

对话进行到这里再难以继续，好在宋熙的手机及时响起，避免了周逸然主动挑起十九年来第一场战争。

挂断电话后，宋熙抬头望向周逸然："我可以下逐客令吗？"

"怎么？"

"临时有工作，我要赶回市区，载你一程。"

"好。"

自然，若是那个夜晚的一切能静止在这里便好了。周逸然后来无数次地想，可是不能。

不能停下车窗外呼啸肆虐的寒风，不能停下车内凝滞的空气，更不能止住在周逸然心中十五年之久的梦魇。

那天也是在这里，也有相似的海、相似的风，以及他极其热爱冬泳其他却一事无成的生父。而为了这个热爱大海多过于热爱家庭的爸爸，他的妈妈放弃了他。

他亲眼看着她一步步蹒跚着去送死，搜救队还没有来，她知道就算等来了搜救队，她的丈夫也不会回来了，所以，她干脆地早早地陪他去死。

而只有四岁的周逸然，在呼啸的海风中哭喊到嘶哑，最终也只能眼睁睁地看着妈妈消失于这片海。

大人都是骗子，他才不是他们相爱的结晶，他的存在，无非是为了证明爱情是一件很无聊很自私的事情。

为了爱情他们抛弃了这个世界，也抛弃了他，所以，他不相信爱情。

从市区开车返回海边的一路周逸然被从车窗漏进来的风吹红了眼睛，他开始流泪。那种咸咸的陌生的液体，他不知为何而流。而这一切，当他重重推开海边那扇大门时终于有了答案。

原来他是喜欢她的，只可惜他是世界上的另一只 Alice，他的爱开始在她的爱结束以后。他们的爱，永远不在一个频率。

那天清晨，当哭喊到声嘶力竭的松露睁开眼时，她终于得以开口说出自那件事以后的第一句话。

可是她的那句话足以令周逸然心如死灰。

因为她说，我恨你。

【11】

最后的最后，松露还是结婚了，新郎没有意外的是宋熙。

对于那天晚上发生过的事，松露对他没有任何隐瞒，但他没有松开握着她的手。

“……你要不要起诉他？”宋熙的眼睛红了。

“算了吧。”松露疲惫地闭上眼睛，“毕竟周老先生对我有恩，没有他，便没有今天的我。我不会恩将仇报。”

“……好。”

“但是这栋房子，我永远不会再来了。如果可以的话，把它还给他吧。毕竟，这里有他的童年。”松露小心地勾勾宋熙的手指，“我们也会有属于自己的新的记忆。”

车子的引擎声带着松露走远，她真的是累了，所以她决定忘了那个晚上周逸然说过的话。

那个晚上，大概是他们相识以来，周逸然说话最多的一天。最后，周逸然是抱着她小声地忏悔着，最后甚至绝望地哭了。

可是不知道为什么，松露觉得自己失聪了，就算离得这样近，她也依然听不到他的声音，一点也不能。

原来，他才是那只孤独的Alice啊。

松露欣慰地笑起来，然后笑着笑着，哭了。

无论我在或不在

创作手札:

写于人生中最痛苦的分手后的第二个月，诚实地说，是在某一刻，当前男友和故事中的男主角一起死掉来写这个故事的。

故事中很多关于青海湖的细节来自于与前男友真实的经历，除了结局。

我在趋近于完稿的一瞬间突然想通了，还是得放过自己啊。

毕竟得到过爱，真实的爱，值得我细细回味，也值得我继续远走。

无论你在或不在。

我知道，世间将再没有人给我这样的爱。

【1】

竞冬葬礼结束的第二天，窗外下起薄薄的秋雨。

傍晚时分，百无聊赖地躺在沙发上的我接到房产经纪人的电话：“喂，您好，请问是宋浅葱小姐吗……是的，您在我们这里寄卖的房产已经售出，希望您可以尽快抽空来办理过户手续……”

还有什么能比将房子抛出一天便找到买家这件事更令人欢喜雀跃？我决定开一瓶香槟庆祝，顺便调好闹钟，明天一大早便去办理过户。

这是我作为这套房子女主人的最后一个夜晚，然而杯中酒将尽，我依然显得过分清醒，一会儿摸摸沙发，一会儿蹭蹭衣柜，直到天际发白，才困意十足地倒向大床。

一夜无梦。

待到转醒，已是下午四点光景。赤金色的阳光落满床单，我噌地坐起身来，这才想起今天的安排。

将事先准备好的行李箱从柜子里拖出来，我慌忙出门打车去市中心的房屋中介公司。

过户手续办理得异常顺利，当然，前提是除开忽然杀出的几个程咬金。其实那些人我早在竞冬的葬礼上见过，或是碍于场合，他们当初都表现得十分隐忍，没有眼下这副急于找我拼命的架势。

“你这只小狐狸精！”

“男人一死就卖房子跑路，想当初竞冬真是瞎了眼！”

“你看看，居然连行李都收拾好了，你还有什么好辩解的！”

“还真没有。”望着他们因愤怒而显得有些扭曲的脸，我在心中默默答道，而后在房屋产经纪人的护送下，拖着行李箱扬长而去。

C城秋季傍晚的落日有如一枚咸蛋黄，带着一股惆怅的涩味儿。我望着往来如织的车流，忽然想起竞冬辞世前对我说过的话：“这段时间……真是辛苦你了，我走以后，你便四处走走，权当散心吧。”

其实彼时我们都已心知肚明他时日无多，所以连哄骗对方的兴致都不再有。我一边替他数着当天需要吃的药片，一边抬头冲他微笑：“听上去挺好的。”

“我就知道你会答应，所以已经帮你订好机票了，怎么样，我还算温柔体贴吧？”听见我附和，竞冬竟少见地如小男生般邀起功来，明明自己大我一轮还多。

“为什么一定要我走啊？”我将水杯递给他，监督他服药。

他将药片囫囵吞下，却不抬头：“想让你去看看这个世界，然后忘了我。”

我气急，顺手拿起桌上的药瓶砸他，然而不想他明明已这样虚弱，还能准确无误地抓住我的手：“骗你的，我只想让你去看看世界，但不想让你忘了我。”

竞冬这个人啊，一认真便会不自觉地皱眉，望着他蹙眉的样子，我终于破涕而笑：“好，我去，但是去哪里比较好呢？”

“这个吗，是秘密……”竞冬闭上眼，渐渐松开握着我的手，“等我真正离开那天，你就知道了。”

那是九月末一个稀松平常的午后，病房里的温度永远恒定在二十六摄氏度，因为习惯了凝视死亡，我与竞冬都显示出超常的平和。

直到当晚他安静离世，我才惊觉下午我们说过的一切，霎时间成为了遗言。而在他短暂到只有三十六年的一生里，对我唯一的嘱托，竟然只是“去看看这个世界”。

【2】

我是在葬礼当天收到票务公司送来的机票的，而连同机票一起寄到的，还包括一封只写了寥寥十几个字的信——

“去青海湖替我看一场日出吧。

你的竞冬”

这是他习惯的祈使句式，却有着令我陌生的署名方式。过去他从不说他是我的，倒是总爱跟我不断强调：“你是我的。”久而久之，我便真的被他催了眠，再没有就“谁是谁的”这个无聊的问题向他发难，直到今天忽然收到他迟来的答案。在这疑似错位的时空中，那一刹那的震动与恍惚，我想，除了自己，无人会懂。

甚至不必费神思考半秒钟，我已果断地冲到衣柜前，开始收拾行李。

就这样，我在一天后成功地将这套房子转手，拖着我的行李箱，登上了去西宁的飞机。

没有事先安排好的路线，甚至连房间都忘记预订，坐在距离地面几万英尺的机舱里，仅握着一张机票的我居然忘了惶恐。我只是静静地望着舱外黑色的天幕，记起遇见竞冬的那一天，似乎也是这样清寒的夜。

四年前我十六岁，刚考上重点高中，仗着有几分小聪明，万分讨厌读正经书，整天游手好闲。因为身边的人大都闷得慌，所以我只热衷于和在隔壁艺术高中读书的表姐玩。

表姐虽大我不到一岁，见过的世面却比我多许多，每次跟我讲起各路八卦，都可谓如数家珍。有一次我们坐在艺校的矮墙上聊天，她叼着一根吸管冲我坏笑：“喂，浅葱，要不要玩个整蛊游戏？”

“好啊，整谁？”我摩拳擦掌。

“跟我来。”见我这样爽快，表姐一把勾过我的肩，拼命眨巴着眼。

就这样，六个小时后，我在机场初次见到从外地开会归来的竞冬。众目睽睽之下，我不由分说地搂住他的肩：“亲爱的，你回来啦！”

竞冬被我吓得不轻，整个人怔在原地，无辜地接受着路人频繁的注目礼。而待他回神，我却已来不及逃跑，不光手腕被他反手握紧，还被拽着一路往前。

这一路真难挨啊。那时我咬牙切齿地想，却不知真正最难挨的时刻，其实四年后才会来到。

从机场打车去市区的一路我始终低着头用手机查路线和酒店的信息，倒是司机热情，拼命跟我搭话："小姑娘是一个人来的？"

"嗯。"

"胆子挺大嘛。"

"嗯。"

"那小姑娘准备去哪里啊？"

"嗯……青海湖。"

"来这里的人大都是去那里的，不过湖边的日出确实漂亮，你一定要留宿一晚，第二天赶早去看啊。"

"……我知道。"

其实我不知道。如果竞冬没有说让我去看看这个世界，我想我一生都不会来这偏僻的西北之地。因为在此之前，竞冬便已是我的全世界。

为交通方便，我最终让司机在市中心附近的一家连锁酒店外停了车。

付车钱时，司机不忘好心叮咛我："小姑娘一个人出门在外，要多多注意安全啊。"

我一怔，旋即低声说了一句"谢谢"。可事实上，我已无畏惧之心，畏惧大抵源于对这世间的眷恋，而我已了无牵挂。

【3】

这是我在这座陌生城市度过的第一个夜晚，第二天清晨醒来，我临时决定去买一台相机，因为就在昨夜的梦里，我见到了竞冬。梦里竞冬似乎轻轻抚摸着我的头发："要是能留下些纪念就好了。"

我不知道他所指的是不是拍照，但我只知道这种留念的方法。

按前台小姐告知的路线走去最近的商场，我站在柜台前跟售货员艰难地进行着交流：“我男朋友用过的那款不是这个，对，比较像你身后那个架子上那种……不对，靠左边那个……”

说到最后我不多的耐性终于被消磨殆尽，准备扭头走人，却有一个陌生的男声叫住我：“喂，你想要的是不是这个？”

“……对，你怎么知道？”

“刚才你自己说的啊。”他耸耸肩，笑起来。

“这样吗？”我顿觉轻松不少，“谢谢你……那个，我先去付款好了。”

刷完卡再回到柜台，刚才那人却已经不在。

“他不是这里的工作人员？”我迟疑了片刻问售货员。

“不是啊，其实我也不知道他是谁。”对方仍是一副木讷的模样。

我觉得自己实在无趣，就此噤声。

回到酒店已是中午，在前台办理完续住手续，我乘电梯上楼。

与一个陌生人重遇的概率是多少？我从没有去思考过。就算是在那最尴尬的整蛊事件之后，和竞冬在表姐的学校重遇，也是他先叫住我：“那个同学，你的校牌呢？拿出来让我检查一下。”

但这一次，是我先认出他。

电梯已稳稳地停在七楼，我的视线轻轻扫过他的脸，再回到手中装着相机的纸袋上，终于在斟酌了几秒后说了一句“真巧”。

“是你啊。”他扬起头，脸上除了惊讶，还有淡淡的笑意，“还真是挺巧。”

“你也住在这一层？”

“对，现在正准备出去吃饭。”

“那祝你用餐愉快。”我莞尔。

“好的。”他挥挥手，顺便按下楼层。

然而，随着电梯门的闭合，我却愈发清晰地感受到自己的一颗心在缓慢下沉，如同落水却不会凫水之人，只能眼睁睁地任由自己溺毙于水底。

没错，他按电梯按钮的姿势又让我想起竞冬。你看，记忆总是这般可怕，不但能够由某个看似无关的点牵引出巨大的面，还永远来势凶猛，颇有摧枯拉朽、气吞山河之势。

我忽然没了胃口。

【4】

回到房间，我下意识地伸出手看表，十二点十七分，原来距离我与竞冬一起吃的第一顿饭已过去四年有余。

回想当天其实我并不开心，甚至可以说是暴跳如雷，用表姐的话形容，好像一只抓耳挠腮的猴子。

愤怒的猴子被突然杀出来的程咬金摆了一道，竞冬如同一堵从天而降的铜墙铁壁挡在我的面前，故意朝我伸出一只手："同学，麻烦把你的校牌给我检查一下。"

我气结，瞪大眼睛望着他，没想到他却远比我镇定，竟然可以面色如常地与我对视。

三分钟后，我果然在他强大的定力面前败下阵来："那个，你听我说，其实我不是你们学校的学生。"

"我知道。"没想到他答得倒是爽快。

"……那你这是？"这次换成我一脸愕然。

"报复。"一秒钟后，表姐口中"心狠手辣"的教导主任竟向我微笑颔首，言语和表情之间的强烈反差让我不禁打了个哆嗦。

无数只乌鸦在臆想中从我的头顶飞过，我深吸一口气扭头，准备拔腿闪人："那个，我先回学校了，表姐我们……"

我话未说完，竞冬已拎着我往他们最著名的办公大楼走去："我看还是让你的班主任来我们学校领人吧，毕竟学校也是有规章制度的地方，随便溜达也不是被允许的……"

"你……这还是报复吧？"望了几眼已跑得老远的表姐，我转过头来恶狠狠地瞪着他。

“一半一半。”竞冬拽着我的手微微有些松动，“毕竟校规里确实写了这一条，外校同学不得随便出入。”

就这样，和竞冬的第二次见面以我被扣押在办公室陪他吃外卖盒饭告终。

“这肉丝真老……”我一边嘟囔着，一边拼命往嘴里扒饭，“对了，你到底给我班主任打电话了没？我要回学校了，晚上还有自习课，班主任要来巡查的，我已经逃掉一节自习课、一节美术课了！”

“电话号码。”

“嗯？”我将最后一根肉丝塞进嘴里，不解地望着他。

“你忘了给我电话号码了。”

“……”如果可以不计后果，我想我真的会把剩下的饭扣在这个为师不尊的教导主任头上。

正当我气得满脸通红，思考着要不要跳上去找他拼命时，他已气定神闲地放下了空饭盒，转过头塞了一张纸巾给我：“出门左转，直接下楼，记得从后门出去，别说我没提醒你啊，前门的保安可比我难打发多了。”

犹记得竞冬说完这句话时是微微笑了笑，点到为止的那种，但我的心里像有首歌中唱的那样，如五月的晴天闪了电。

我被这样的自己吓得不轻，匆匆跑出办公室后，狠狠拍了自己一巴掌，宋浅葱啊宋浅葱，你说你平时有爹疼、有娘爱的，是从哪里钻出来的恋父情结？这家伙虽然看上去还算年轻，但按表姐的说法，三十岁他还是绰绰有余了……所以说，上天啊，还是赶紧降一道雷来劈死这个不清醒的我吧！

【5】

再次遇见七楼的那个他，是在错过了最近一班开往青海湖的大巴后。我本以为再也不会有比我晚起后还气定神闲的人了，可是我错了。当我远远地看见那个似曾相识的人影慢悠悠地往这边走来时，我实在难掩笑意：“……你倒是来得挺早。”

“嗯，就比你晚一点儿。”他也会心地笑起来。

“接下来怎么打算，等下一趟？”

“不了……我最不喜欢的就是等车。”

“刚好我也是。”我微微蹙眉，却已对这样的巧合见怪不怪。

“那一起拼车吧，虽然比巴士贵，但好歹能帮你省一些，而且如果你想看日出的话，只有包车比较方便。”

“听上去你对这里倒是很熟悉。”

“来过一次，”他从容地从背包里掏出两块牛角面包，分给我一个，“和我的女朋友。”

“那她人呢？”

“结婚了，就在一个月前……”

“新郎不是你。”我忍不住多嘴。

“所以说，日光之下无心事。”他嚼着干巴巴的面包爽朗地笑起来，“你呢？为什么会想要来这里。”

“为了看看这个世界。”我想了想，仍选择了这个略显矫情的说法，“宋浅葱，我叫宋浅葱，深浅的浅，葱花的葱，别怪我多嘴啊，其实它是一种颜色。”

“嗯，蓝的一种对吗？”对面的人头也没抬地答道，旋即伸出自己的一只手，“向飞扬，你意识里第一时间想到的那几个常用字就是了。”

“想不到你这人还挺有趣的……”我没有回握他的手，而是不动声色地转身将面包的包装袋丢进了垃圾桶，“那就一起走吧，向飞扬先生。”

“好的，宋浅葱小姐。”

我们包的车是一年前向飞扬和他的女朋友坐过的那辆，现如今车子没换，物价却飞涨，比起当时，我们一人多付了一百块。

将行李安置在后备厢后，向飞扬径自上了副驾驶座，而我则钻进后车厢，开始摆弄前一天买的相机。

老实说，对于摄影这门技艺，我其实一窍不通。我唯一记得的，也不过是竞冬用的是这个牌子的相机，甚至连型号都不知道。

认识我之前的竞冬爱旅游，虽然背着相机到处走，留下的照片却是寥寥无几，我曾问他为什么，他笑笑将镜头对向错愣的我按下快门："其实最好的永远都是留在心里的。"

若是当时我肯细细品味他的话，说不定我便能摸清他的心思，可一想到他将我痴傻发愣的样子拍了下来，我便再无心顾及其他，不客气地便要扑上去抢相机："快点给我删掉，简直丑死了！"

"不要。"他即刻拒绝。

"为什么？"我气喘吁吁，却仍不死心。

"答案我刚才说过了啊。"见我这样，他竟得意扬扬地大笑起来，再不就此多做解释。

直到很久很久之后，竞冬离开我以后，我再想起他当初的话，才能明白究竟是何种含义。那个最好的他已扎根在我的心里，多一张又或是少一张拍的照片又能如何呢？记忆能被画面篡改，感受却永远不会。

【6】

办公室一餐后，再同竞冬见面，已是小半个月后。然而这一次我们见面的场合却显得尤为特殊，因为竞冬是来相亲的。

犹记得那个周六表姐兴冲冲地给我打电话说市中心某家新开的咖啡店蛋糕一律八折，听罢我不屑地对她的小市民心理表示由衷的鄙视，她却一拍桌子怒不可遏："你懂个屁！老娘过去是想瞻仰一下早我几年毕业如今转行做点心的帅哥学长，我这种少女情怀，你这种缺心眼的人怎么会懂！一句话，你到底是陪，还是不陪？"

表姐发起飙来威力惊人，迫于她的淫威，我实在没好意思将那句"人家堂堂艺术生怎么就想不通跑去做厨子了"问出口。

挂掉电话后，我马不停蹄地下楼打车往表姐说的那个地方赶，然而进门环视一圈，才发现这个强迫我来的人竟然自己还没到。

没办法，我只能先找个靠窗的位置坐下。

等人实在无聊，我只好目不转睛地盯着窗外的行人看，结果没能瞄见姗姗来迟的表姐，倒是看到一辆车忽地停在了门口，从车上下来的不是别人，正是前段时间才忽悠我在办公室浪费了两节课青春，且陪他吃了一盒超难吃的盒饭的教导主任。而此刻与他并肩站在一起的，则是一个浑身上下散发着淘宝款气息的美女。

两人一前一后地推门进来，我心里简直乐开了花，竟然让我看到相亲现场，不说一句“主任好”实在不符合我锱铢必较的个性。

果然，听见我甜甜的喊声，竞冬转过了头，看见我，是一脸尴尬。我强忍着捧腹大笑的冲动，保持微笑地走过去，冲着淘宝款美女也声音洪亮地喊了一声“主任夫人好”。

竞冬顿时一副吃了苍蝇的表情，闷声不响地拉着美女便往里面去了。我对他这个反应分外满意，哼着小曲回到座位上继续等表姐。

然而那天后来发生的事完全超出了我的意料。首先是表姐的闪亮登场，这女人，非但不动声色地冲进柜台里把人家的蛋糕全砸了个干净，还回到临窗的位置，开始喝起我提前替她点好的奶茶。

没过多久，骚动的人群中果然自动辟开一条小径，作为始作俑者的点心师现身了。

“你怎么来这里了？”

“来喝下午茶。”

然后，两个人同时噤声了。

表姐在我心目中向来是个通情达理的人，这一次却是十足无理取闹，我正准备上前去拉她走人，不知何时绕到我身后的竞冬一把拽住我的胳膊：“你有闲情逸致带她走，不如先帮人家清理现场。”

我茫然回头，便发现地上果然奶油密布，一时变得哑口无言。

和竞冬蹲在地上清理残局，我这才记起刚才的淘宝款美女不见了：“主任夫人呢？”

“被吓跑了。”竞冬耸肩，“人家还不知道我扮演的是张牙舞爪地追着学生到处跑的角色。”

“想不到主任您对自己定位很准嘛！”我哂笑。

“还好了。”

说话间，竞冬的手已忽地凑近我的脸，吓得我往后一缩：“你要干什么？”

“奶油……”竞冬蹙眉，食指尖轻轻地蹭过我的左脸颊，“所以说，小姑娘家家的，嘴馋也不要偷吃啊。”

“……滚！”突如其来的触电感令我浑身一颤，不仅呼吸变得急促，整个人也如同奓毛的小动物一样跳了起来，“我说得一点没错，你为师不尊！”

【7】

去青海湖的车程不算长亦不算短，三个小时，足够我睡一觉，抑或是思考过去没有来得及找到答案的问题。

还记得竞冬仍在世时我的爱好是买闲书，然而，我向来只是买得多，真正看的却很少，有一次他留在学校加班整理档案，我实在百无聊赖，便找了一本来看，书里那个女作者像是对他人发问又好像自言自语地说，既然在哪里看到的日出和日落都是一样的，那为什么我们一定要去远方呢？

我掩卷思索片刻，并没能立时找到一个令自己满意的答案，而后门铃声响，竞冬回来了，我也就撇下书欢喜地去开门了。

而等我再度记起这个搁置的问题，已是一年后，此时此刻，已再没有人令我半夜亦会凝神等待门铃声响。长夜漫漫，房间的空气里除了丝丝寒意，还有医院消毒水特有的味道，很淡很淡，却足以令人无法安然入睡。

而就在我走神之际，司机已轻车熟路地熄火，点了一根烟回头望着我们：“你们不下去走走吗？从那边那条小路就可以直接到湖边了。”

“……好。”我一怔，旋即点点头拉开了车门。

这里很冷，我的意思是说，比我预想中的还冷。带来的薄外套不够用，我的牙齿开始打战，倒是向飞扬从背包里拎出一件工装大外套递给我：“要不要？”

“谢谢。”我思忖了片刻后还是接过来披上了。

这个时间就来这里旅游并不是最好的，因为冷，公路两旁除了漫无边际的草场，甚至很难看到和我们一样的旅人。

天空呈现出一种厚重的灰蓝色，以至于就算湖泊近在眼前，我都忍不住要怀疑这是不是传说中的青海湖。

“宋浅葱。”一旁的向飞扬忽然叫我的名字。

“叫浅葱就好，宋浅葱，感觉怪怪的。”我没有回视他，倒是将相机的镜头盖摘下来准备拍照。

“好吧，浅葱。”他笑着按我的意思重复了一遍，“其实我以前看过一本书，那个写书的人问，既然在哪里看到的日出和日落都是一样的，为什么我们一定要去远方呢……我想了很久，都没有得到满意的答案，你觉得呢。”

“为什么一定要有答案呢，只要想就可以了。”我漫不经心地按下快门，这句话脱口而出。

然后我猛地意识到，原来竟是这样，答案原来是这样，只要想就可以了。

为什么我会爱上比我大十来岁的竞冬？

不用深究是为了他的风趣、他的阅历还是他的耐心，只要想就可以了。

我忽然记起他第一次吻我那天，似乎也有相同的坏天气，我因为日日莫名想到他而感到惶惶不可终日，他倒好，干脆站在我下晚自习后回家的必经之路上。

路灯昏黄，头顶阴风大作，树枝在黑夜里显得摇摇欲坠。

“你怎么在这里？”我咬牙切齿没好气。

“我们学校没有晚自习。”他边朝我这边走过来，边笑着解释。

“呸……”我咒骂他的话尚未出口，嘴巴却已被他堵住。

“本来还想等你长大一点再出手的，不过还是等不了了。”他揉着我被风吹得乱七八糟的头发，在我耳畔小声解释道。

我相信我与他都学过知识，也有常识，然而只有在爱情来的这一刻，我们都丧失了基本的判断和理智。

也许有人会骂我们是败坏道德的人渣，但你不是人渣，你永远不懂做人渣的乐趣，不是吗？

【8】

当晚我们借宿在黑马河的一户藏民家，只有三张床的简陋房间，我们各自和衣坐下。

向飞扬向准备出门买酒的司机要了一根烟，转过头问我：“照片拍得好看吗？”

我瞥了他一眼有些忍俊不禁：“你自己背着相机不照相就算了，还非得取笑我这个连业余水平都算不上的人吗？”

“真冷漠啊……”向飞扬深深吸了一口烟，大概是因为味道呛人，微微皱起眉来，“我只是想告诉你，网上那些看上去很漂亮的片子，一部分是靠修出来的，另一部分则是运气实在好，遇到好天气，所以才能拍得漂亮。”

“那你是想告诉我拍得不好不是我的错，不要气馁呢，还是想说我们运气实在糟糕？”

“都不是，我只是想告诉你，记忆是可以被美化的。再糟糕的一段回忆，当初想为之去死的一段记忆，日后都会被我们的大脑美化。所以，再等一年，你再看到这些照片，一定会觉得比现在好看许多，不信的话，我们可以打个赌……”

向飞扬的眼睛黝黑而明亮，借着不甚明亮的灯光，我若有所思地望了他一阵，最终还是摇摇头：“还是算了。”

就这样，我们都无可避免地沉默下来。还好买完酒的司机适时推开门，让变得冷清的房间重新热闹起来：“来，喝酒喝酒，青稞酒，小姑娘你还没有喝过吧？”

“没有。”我爽利地答道，顺势接过他递来的杯子。

“其实啊，人生最开心的事情，莫过于大口喝酒、大口吃肉。”已到中年的司机早拥有属于自己的快乐哲学。真好。

三个人一瓶酒下肚，已经是夜里十一点。酒劲儿上来的我非但头脑昏沉，还走路轻飘。

“要不我帮你把脸盆拿进来好了……”

“不用。”随着我的酒劲上来的还有我的倔脾气，不顾向飞扬的劝阻，我晃晃悠悠地往铁门外走去。

好在除却冷风，今夜还有暗淡的月光做伴，我弓下身，将双手浸入脸盆中。

无奈高原的水温实在太凉，冷水刚触及皮肤，我便狠狠地打了个哆嗦，酒顿时醒了大半。而思维一旦清明的坏处是，我又不可避免地想起了竞冬。

和竞冬刚在一起的那两年，我们像极了电影里的地下党，没有办法约会，亦没有办法光明正大地牵手漫步在街头。除了最初的那一吻，那之后我们最亲密的举动，也不过是在我摸底考试考砸后，他揽过我小声地说：“今天批准你哭个够。”

我本以为我们足够的隐忍能换来成年后周遭人的体谅和接受，然而现实总比臆想中的来得残酷许多。

首先是表姐，作为我与竞冬相识的推手，她始终认为自己是罪魁祸首，我无法说服她，只好任由两人的关系越来越淡，直至真的疏远。

考上本地重点大学的夏天，十八年来吊儿郎当的我做出了人生中最严肃也最正经的决定，那就是将竞冬带回家。然而，正统如我的父母，无论如何亦无法忍受自己不到十八岁的女儿交了一个大自己一轮还多的男朋友，我和竞冬果不其然地被他们轰了出来。

三十八摄氏度的高温，两个人站在烈日下暴晒，汗流浃背。依稀过了很久，竞冬第一次主动走过来牵了我的手：“其实我的愿望也不过是这样罢了。”

暑气凶猛，人声鼎沸，却无人能敌过我哭声嘹亮。

【9】

和竞冬的爱情，从一开始便注定是无法被旁人祝福的爱情。我不曾做过他的学生，却始终得因是师生恋而尴尬不已，每次走在系里，都不乏人在我身后指指点点，但我不在乎，因为他们不懂。

是的，就好像我说过的那样，你不是人渣，你不懂人渣的快乐。

竞冬查出胃癌晚期那年，我十九岁，偶尔也会死皮赖脸地溜去他公寓过周末，但他从来都将我赶到客房睡，看都懒得看我一眼，着实让人气得牙痒。

长此以往，我总有被逼急的时候，揪着他的领带追问他为什么，起初他始终保持一副革命烈士的模样，死活不开尊口，等到我终于气急抽噎起来，他才不得不挫败地松口：“我是真的无所谓……可是我知道，你其实很在意你父母和表姐的想法。”

一句话，堵得我哑口无言。

当晚回到客房，我便鼓起勇气给半年未见的表姐打了电话：“能见一面吗？”我几乎是恳求。

“好。”这一次，表姐竟少见地没有拒绝。

我们约在当初的那家咖啡店见面，还是当年那个位置，只是点心师在那件事后早已请辞。

表姐的眼中已没有当初那种无法平息的痛苦与愤怒，甚至能淡定地舀一勺芝士放进嘴里：“现在想来，当年好像还欠你个解释……喏，也不知道你还记不记得他，就是那个点心师，我骗了你，他才不是什么艺校的学长，他是我的前男友，已婚。那时候我心血来潮去报班学厨艺，结果遇见他，我们都知道这样的关系没有结果，所以课程一结束就分开了……可是不知道为什么，那天我路过这家店发现他竟然在里面工作时，就遏制不住地想要进来看看……但我又没什么勇气，所以只好叫上你。知道我为什么像疯了一样砸蛋糕吗？我其实只是想见见他罢了……很好笑吧，不过还好现在一切都过去了。我也有了男友，也在积极考虑早些结婚的事……但是，浅葱，我思考了很久，关于你和我们教导主任的事情，不得不承认，现在的你是真的幸福，我经历过，所以我没办法否定。虽然这不是我的初衷，但是祝福你，浅葱。”

这是我收到的，来自身边人的第一份祝福，我珍若拱璧，却不知道回去等待我的，却是竞冬的一纸体检报告。

人啊，太幸福是会遭天谴的，我过去不屑，如今却不得不信。

【10】

第一次和竞冬睡在一张大床上时，他已经开始进行治疗，衣服上总散发着淡淡的消毒水味道。

我握着他冰凉的手傻傻地问他：“喂，你会死吗？”

“当然。”他笑得十分坦然，“迟早的事。”

对于生死之事，他接受得太快，快到我无法忍住嗓子里的哽咽。

我二十岁生日那天，竞冬在表姐的帮助下，为我模拟举行了一场小小的婚礼。没有婚纱，没有宾客，没有宴席，甚至连戒指都没有一枚，我唯一拥有的，是一顶精致到极致的白色头纱。

“我没有想过要套牢你，你永远是自由的。”竞冬的脸色已不可避免地苍白，笑容里却始终是熟悉的温柔。

而因为这句话，我下定决心再也不在他的面前哭。

开车送我们回去的路上，表姐丢了一张房卡给我：“新婚快乐。”她说着，却始终目不斜视地打着方向盘没有回头。

我知道这已是她最诚挚的祝福，而这已经够了。

竞冬去世后，表姐曾来看过我一次，是遵照竞冬的意思陪我去拿寄存在银行保险柜里的房产证。

“其实他在世时承受的压力比你大许多，你只需要三个人的理解，而他替你抵挡住了全世界的曲解。”表姐将那一纸对我来说毫无意义的证明放在我手上时如是说。

就这样，在竞冬葬礼后我迅速卖掉了那套房子，按他的遗愿，踏上了替他看一场日出的路途。其实一开始他便说错了，我并不是自由的，我只不过是他的。

在抵达西宁的第一天，我便做了决定，用竞冬失眠时曾用来拿药的处方笺买到了能买到的到最大剂量的安定药。

我决定替他了却遗愿后便长眠于这片荒凉的湖底。有句话怎么说的来着，亡魂未失，青春尽逝，我想我很难再找到热爱这生活本身的动力。

就这样一夜无眠，凌晨五点刚过，我便被向飞扬从棉被中拎出来:“走吧，去看日出。”

“……好。”

清晨的青海湖依旧寒冷，而比之更冷冽的，则是我趋于绝望的一颗心。

一路上向飞扬少见地寡言，我忍不住拿眼角的余光瞟他，这才发现他竟然背着自己那从未开启过的相机包。

“你要照相吗？”

“不一定。”他回过头来对我笑，浅金色的阳光中，有与竞冬相似的温柔。

而不出十分钟，我便彻底明白了他话中的含义，因为我看见了他的相机，除了和竞冬、和我的是同一个型号外，最重要的是，上面有一条白色划痕，那是我曾经贪玩不小心用竞冬的瑞士军刀刮伤的，我至死都不会看走眼。

“你认识竞冬。”我转过头一动不动地盯着他，整个身体开始不断颤抖。

“是的。”向飞扬轻车熟路地取下镜头盖，将镜头对准缓慢跃出湖面的朝阳，“他请我来看着你，好好走完这一路。”

【11】

或许我们该说说一年前。

一年前，当竟冬得知自己因为常年的饮食不规律和过劳得了胃癌后，曾请了一周的长假，谎称要开教研会，独自去了一趟青海湖。他就是在看日出时遇到想自杀的向飞扬的。

向飞扬骗了我，他的女朋友，其实没有背叛他嫁给别人，而是死于异国的一场雪崩。那时候他工作太忙，请不了假，没能陪她上路，于是她一个人走，谁知道便再也走不回家。

“我们其实计划今年结婚的。”他掏出脖子上挂着的那枚铂金戒指对我晃一晃，“可是我甚至找不到她的尸骨，无法在老死后与她合葬。”

竟冬救了眼前这个自杀未遂的年轻人，然后告诉他，自己大概还有一年可以活。那个关于“记忆会被美化”的说法是竟冬告诉他的，竟冬还说:“所以最难熬的只有最初的那一段时光，我怕她熬不过去，却不能陪她，我看你已经死过一次了，大概也不会再去死了。这样吧，我们一直保持联系，如果你还愿意活到明年，就帮我一个忙，陪她走一段。我没能和她一起看到的日出，想要补偿给她。毕竟因为我，她放弃了更广阔的世界……要知道，我希望她永远是自由的，无论我在或不在。”

就这样，竟冬在离世前替我安排好行程，同时也交代好他所有需要做的事。

“你的男朋友是对的，最初的那一段熬过去，我们就可以活下去了，我甚至开始愿意相信，将来某日，我也能爱上别人。”向飞扬直视着我的眼，目光深邃如宇宙黑洞。

不知何时，太阳已跃入空中，赤金色的阳光落在我的肩头，如同有千万只冰凉却温柔的手，抚摸着我由于僵硬太久而变得麻木的背脊。

我忽然流泪。

因我已知，世间将再没有人给我这样的爱，如凌晨五点湖畔的朝阳，凛冽却温柔，且永不绝望。

【12】

我们为何要跋涉千里，只为去到远方？

因为想要记得，想要忘却，想要放下，更想要继续——

继续以更温柔慈悲的胸怀爱你，以及爱这因你而变得丰盈的生命。

夏天刺了一道吻痕在肩头

创作手札:

这差不多是一个中篇故事了，故事的最后，我开开心心地把女主角写死掉了。

好像林霜晨一生之中对她有过的感情，必须借由她突然的死亡，才能在漫长的岁月中得以在内心澄清。

写过一些懦弱的男主角，林霜晨只是其中之一。

并不会觉得他有多坏，爱情里有人英勇，就有人怯懦。

但怯懦的爱也是一种爱啊。

有些人就像夏日里灼热的光，来过你生命，你原以为了无痕迹，却不知，命运早将其嵌入你的身体。

犹似薄如蝉翼的吻，却触感永存。

【1】

霜河葬礼的前夕，林霜晨乘早班飞机自法兰克福回国。

夜晚机舱里极静，有金发中年人向空姐索要免费的伏特加，林霜晨将毯子搭好，昏昏沉沉地坠入梦中。

“不是真心对我好的，我不需要。”

这是林霜晨梦中的霜河说的第一句话。犹记得当年她十六岁，皮肤白皙，鼻子上散布着星星点点的雀斑，眼神却成熟得可怕，令站在一旁的林霜晨感到全身发虚。后来自己对她说了什么，林霜晨已经忘记了，他只记得梦境结束的时候，霜河坐在老宅的院子里背对着自己。

“你真自私。”霜河回过头来看自己，已经是十八岁的大姑娘。她的眼神里没有怨，也没有恨，倒像是陈述一件与己无关的事。林霜晨明白，她已然对自己死心了。可这又如何呢，他林霜晨一向是这样的男人，怯懦、自私，谨小慎微。用一句不入流的话讲，是他根本配不上霜河的爱，可他偏偏可鄙地知道，霜河从不介意自己是这样的坏人。

一朝梦醒已是隔天上午十点，阳光穿过厚厚的云层落在舷窗上，林霜晨睁开眼，便看见赤金色的光的海洋逐渐将自己的视野淹没，直到整个世界白茫茫一片。

不知缘何，他的眼眶湿了。

抵达机场是中午，叔叔特地开车来接林霜晨回去。近五十岁的中年人，早不爱唱片广播，车子里安静得出奇，有好几次，林霜晨甚至听见外面风刮在玻璃上的声音，呲呲、呲呲，寂寞得令人觉得格外惆怅。

当晚霜河的葬礼十分简单，林霜晨和十来个表亲站在一起，听着请来的僧人敲钟诵经，依稀记起十几岁时的光景：霜河还是扎着马尾辫的小姑娘，永远瘦巴巴的且阴魂不散，令自己又牵挂又厌烦……

也许是回想起太多，葬礼后的宴席上，林霜晨有些醉了。上楼经过霜河的房间，林霜晨在原地站了好久，终究没忍住，鬼使神差地推开那扇门——

只见视线所及皆是漆黑冰冷一片，林霜晨这才意识到，房间的主人真的已经不在了。

“喂！喂！林霜河！林霜河……”空旷的走廊里，这个仍带醉意的男人忽然变得气急败坏，冲着宇宙黑洞般的房间颓然地大喊，然而回应他的却只有呼啸的风声。

“我爱你……”林霜晨挫败的声音如淬火，却不足以点燃这寒冷的夜。恍然间，时间退回至七年前，幻象中那个十二岁的小姑娘在黑暗中慢慢抬起自己漂亮的丹凤眼：“可是太迟了呀，晨哥哥。”

【2】

林霜晨醒来时已是下午，宅子里静悄悄的，想必长辈们都已各自出门了。宿醉的后遗症大抵都是头疼，在房间内静坐了许久，他索性套了件衣服下楼。

真的很久没有回来了，准确地说，是从二十四岁那年逃也似的离开后，他就再没有回来过。后院的大花园几乎已经荒废掉了，也是，当初除了霜河便没有人喜欢打理这偌大的院子，现在连霜河都不在了，又怎么会有花草繁盛。

林霜晨在院子里站了一阵，决定开车去看看霜河的新家。

郊区的墓群，林家到底不愿意把外人的孩子葬在自己的墓区内，只折中选了个靠近的位置安置，也算是最后的退让。

林霜晨蹲在墓碑前，胸口有些抽痛，恍恍惚惚地想，若是姑姑还在，一定不会让她到最后都孤苦伶仃吧，只可惜姑姑也已经不在了——像是一曲南音，唱到最后，便只剩下唏嘘。

“喂喂，你现在开心了吧？”林霜晨敲敲霜河的墓碑，像是在等一个答案，却终究没有人回答他。

能给他回应的那个人已经不在了，世界上恐怕再没有比这更伤情的事。

林霜晨还记得第一次见到霜河是在每月例行的家宴上，那时霜河或许不叫霜河，只可惜，他已无从知道她最初的名字。

姑姑带着霜河风风火火地闯进来时，林霜晨正在谨慎地喝着一碗甜汤，作为林家最没出息的长子的孩子，林霜晨打小就学会将自己隐没于人群中，这一次也不例外。

姑姑的视线逡巡过每个人的脸，最终在爷爷的脸上停留：“爸……”她先叫了一声，然后一屁股坐在椅子上抽噎起来。

人人都知道向来强势的林大小姐是在使苦肉计，所以无人搭理，各自继续埋头吃饭。

依稀过了很久，林大小姐终于意识到苦肉计无用，只好猛拍桌子站起来，脸上的眼泪早已荡然无存：“不管你们同意不同意，孩子我带回来了！”说罢，她抓紧了一旁霜河细细的胳膊。

全家人这才正式留意到霜河，不仅是丹凤眼，还又白又瘦，和大人对孩子的审美多少有些偏差大人总喜欢小姑娘有福相。

叔叔试图缓和紧张的氛围：“今天的甜汤味道不错，先坐下来喝一碗吧！”

没想到林大小姐竟嫣然一笑，拿过空碗开始盛汤：“也好，霜河还没有吃晚饭呢，刚才我才托人办好收养手续……”

也就在那一瞬，起初还无甚反应的爷爷拿起汤碗丢过去：“不孝女！”

这一动作惊动了全家人，林霜晨小心翼翼地抬起头，便看见站在姑姑身后的霜河正目不转睛地望着自己。

她隐约是微笑的，带着示好的意味，林霜晨一个哆嗦，赶紧埋下头。

【3】

想来霜河一生也够背运，总共只活了十九年，却有足足七年时间，都在被当空气。

自从林大小姐——林霜晨的姑姑林喻一意孤行地将霜河带入林家，且为她改成霜字辈的名字后，林家上下对霜河可谓讳莫如深。

一向躲在角落的林霜晨原本以为霜河会因此感到不适或失落，然而当他偷偷观察她许久后才发现，原来她从来都可以自得其乐。

霜河喜欢林家的后院，在这幢人情冷漠的宅子里，那大概是她待的时间最长的地方，包括搬张板凳去做作业，做完作业再为花浇水。她虽然极少说话，嘴角却总是噙着笑。

林霜晨还记得有个傍晚自己踢完球回家，穿过空旷的大厅，看见洞开的后门外霜河坐在小板凳上写作业的侧影，忽然像是被迷住般，情不自禁地往那个方向走去。

等到走近一些，林霜晨才发现霜河根本没有做作业，她在一张空白的本子上写着乱七八糟的句子，见到林霜晨走过来，下意识地捂住，表情有些尴尬："哥……哥。"

她还是不习惯叫他哥哥，就像他也不认为自己就此多了一个妹妹。他顿时觉得窘迫极了，只好佯装大人顾左右言他："嗯，在做作业？那我先上楼了，记得吃晚饭。"

"我知道。"霜河说话的声音小得像兔子，耳根也微微红了，是说谎的征兆，但林霜晨已不介意这些，只想快些远离这个家中的祸源——他今天一定是玩得太高兴，才会懈怠下来，他本不该这样。

若是要问林霜晨为何如此畏首畏尾，很大部分原因要归咎于林家的复杂关系，各个兄妹为了继承财产斗得你死我活，而作为爷爷口中最没出息的孩子的儿子，林霜晨生性随父，谨小慎微，令天生好斗狠辣的姑姑十分不齿。

当天晚饭时间，霜河并没有出现在饭厅，姑姑林喻因为公事外出，也就没有人在意霜河是否填饱肚子。林霜晨虽有疑惑，却也很快被家中的压抑气氛打消了，匆匆扒完饭，便借口还要复习，逃也似的上楼了。

林霜晨是在自己的房门口撞上霜河的，女孩的身体软软的，好像棉花，林霜晨吓得手足无措，怔怔地问："你在这里干什么？"

"哥……哥，能帮我一个忙吗？"霜河站在门边，慢慢抬起一双丹凤眼，眼中没什么波澜，"我最近被一个很可怕的人缠上了。"

【4】

林霜晨至今都不懂，以自己当年的个性，为何会头脑发热，应承下霜河的请求。他那么害怕麻烦的人，竟然一边点头一边送霜河回房间，直到她关上房门，才长舒一口气扪心自问，难道明天真的要帮霜河去教训一个什么都不懂、只有一身蛮力的小男生？

但终究还是去了。

站在初中部的走廊，林霜晨望着周围比自己至少矮了半个头的男生们，难免有些违和感，令他下意识地催促霜河："到底是哪个？快指给我。"

霜河向来是会察言观色的，听林霜晨这样说，知道他已生了悔意，赶紧指了指不远处正和旁人说笑的高个壮男生："就是他。"

林霜晨那年接近成年，一米七五的身高还算标准，可体重轻得可怜，甚至达不到一百一十斤。他像轻飘飘的树枝，伫立在风中，和面前身高超过一米八、体重足有一百六的壮汉形成了鲜明的对比。

"你好……"林霜晨这才意识到开始这段对话有多艰难。

壮男生回头看他，眼里充斥着不解。林霜晨的额头上甚至渗出细密的汗珠，老半天才讷讷地开口："请你以后不要骚扰我妹妹……如果真有什么，我、我不会罢休的。"

这已是林霜晨的极限，说完这句，他局促地回头寻找霜河的身影，却发现霜河竟然在笑，没错，很得意的那种笑。

那一瞬间，林霜晨才意识到自己被一个小自己许多的野丫头摆了一道，在壮男生看神经病一样的眼神中，他尴尬地掉头，快速抓住人群中的霜河的胳膊，头也不回地走掉了。

傍晚学校的人群渐渐散了，霜河见林霜晨走了好长一段都没有要停下来的意思，只好耍赖蹲在原地不动了："哥哥，我脚起泡了。"

她抬头看他的眼神格外自然，想起刚才她骗自己做过的傻事，林霜晨气不打一处来，回头厉声责问她："为什么？"

"什么为什么？"霜河笑起来，嘴角依然是那个很漂亮的弧度。

林霜晨感觉自己额角的青筋都要暴起了，怎么会招惹上这么一个小恶魔！他深吸了两口气，才算稳住情绪没有发作："我是说，你为什么要骗我？"

"因为无聊。"霜河抬起头，毫不避讳地直视他的眼睛，"除了阿姨以外，这个家里的人都好冷淡，我本来以为你会不一样的……"

没有等霜河把话讲完，林霜晨已经气急败坏地打断她："少自作多情了！"

他的声音快稳准，仿佛一把刀，割断霜河的声带，良久，霜河懒懒地抬起眼皮，看得出笑得勉强："我知道。"

【5】

十二岁的霜河没能找到林霜晨这个同伴，这是成年后林霜晨一直耿耿于怀的事。他有愧于她，她的童年闭锁在那座阴森森的古宅里，不见天日，连同她的快乐一起，还没来得及萌芽，就已过早地死亡。

自从霜河戏耍过林霜晨那次后，林霜晨再没有跟她说过一句话，哪怕是将目光短暂地停留在她的身上。霜河就此成了林霜晨心目中坏女生的典范，平日寡言却开口尽是谎话，每天都在笑，笑容还隐约透着媚态——他不由自主地以成年人的心态去揣摩这个早熟的孩子，最后却发现自己实在拿她毫无办法，索性彻底避讳起来。

就这样，林霜晨与霜河如陌生人般生活在同一空间里，彼此再没有交集，也因此相安无事，直到年尾不期而至。

林家作为古旧传统颇多的一家，一到年底，家中难免变得忙碌。除了家族公司例行的各种会议和庆祝活动，作为家里人，还要举行一年一度的小型聚会，参加的只会是林家的直系亲属，很显然，霜河将不被算在其中。

林喻曾为了这件事两次与林家老太爷在书房中争执——在众人的眼里，霜河只是她潇洒生活里不可理解的累赘，但只有她自己知道，她真心喜欢这个曾躲在去世男友身后的小女孩。

“我会对你好。”作为见惯谈判桌上的伎俩的人，林喻不懂得施以霜河温柔，却恰好给了霜河渴望的归属感。所以，霜河默默地跟随她来到林家，不论外人口中的林家是怎样冷漠的“魔窟”。

可惜的是，直到聚会举行的那个晚上，林喻都没有为霜河争取到出现在大厅的资格。她将被暂时安置在林家郊区的别墅，并且得到特别允许，能够带上自己的好朋友庆祝。

可天知道，转校后，霜河没有朋友。旁人眼中，她是高不可攀的富二代，在真正的富二代林霜晨眼中，她却是格格不入的外人——多么讽刺。

窗外不知何时开始飘起零星的雨，偌大的空房间里，霜河觉得自己快要冻僵了，再无法忍受四周的漆黑和冷清，索性关上大门，沿着山路一直往下去。

她是在山脚下见到穿着礼服、打着领结的林霜晨的，雨水顺着他的短发一直往下淌，这样的他看上去并不比自己好多少。原谅她促狭，她真的因此在第一时间笑出声来，直到他面无表情地抬起头，望着同样狼狈的她。

他们最终回到了别墅。林霜晨生起了壁炉的火，直到火光亮起来，他才打量起霜河的脸。

十二岁的女孩，依旧干涩得好比青果，就算衣衫湿透，也没有丝毫看头。林霜晨就这样若有所思地望着她，甚至连自己顺势接了响起的电话，都毫无知觉。

电波无法折损林老太爷的威严，林霜晨的一句“喂，你好”刚一出口，便后悔到肠子都青了。果然，老太爷捕捉到了他的声音，话锋一转：“霜晨？”

林霜晨的手猛地一颤，险些将话筒掉在地上，就在他艰难地思考着如何解释自己怎么会跑到这里之际，原本站在一旁的霜河已经不动声色地将话筒拿过去：“是，是我求他过来的，我突然胃痛……我知道错了，对不起，我下次会记住的……”

雨水顺着霜河的发丝淌下来，林霜晨羞愧得恨不得咬舌，他从不是个君子，甚至不及眼前这个孩子。

【6】

那天林霜晨被林老太爷派来的车子接走了，临行前，霜河坐在沙发上看着电视，林霜晨试图跟她搭话，却发现她根本没有要理睬自己的意思，只好悻悻作罢。

回到林家难免受到一顿斥责，可林霜晨低眉顺目的样子令老太爷失了教训的兴趣，简单地呵斥几句，也就让他回到大厅继续与众人庆祝新年了。

但林霜晨是真的失了兴致，不知为何，整个晚上，他脑海中浮现的都是霜河干瘪瘪、湿漉漉的样子。小舅舅将新生的小表妹递给他抱，他也显得意兴阑珊，令小舅舅多少有些不快。

一场热闹却毫无意义的聚会结束后已近半夜一点，林霜晨谎称累了先上楼休息，经过霜河房间，却不自觉地停下来。

也不知道站了多久，才听见有人在叫他的乳名“晨晨”，一回头，发现正是姑姑林喻。

“霜河明天才会回来。”林喻表情威严，说这样温情的话，多少显得有些违和感。林霜晨本想要反驳一句“关我什么事”，最后却还是鬼使神差地应承下来：“哦。”

“我知道你们关系不好，林家上一代的兄妹关系都谈不上亲近，更别说你们这一代的孩子，这没什么好稀奇的。但我希望你记住她是你的妹妹，不管爷爷态度怎样，她是你妹妹，她值得被好好对待……我只希望你记住这个就好，去睡吧。”

林霜晨这才发现林喻的脸上有淡淡的潮红，想必都是酒精的作用。也只有在酒的作用下，林喻才难得地对自己话多。

就这样几番折腾，等林霜晨真正钻进被窝时，已经是半夜两点多了。外面的雨已经停了，夜空挂着几颗星星，林霜晨微微舒了一口气，伸手关了壁灯。

就是这夜，霜河竟然入了他的梦。

多么荒谬的梦，梦中的霜河还是一副干涩模样，冷冷清清地站在自己身旁——这一切看上去原本无恙，然而当林霜晨发现梦中的自己竟然牵着霜河的手时，便骤然变得别有意味起来。

林霜晨惊醒的时候是隔天上午，枕头上有大片大片的虚汗。他迷迷糊糊地伸手去找手机，这才发现有几个未接电话，都来自于秦宓——

忘记说，这一年正式成年的林霜晨已经有女朋友了。秦宓，便是林霜晨传说中的初恋。然而有句话是“有时爱情徒有虚名”，于当年十八岁的他而言，此为真理。

【7】

林霜晨就读于本城最好的A大时，霜河刚好考上那所大学的附属中学。微乎其微的升学率，让林霜晨一度怀疑霜河用了非常手段，但不论如何，霜河考上了却是事实，这件事的爆炸性足以令林家其他人抑郁很久。

那段时间林喻难得地在家中出入频繁，偶尔甚至会特地带霜河出去晚餐。然而长大一岁的霜河看上去却没什么明显的变化，换句话说，便是依旧干瘪得可以。可就算如此，霜河仍然在入学后找到了人生中的第一任男朋友，且还是高自己好几级的高中生。

林霜晨看到过一次，霜河在高中部门口等人。A大的校区很尴尬，大学紧邻高中部，让人想要视而不见都很困难。

林霜晨清楚地记得霜河那天没有穿校服，A大本来便提倡自由发展，学生不穿校服是常事，可那天林霜晨怎么看霜河的便服都不顺眼，甚至想上去耳提面命一番。

好在秦宓的即时出现令他打消了这个可笑的念头，然后林霜晨不知道，更可笑的事还在其后，当霜河那个男朋友终于现身并走向秦宓叫了一声“宓姐”后，站在一旁的林霜晨顿时变得尴尬无比。良久，他清了清喉咙，用眼神示意秦宓：“这位是？”

“邻居家老弟江源。”秦宓笑着看向一旁的霜河，“这位想必就是传说中的小女朋友了吧？你还真是一如既往地‘心狠手辣’！”

那天自然免不了一顿四人晚餐，林霜晨味同嚼蜡，倒是霜河胃口很好，其间甚至加了两杯饮料，让众人一度以为她会撑到吐。

然而无论是林霜晨还是霜河，无人主动提到彼此的关系，他们情愿扮演陌生人的角色，也不愿和对方沾染半分。

当晚酒过三巡，林霜晨已有了醉意，秦宓向来是聪明人，随意找了个理由便准备扶林霜晨走。倒是霜河眨着眼睛不依不饶：“姐姐这是要和哥哥一起回家？”

秦宓被她貌似天真的语气弄得不好意思，连忙解释：“不，我们不住在一起，只是送他去车站而已。”

霜河向来擅长这种游戏，大概这一次，她又有些无聊了。林霜晨昏昏沉沉地想着，心中却难免多出一些不悦。

当晚他们在林家二楼的走廊狭路相逢，林霜晨先到家，霜河随后，两人在霜河的房门口站了一阵。霜河耸耸肩用目光示意他走，见他久无动作，不禁笑起来：“你放心，我不会说的，林家不会有霜河，林霜晨也不会多一个无关紧要的妹妹，这个道理我是懂的。”

霜河说话的声音轻轻的，说罢，拉开房门走了进去。

砰的关门声将林霜晨隔绝在外，他这才想起了刚才她的话本不是自己的初衷。

那么他的初衷是什么？或许他自己都不大懂得。

【8】

可日子还是要往下过的。虽然霜河答应保密两人的这层关系，但碍于秦宓和霜河的男朋友江源的关系，两个人见面的机会却还是不可避免地多了起来。

江源是A大的保送生，保送生意味着有大把的时间可供挥霍，所以到后来，他干脆约着林霜晨一起打球。

也不知道是不是一年前霜河捉弄林霜晨的那件事给林霜晨留下了阴影，反正这一年里他是渐渐开始热爱起打篮球，身体也在慢慢变得结实。

霜河偶尔会过来看林霜晨他们打球，反正初中功课也不是很紧，物质上林喻一向对她大方，所以林霜晨经常会看见霜河买了进口的运动饮料给江源带过来。

时间久了，自然有一起打球的球友拿他们开玩笑："哟，江源，看不出你喜欢这么小的！"

"喂喂，快说说你们是怎么认识的，好给单身哥我一点参考，赶紧解决个人问题！"

每当听着众人七嘴八舌、或真或假的话，林霜晨的心情都不会太好，当然，这一点他并不会表达出来，只不过会下意识地将球投得用力些罢了。

秦宓那时候已经在准备考公费留学生出国的事宜，作为和林霜晨家境相差很远的女孩子，她向来属于头脑清醒、目的明确的那种，这也是当初她向林霜晨表白时林霜晨选择接受她的理由。这样的女生不会很麻烦，至少不比霜河麻烦，林霜晨淡淡地想，完全忘记这也是一种过度反应。

果不其然，秦宓在出国手续办下来的第二个月提出了分手。他们和平得好像朋友，秦宓握着他的手有些微微颤抖："我和你不一样，霜晨，你有好的家世背景帮助自己实现理想，可我必须靠自己的双手争取。我真的喜欢你，但是留在国内我只会泯然众人，我希望你理解我。”

林霜晨当然理解，他只是觉得唏嘘，他的初恋就这样结束了，丝毫不撕心裂肺、辗转反侧，又或者，他们本来都是低温的人。

当晚林霜晨难得回家，自从考上大学住校后，林霜晨总是找尽各种理由不在周末回家，然而这个分手的凄凉的夜，他却突然想家了。

毫无疑问霜河是在家的，她依然坐在院子里。深秋的时节，院子里不光阴冷还黑洞洞的，真不知道她图个什么。林霜晨上楼的时候不自禁地多瞄了几眼，最后仍是冷哼着推开了自己的房门。

半夜门外响起敲门声的时候林霜晨正睡得迷迷糊糊，潜意识里有个声音告诉自己此刻门外站的正是自己猜测的那个人。他不禁猛地转醒，下床奔向了大门。

霜河还是老样子，好像一直没有发育似的，却带着一股子说不出的青涩味道，令他焦躁。

“什么事？”林霜晨一向警惕。

“我想问你……”

“什么？”

“人死之后会变成什么？”

“……你说什么？”

“算了，没什么……哥哥晚安，听说你分手了，希望你早点走出来。”

霜河离去的背影翩然，令林霜晨多少有点恼羞成怒，这个阴阳怪气、阴魂不散的家伙！赶紧消失吧！

【9】

林霜晨是在两个月以后才明白霜河当天为什么会问那个问题的。当姑姑林喻将一纸末期乳腺癌诊断书丢在爷爷的书桌上，要求将自己名下的遗产转到霜河名下时，整个林家几乎炸开了锅。

林老太爷纵横商场几十年，什么气没有受过，什么苦没有吃过，然而即将丧女的痛楚和女儿要挟自己改立遗嘱的双重打击却还是令老太爷子一阵抽搐，当即进了医院。

那一年林家兵荒马乱。林老太爷和林喻入院的双重打击令公司焦头烂额，也令其余亲戚蠢蠢欲动。林霜晨的爸爸夹在众人之间，只恨不能生出一双翅膀，暂时避走他乡。

还记得那些日子林霜晨被迫每日回家，一方面要安抚爸爸的情绪，另一方面……还是真的想看看霜河究竟会因此变成什么样。

然而，霜河的反应令众人失望。她像冷血动物一样，除了跟其他人一起去探望养母林喻之外，每天照常吃喝睡觉，脸上根本看不出有任何悲伤。

林老太爷依旧在加护病房里睡着，这意味着霜河这个所谓的外人暂时夺遗产无望，所有亲戚表面看上去很是哀痛，心里却多少有些欢欣鼓舞，令人觉得虚伪至极。也就是在那时，林霜晨开始真正地厌倦起林家。不再是过去偷偷逃离一年一度聚会的小打小闹，这一次，在他的脑海中隐隐勾勒出的，是彻底逃离这个大家族的计划，尽管仍是雏形。

彼时林霜晨的前女友秦宓已经成功出国了，没有了这一层关系的牵扯，林霜晨不再能在学校见到霜河以及她的男朋友，也就没有想太多，只当是不好意思再凑在一起玩了罢了。可是直到两个月后，林霜晨无意在操场上邂逅过来打球的江源才知道，原来他们早已经分手了，就在他与秦宓分手之后。

“她说她有了新的目标，看不出来吧，这么小还是个人精，是我瞎了眼。”江源说起来无不自嘲。

“她不是人精。”林霜晨像被人踩到痛处，低声说道。

“什么？”

“我说，她不是人精。”林霜晨抬起头看着这个比自己还略高的男孩，脸上阴沉得没有多余的表情。他觉得他有必要找霜河谈谈了，现在、马上。

【10】

林霜晨不是自恋的人，甚至可以说，他有些自卑。所以那些年，他根本没有将霜河与江源分手的理由往自己身上想，他只是受不了她作践自己，更受不了她将自己隔绝在他的世界之外——虽然当初是他自己先要远离的，但这世界总是这么讽刺。

十一月的初冬已经冷得可以让人起满身的鸡皮疙瘩。林喻的情况越来越坏，到最近，每天醒着的时间可以说是越来越少。

也是到了眼下，林家的人才知道，她早知道自己病了。病了，却依然强撑着为林家守天下，林老太爷倘若知道，怕是要气得从加护病房跳出来用拐杖戳醒她。但她一生没什么好运，遇到的男人大多是负心汉，唯一的好人，却比自己去得还早，实在只能说没那种命。

林霜晨在后花园找到霜河的时候，霜河正抱着一本厚厚的本子在发呆，见到他来，警惕地将本子藏在了身后。

林霜晨全然没兴趣和她玩“猜猜手里的是什么”的游戏，只是看着她的脸，却终究说不出责备的话。

“你恨过我吗？”这一定不是自己的声音，林霜晨恨不得掐死自己。

“什么？”

“恨过我吗，以前刻意疏远你的事……”

“为什么要恨你。”霜河笑了，“过去的，我早忘记了，难道你还专门去记得不开心的事？没必要。”

【11】

那一夜，反而是林霜晨失眠了。说不清为什么，潜意识里，他似乎更希望霜河记恨他。记恨他的虚伪总好过忘记他的所有，他这样想着，并不知道姑姑林喻就在那个寒冷的夜，安静地停止了呼吸。

林霜晨是在隔日清晨吃早饭时意识到家中气氛不对的，在一片古怪的肃穆中，他终于意识到可能发生了什么，匆匆丢下手中的碗，跌跌撞撞地往楼上跑去。

霜河的房门虚掩着，林霜晨过于用力地撞开，险些摔了一跤。等他狼狈地抬起头，便看见霜河正一动不动地坐在床边。

大脑在那一秒掠过的是什么已没有必要验证，林霜晨拼尽全力地跑过去拥住瘦瘦小小的霜河，这才算有了几分真实感。

霜河这一次少见地没有动，她像钉子一样钉在那里，像一座小型雕塑，因为形体僵硬，连基本的质感都没有，但林霜晨在这种绝望的姿态里读到了美——

天煞的、莫名其妙的美。

此刻窗外满是疏落却明媚的光线，北风毫不留情地席卷着这座城市，林霜晨觉得自己本来混沌的思维也逐渐变得通畅起来，虽然心中的痛楚并没有因此减少半分。

原来不是他低温，而是没有被真正点燃过——可漫漫人生，他偏偏踏进不该踏入的河流，谁能告诉他，今后究竟该往哪里走？

【12】

霜河十五岁时交了第二个男朋友，一个叫作朱陵的诗人。林霜晨永远搞不懂霜河在想什么，就像弄不明白，为何那日之后他们还可以如常般出现在姑姑的葬礼上，做出一副陌生的姿态。

这样的困惑像一根刺，卡在林霜晨的喉咙，但他以为只要没有痛感，就没必要知道它的存在。也就是抱着这样的想法，林霜晨与霜河平和地度过了看似漫长的两年。

十五岁的霜河看上去和十三四岁时差别依然不大，很多时候林霜晨都会以为她被女巫施了咒，否则怎么可以依旧维持这副瘦瘦弱弱的孩童样，让人错觉但凡对她产生想法，都是龌龊的。

也就是因为有这样的心结，林霜晨对霜河的前男友江源没有好感，对她的现男友朱陵也没有兴趣，他只是迫切地想要将她放在自己的视线之内，就算明知道她不会做什么太出格的事。

那时候霜河已经申请了住宿，不大回家。林家人因此省去照顾她的精力，恰好乐得轻松，也就没有人真的介意她有没有认真读书、每天究竟在做什么。

除了林霜晨。

还记得有很长一段时间里林霜晨总是习惯在周末霜河固定回家的日子特地去她的房间看她。霜河对这个所谓的表哥并没有特别抵触，大都是任由林霜晨在自己的房间待着，自己则对着电脑做事。每当这时，林霜晨都不好意思走得太近，只是远远地确定她对着的不是花哨的网页，便再度折回自己的座位，继续看闷死人的专业书。

此时林霜晨已经读大三，林老太爷明里暗里地催促了好几次让他去自家的公司上班，林霜晨都装聋作哑，理直气壮地继续埋首于书堆，令林老太爷气得直跳脚，却别无他法——

因为林家的家训之一便是，读万卷书，行万里路。

这样看上去稳定、实则无趣的日子只持续到霜河十六岁的春天便草草宣告结束，而作为当事人的林霜晨甚至压根没有想过，他与霜河之前微妙的平和会因为如此小的一件事被打破，从此越走越远，直至没办法回头。

犹记得当天是个阴雨天，因为天气不好，原本和人约了去打网球的林霜晨临时取消了安排，百无聊赖的他如往常一般敲门进入霜河的房间，果不其然，霜河的脸上没有太多的表情，只是示意他坐，自己依然坐在电脑前一动不动。

也许是心情大好，又或者是绷紧的神经因为霜河爽快的不抵触变得松懈，林霜晨接下来做的事情足以令他后悔一生。

他毫不自知地走进了霜河圈定的安全范围，并且指着霜河的文档微笑着问道："这是？"

上帝作证，林霜晨并不是真的好奇霜河在做什么，只是霜河立即关闭文档的过激反应多少令他有些难堪。他咳嗽了一声重复道："这是？"

这一次，霜河终于有了反应，她慢条斯理地点了关机，回过头微笑着仰望林霜晨的脸："知道又怎么样？你又不是真的想知道，只是忍受不了不知道而已。"

林霜晨的脸微微抽搐了一下，泛起尴尬的红光：“你……”

“我有没有说过，不是真心对我好的，我不需要，就像当初你不是真心想要帮我摆脱那个男生一样。”

她骗他！林霜晨倒抽一口冷气，四肢变得冰凉，原来小小年纪的她早在当初就懂得试探，那不是无聊兴起，那只是属于她的独特的试验方式——

虽然结果极度令人失望。

【13】

那次之后，霜河就真的很少回家了。高中时霜河直升了本校的高中部，本是一件挺了不起的事，但家中亲戚没有谁挂心，霜河本人也不在意，也就不了了之。

这一年，林霜晨已经二十二岁了，大四即将毕业，再找不到其余理由搪塞林老爷子不进公司工作。几次谈判未遂，林霜晨只好憋屈地穿起西装、打起领带去学做自己丝毫不感兴趣的生意。

林霜晨的第二个女朋友袁晴晴便是他在自家公司里熟悉业务的时候认识的。当时他莫名其妙地养成了一个坏习惯——每到周末，都会鬼使神差地开车到 A 大附中，目送放学的人潮走出来。

在成群结队的女生中，他偶尔会看见霜河，偶尔不会，就像赌博一样，充满诱惑，却也深知命中率渺茫。

车停得次数多了，也就有人好奇了。比如，袁晴晴这个新来的小老师，作为想象力丰富的双鱼座，她显然误会了车里的林霜晨，幻想他是个来偷看女学生的变态。而当某一天因为好奇心作祟，她敲开了他的车窗后，一切故事又有了浪漫的新篇章。

没什么理由去拒绝，这是林霜晨每次恋爱的先决条件有一个活泼可爱、年纪相当的女朋友陪在身边有什么不好？他说不出，那不如接受。

因为袁晴晴的关系，林霜晨有很长一段时间克制着没有再开车过去看霜河，那附近有的是比学校有趣的地方，为什么一定要去找虐，林霜晨想不明白，干脆不再去想。他总是可以把鸵鸟精神发挥到极致，这一次也不例外。

当然，林霜晨的刻意规避也有遭遇意外的时候，比如某个周五在学校行政楼外的停车坪上，他便眼睁睁地看着霜河从自己的眼前走过。

从这个角度看，霜河似乎终于长高了一些，曲线也慢慢有了点，此刻她正在和身旁的朋友谈笑，丝毫没有在家中时的沉默与拘谨。

林霜晨看得目瞪口呆，恰逢袁晴晴开完会走出来，拉开车门，不解地看他，见他的视线停留在隔壁班女学生的身上，不由得多了几句嘴："咦？那不是林霜河，这个小姑娘挺有趣的，据说上课从不听课，每天写写画画，都不知道在做些什么……"

林霜晨望着袁晴晴，潜意识里希望她再多说一些，但她很显然已经没兴趣继续这个话题："我听同事介绍步行街新开了一家日本料理店不错，要不我们去试试？"

那天林霜晨醉了，清酒在他心目中原本可以与最难喝的白酒媲美，但他喝了很多。酒后无法驾车，他只好打车陪袁晴晴回教职工宿舍。

安顿好袁晴晴，林霜晨才发现已经晚上九点半了晚上十点半宿舍关门。几乎在一瞬间，他决定原路折返，去教职工宿舍片区隔壁的学生宿舍楼。他一直知道霜河住在那里。

宿管对这个突然造访的不速之客并没有好脸色，磨蹭了很久，才懒洋洋地问他："你是林霜河的谁？"

"表……哥。"林霜晨沉吟了片刻，于黑暗中抬起头，目光灼灼。

【14】

见到林霜晨，霜河并没有表现得特别惊讶。尽管她还穿着睡衣，头发乱糟糟的，但在林霜晨提议要一起出去走走时，她也只是撇嘴一笑，没有拒绝。

"去哪里？"霜河转过头问林霜晨。

林霜晨却已开始神游，没有回应她。霜河好气又好笑，提高声音又重复了一遍，林霜晨才算回神，怔怔地看着她：“不知道。”

“不知道你找我做什么？”霜河看着林霜晨的脸，仿佛在看最滑稽的小丑，良久，她笑笑，“那既然没什么事，我就先回去睡觉了，晨、哥、哥。”

霜河的话语里有奚落的意味，林霜晨却没听出来。他只是怅然地站在那里，觉得有什么忘记了，却又记不起来，直到霜河彻底消失在昏暗的楼道中。

而那天之后，霜河似乎又从林霜晨的视野里彻底消失了。好几次，林霜晨故意将车停在行政楼前，都没能看到霜河从附近经过，久而久之，他对于去接袁晴晴下班的事也就不再那么热衷了。

和袁晴晴的关系就这样不可避免地变得不温不火，更多时候，林霜晨开始避着她，就算整个周末都无所事事，也不愿陪在自己的这个正牌女朋友身边。他知道自己一定是得了什么病，才会变得这样无药可治，但他懒得改变现状。

见到霜河的书是在一个百无聊赖的下午，林霜晨为了不被来找他的袁晴晴看见，干脆躲到了报刊亭的屋檐下。面对着满眼花花绿绿的杂志与书，林霜晨多少有些不好意思，只好掏钱准备买一本意思一下，没想到却在其中一本的上面看见霜河的名字。一开始林霜晨以为自己眼花，仔细看了看腰封上的作者照片，才确信那真的是霜河。

她竟然背着全家人做了一件这么惊天动地的事，林霜晨忽然觉得有些五味杂陈，想给霜河打个电话，这才想起来她不用手机，只好等到周末她回家。

周末林家果然因为霜河的事掀起一番不小的波澜，倒不是林霜晨告状，只是恰好霜河名义上的小表妹买饮料时看见了霜河的照片，这才将事情一股脑地抖了出来。霜河连夜被叫回家，进行所谓的家庭教育。

“活了这么大，反倒是越来越小了！你不记得你阿姨临终前说了什么吗！好好待在林家，好好读书！她拼死都要为你争财产，你这样不务正业，对得起她？！”说这话的，正是和姑姑生前关系最不和的婶婶。

被婶婶训斥，霜河好像并不特别难过，依然是一副低眉顺目的样子。坐在一旁的林霜晨觉得这真是虚伪极了，忍无可忍地站起来：“婶婶，你不要说了，还有不要跟爷爷说，不然，他心情不好……”

“哦？你倒是很有孝心嘛。”婶婶笑起来，“那好，剩下的你慢慢教她，也省得我浪费精力。”

“好。”林霜晨目送着婶婶上楼，只干瘪瘪地挤出这几个字。

“你其实不用凑这个热闹。”坐在沙发上一脸乖顺的霜河终于抬起头来，眼里有挑衅的意味，“你不要以为我不知道，其实你内心想的和她的一样。”

霜河的声音不大，林霜晨的手却抖得厉害，这个小姑娘，总是一用力，便踩住别人的死穴，让人想不恨得牙痒都难。

【15】

如果说霜河这一生有过什么过错，那应该是盲目地寻求自我保护，丝毫不怕以中伤他人为代价——霜河不知道，这样的行为本身，就非常容易触及男人的底线，就算是林霜晨这样温暾的性格，也不例外。

当晚霜河照例坐在院子里发呆，林霜晨洗完澡下来客厅吃夜宵，望见她的背影不禁一怔，犹豫了半晌，还是不动声色地走过去。

看见林霜晨过来，霜河微微笑了一下，仿佛丝毫不记得下午的不愉快，也不记得林霜晨是怎样被她气得脸色铁青。

“哥哥，”霜河放下手中的喷壶，转过头看着林霜晨，“你有没有想过，要是一个人凭空消失会怎样？”

霜河总有本事问出一些没头没脑、不着边际的问题，林霜晨皱皱眉：“怎么？”

“没什么，就随便问问而已。”霜河摆摆手，又看看表，“啊，这个时间了，忘记给朱陵打电话了，我先上楼了。”

她慢悠悠地走着，林霜晨在后面看得分明，然后心中逐渐涌起一种莫名的酸涩。他随即被这样矫情的情绪吓到，赶紧去厨房放了瓷碗，紧接着也上楼了。

然而就是这样，在林家仿佛又恢复到以往的死寂后，霜河居然失踪了。没错，就像她说的那样——悄无声息地失踪了。

首先是学校联系不到本人，只好发动老师和学生一起找，可都要把学校翻遍了，霜河还是人间蒸发了似的，再没有出现过。事情被瞒住了三天，眼看实在瞒不下去了，班主任只好联系了林家的大家长林老太爷，事态因此不可避免地变得严重了。

还记得霜河失踪的第七天，林霜晨在图书馆里再度走神了。也谈不上很担心，潜意识里林霜晨总觉得霜河不会出事，她总能很好地保护自己，就算竖起一身刺也毫不介意。然而，他还是有淡淡的惆怅，这种闷闷的情绪直接促使他做了一件令自己吃惊至极的事，去找朱陵。

如今倒回去看当年的自己，林霜晨大概要在心中暗骂一句，变态。也是，莫名其妙偷偷调查霜河的男朋友算什么呢，只是当年他不忍去想那个层面，宁愿跟自己粉饰太平。

朱陵住在城郊区，当林霜晨敲响他家的门时，他才刚刚睡去。听到有人敲门，以为是查水电的，不耐烦地打开，他就看见林霜晨安静地站在那里，看着自己："林霜河呢？"

"不知道。"朱陵抓抓自己的头发，变得不大耐烦，"我们最近分手了……你谁啊？"

朱陵的问题被林霜晨完全忽视了，在得到这个和设想中完全不同的答复后，他突然有了一个崭新的预感，全然将朱陵的话当作空气，大步走回去发动了车子的引擎——

姑姑生前置办的房产，好像有一处就在这边。

【16】

当前来应门的霜河望着林霜晨的那张脸不知所措时，林霜晨做了一件完全超出自己想象的事。

他没有丝毫犹豫地抱住了霜河。这个拥抱近乎脱力的轻柔，霜河的身体明显僵硬了一下，而后恢复自然。过了一小会儿，霜河慢慢抬起头望着林霜晨："你怎么找到了这里？"

"就是突然想到了。"

"哦，那要不要一起吃晚饭？"

"也好。"

尴尬被简短的对话化解掉，林霜晨的心脏却还是在狂跳，他从来不是热烈的人，就算在如今，又或者更早之前意识到霜河对自己来说是特别的，他也没有真正打算把自己的姿态弄得不好看。

他一直是这样的人，凡事开始之前先畏惧，直到等了又等，观望了再观望，才惊觉，一切早已成空——当然，这是后话。前话是，当晚他们和平地吃了一顿晚饭，并且由林霜晨洗了碗。

林霜晨没有想到霜河的做饭水平竟然不错，有些吃惊地看着往冰箱里放剩菜的她："你什么时候学会做饭的？"

"知道这个要做什么？很久了，在知道爸爸生病之后就开始练习了。"

这个话题多少变得有些沉重，林霜晨顿了顿，才小心翼翼地继续："爸爸……是怎么离开的？"

或许是习惯了，霜河并不避讳："积劳成疾什么的，具体的，那时候还小，不记得了。"

林霜晨这才发现，但凡不好的记忆，霜河都情愿说，不记得了。可是又不是真的不记得，这样的刻意，并不会使她更快乐。只是她并没有察觉到罢了。

当晚，林霜晨留宿在那套空荡荡的房子里，当然，理由是冠冕堂皇的——车子没油了。霜河狐疑地打量了他几眼，却没有勉强他："哦，那你随便住吧，反正也是你们林家的房子。我先去洗澡了……"

"霜河。"

"嗯？"

“为什么又分手了？”林霜晨算是鼓足了勇气，才问出了这句话。

两人之间依稀是沉默了一阵，霜河耸耸肩：“哥哥，我发现你真是过度关心我的生活呢，别这样，我会受惊的。”

说罢，霜河拿起浴巾进了浴室，直到里面响起哗啦啦的水声，林霜晨才算彻底死心。

【17】

林霜晨在那里住了一整天，却出自私心没有给家中打一通电话报告霜河的状况。循规蹈矩如他也偶尔会阴暗地揣测，林家现在是闹翻了天，还是一如既往地过？他闭上眼仿佛能看见所有亲戚各异的脸色，然后在心底笑出声。

到了隔天下午，霜河照例外出购买食物，回来后刚推开门，就听见客厅桌子上林霜晨的手机响了。她先是一顿，而后狡黠地笑了，放下东西走过去接起电话，便听到听筒那边传来陌生的女声——

这完全和自己猜测的是林老太爷的结论相悖，霜河不可避免地傻住了，隔了许久才有回应：“喂，你好……霜晨哥哥他不在……”

林霜晨洗完澡走出来的时候，霜河正在看电视，花里胡哨的综艺节目，林霜晨一向都很讨厌，搞不懂霜河为何看得津津有味。

见林霜晨走出来，霜河不紧不慢地换了电视频道：“哥哥，你什么时候回去？”

“那要看你什么时候回去了……”林霜晨看她一眼，紧接着答道。

“那如果我说，刚才家里打电话过来了呢？”

林霜晨的脸一下白了，一想到因为包庇霜河可能受到的惩罚，整个人不由得变得瘫软，正六神无主地望向霜河，就看见霜河笑眯眯地晃起了腿：“骗你的，是你的女朋友，叫秦宓的那个……原来她出国了，你们都还没有分手啊？”

“早分了！”不知为何，林霜晨变得有些焦躁，想起昨天一时冲动抱过眼前这个小恶魔一下，就鄙视自己，“她跟你说什么了，你这么以为？”

“说回来了，想和你见面呗，真是的，态度真差！对了，我决定今天回去，如果你喜欢的话，可以继续待在这里，那些吃的留给你好了，再见。”

霜河说罢，走进房间拖出了不知什么时候已经整理好的行李，头也不回地拉开门走了出去，只剩下林霜晨尴尬地站在空荡荡的房间里若有所思。

那天林霜晨一直在客厅坐到天黑，可不管冷静多久，他的脑子仍旧一团乱。他完全搞不明白霜河的每个举动，比如，她为什么突然躲起来，又为什么突然要回去。她一直是心血来潮又乱七八糟的一个人，他恨不得将她摇得清醒一点。

然而在那之前，林霜晨想，他最该做的事或许是把自己摇清醒，这样他才不会耿耿于怀她不问他为何要来找她，为何会抱住她这件事。

于霜河，自己或许是无关痛痒的角色，林霜晨死也不愿承认这点。

【18】

就这样，霜河又恢复到了原来的状态。林家顾及颜面，自然不允许霜河因此退学，霜河也没有太大的反抗，照例回到学校去上课，压根不管周围人复杂的眼光。

只看到她愿意看到的层面，这就是霜河的人生哲学。

霜河回去后的第三天，林霜晨也离开了姑姑的那套房子，回去后的第一件事是与袁晴晴摊牌分手，第二件则是与前女友秦宓见面。

说真的，过去了这样一段不长不短的时间，林霜晨已经不大记得秦宓的脸。印象中，秦宓并不是一个擅长打扮的女生，可两三年的时间真的使人蜕变，林霜晨不得不承认，眼前这个品位很不错的女生，早已经脱胎换骨。

他们约在大学附近的一家咖啡店，秦宓操着依然流利的中文点单，林霜晨笑着摸摸鼻子：“原来你还没忘记怎么说中文。”

秦宓一愣，旋即微笑：“怎么可能？我在那边每周都要做汉语家教，比以前还精通。”

“那怎么会突然回来？”

“学校放长假，刚好爸爸身体不好，陪他去做检查……还有就是，我发现这么久过去了，我还是没能忘记你。”

这世界上天生有很多人擅长以冷静的态度说肉麻的话，比如秦宓。林霜晨听她这样直白不由得沉吟片刻，最终转了话题：“说说那边有趣的事吧，一定不少……”

“其实不是这样的。”秦宓丝毫没有要跳过这个话题的意思，“我这次回来，除了刚才说的那些事，还有一个消息打算带给你。我们学校最近在做交换生项目，你条件很合适，你真的没有打算试一下？我记得你以前说过想离开这里。”

他真的有跟秦宓提过这样隐秘的心事？林霜晨已经不记得了，他只知道，在姑姑林喻去世后，他不止一次想过彻底摆脱林家，却从没有付诸行动。这一次，命运把机会放在自己的眼前，要不要抓住？

林霜晨喝完杯中的苦咖啡：“我考虑考虑，资料就麻烦你先寄给我了。”

从咖啡店里出来，秦宓先回家照顾身体抱恙的爸爸，林霜晨一路毫无目的地走，其间按断了袁晴晴打来的几通电话。林霜晨这才荒唐地意识到，自己甚至厌烦了她，虽然她什么都没做错。但爱情故事里的配角和炮灰，时常满地都是，他们不过是恰巧凑成了一对罢了。

林霜晨到家的时候，大舅妈正坐在客厅里和来做客的远亲闲聊，说到霜河，冷笑道：“林家大小姐精明了一辈子，最后倒是眼拙，招惹上这么一个不省心的小家伙，别看每天闷不吭声的，背地里竟然在写什么鬼玩意，指不定在里面把我们骂成什么样呢！还好爸没有改遗嘱，到底不是自家的孩子，怎么能傻得……”

话未说完，大舅妈便瞥见进来的林霜晨，林霜晨望了大舅妈一眼，脸上没什么情绪，心中却一片凄迷，这偌大的林家，待着有什么意思呢？

不如，索性离开吧。

【19】

林霜晨的计划意外地得到了爸爸的同意，虽然知道家里又免不了一场剑拔弩张的口水战，但是窝在林家一辈子的林爸爸却轻轻拍了拍林霜晨的肩膀："不喜欢就走吧，总不能让你跟我一样不开心一辈子。"于是，林霜晨就真的开始准备出国的手续和资料，包括很早以前无聊时考过的托福，现在居然真的派上了用场。

之后的日子，秦宓每天陪着林霜晨忙着准备出国的各种琐碎事宜，两人之间的关系再没有谁仔细去定性过，但就算是傻瓜也能看得出，秦宓怀抱着的是怎样的想法。

当然，林霜晨翻着一沓沓外文资料时也会出神，而后由衷地觉得，那不如就这样吧。他并不想揭开霜河与自己之间可能的某个谜底，尽管那答案或许已呼之欲出。可一想到随之可能产生的种种可能性，想到林家因此会起的波澜，他就再没有勇气去想了，他原本就是这样一个怯懦的人。

和生命中的某个举足轻重的人比，他情愿把她比作夏日里理所当然落在肩头上的一束光线，等时间过去，自然会了无痕迹，他不应该感到害怕。

就这样，时间一晃过去两个月，霜河再度消失的消息传来时，林霜晨刚刚拿下秦宓所在学校的交换生名额。那天林霜晨有些雀跃，约秦宓吃饭庆祝，两人喝了酒走出酒店餐厅，林霜晨的电话就响了起来。

"霜河又消失了，爷爷很生气，你要不要一起帮忙找找？"

或许是酒精作用，林霜晨听罢爸爸的话，竟然有股邪火在心中燃烧，他随后应承了几句，将秦宓送上出租车，便径自开车朝市郊的那套房子去了。

灯果然是亮着的，林霜晨将车在楼下的停车坪停下后，微微舒了一口气，却仍是免不了渐渐升起的怒意。明明是个小女生，却总是一意孤行地和这个世界不对盘，闹脾气，到底能得到什么好处？

林霜晨锁了车，坐电梯上楼，这一次，他是真的想问问她脑袋里装的究竟是什么，才会这样擅长给所有人添堵——尤其是给他。

林霜晨按门铃时，霜河正坐在电视机前看电视，一边瞄着电视里的煽情画面，一边在心中暗自计算，林霜晨这下该来了吧？

回想起她过去的几年，也不是不悲伤的。最开始为了接近他找了他女朋友的邻居，到最后为了远离他找了个八竿子打不着的诗人，却没有一次不是失败。

他没有什么好，瘦不拉几的不说，还畏首畏尾，自私到没有一点霸气，但她就是喜欢，或许也不是喜欢，只是习惯，习惯看他滑稽别扭的样子，到最后，也就真的舍不得放弃这种习惯。

可他就要出国了，在饭桌上听到这个消息时，霜河一怔，汤勺差点掉在桌上。这大概是她最后的机会，她任性地赌一赌，过去那些超过尺度的关心里有没有一点真心的成分，尽管连她自己都明白，对林霜晨这样的人来讲，两个拥抱或许根本不算什么，他想要的，不过是自由却安全的人生。

她觉得自己像极了捧出全部筹码却已猜到必输的赌徒，反而多出绝望的镇定。于是深吸一口气，她起身去开门。

【20】

这场见面并不愉快，因为一开场，林霜晨便抛出了狠话："你又在搞什么鬼！"

霜河听他这样一说，不由得耸耸肩："没什么。"

"你不知道这样闹下去，林家可能真的会不要你？"

"那就不要好了，反正阿姨已经去世了。"霜河眼皮都没有抬一下，不配合的姿态令林霜晨怒从中来，想也没想就拽住试图回到沙发上的她。

"你到底想说什么？"霜河的眼神中隐约透露出愤怒，令林霜晨不禁变得心虚，却仍是不愿意放开自己的手。

就这样几经拉扯，霜河的耐性差不多被消磨殆尽，终于用力甩开了林霜晨的手："你够了！"

这样一个出乎林霜晨意料的动作，不但将他另一只手上拿着的包连带着甩出，还将他的手硬生生地带得撞在门板上，撞出砰的一声闷响。

霜河没有想到自己的力气会这样大，迟疑地想要去看他的手，却瞥见一地狼藉的资料。如果她没有记错，那是秦宓当初去的学校，那么，他们现在是还在一起？

霜河的脸上终于有些挂不住了，想笑，无奈却笑不出，冷冷地瞥了林霜晨一眼，将房门打开："请你出去。"

换作平时，林霜晨绝对不是这样好打发的人，他不霸道，却凡事希望有理可循，可如今这个混乱的场面却让他的大脑当机了，甚至忘记去拾地上的包，便急匆匆地走出了大门。

夜里的风有些冷，林霜晨走到楼下，刚要发动车子引擎，大脑却陡然间变得不受控制起来，他想起霜河颐指气使的模样，她凭什么有这样的资格……不过是姑姑带回来的孩子，不过是仗着姑姑喜欢她，就过着随心所欲的生活，不为旁人的眼光所累，还换了那么多男朋友，没有一个靠谱……

想到这里，林霜晨的思维已经彻底混乱了，他找不出这些事情的逻辑，却终于明白了霜河对自己意味着什么。

她是梦想的生活，得不到的爱情，以及想要毁灭的迫切。

想到这里，林霜晨慢慢镇定下来，把车子熄了火，再度折回了楼上。

房间的门竟然一直没有关，霜河坐在地板上，神态冷漠地拾着那一张张学校的资料，一抬头，看见林霜晨肃穆的脸。

"我说了，你给我出……"她的话未说完，林霜晨带着恨意的吻便落了下来，直到最后一声咒骂也消失在黑暗的夜里。

【21】

林霜晨醒来的时候，霜河已经不见了，冷空气令他渐渐清醒，而后意识到，自己昨天究竟做了什么。

说真的，他不是不想逃的，倒不是不喜欢霜河，而是懦弱的性格使然。然而，真的能逃吗？林霜晨一个头两个大，浑浑噩噩地洗漱好，决定开车回家再想。继续在这所宅子里待下去，他知道，就算他变成化石，也没有结果。

但林霜晨没有想到会在家门口见到霜河。原来她不是和自己一样想逃跑，而是回家了。见到回来的自己，她毫不避讳地走过来揽住他的脖子："你回来了？"

说这句话时，霜河的表情稀松平常，令林霜晨整个人为之一颤，下意识地往四周看了一下，才松了一口气答道："嗯。"

也就是这短短的几秒，霜河的脸色渐渐变了，慢慢有了讥笑。顿了顿，霜河松开了他的脖子："别这样，不过是逗你玩的，哥哥……"

"你说什么？"

"我说，你出国吧。"霜河慢慢抬起一双丹凤眼，微微笑了，"我其实对你没兴趣，昨天那只是意外，你知道，其实谁都可以的，不是吗？"

那个"吗"字的尾音被霜河略微上扬，令林霜晨全身觉得不自在，脸色也变得越发惨白。依稀过了很久，林霜晨也咬牙笑了："那我知道了，妹妹。"

很多年后，回想起自己当日的薄情，林霜晨不是不想抹杀当年那个愚蠢自私的自己。扪心自问，自己当初真的相信了她蹩脚的愚蠢谎话？

不尽然。只是在那一刻，在真实的恐惧面前，他选择了以放弃霜河的代价，来逃避内心对后果的害怕。

从头到尾，他只是一个小人。

还记得在自己出国的前一晚，霜河喝醉了。

"你真自私。"坐在后院里看月亮的霜河回过头来看自己，眼神里已没有怨，也没有恨，倒像是在陈述一件与己无关的事。

林霜晨在那刻明白过来，她已经对自己死心了。那么，就这样吧，就这样吧，她不过是生命中一束短暂的光线，不会比生命更加永恒。

【尾声】

霜河十九岁的冬天，意外去世于外出取材的途中。因为新书涉及少数民族的村落和习俗，为了更好地写完那个故事，她不顾编辑的反对去了，却在上山过程中因为打滑而失足跌落到山下。

葬礼结束后的第三天，林霜晨决定去姑姑留给她的那套房子看看，据说他出国后，她一直住在那里。

这一生，霜河没有活过二十岁，自然也没机会留下太多痕迹。房间里乱七八糟地摆放着的，不过是她出过的两本书和一些生活的杂物。林霜晨这才意识到，原来到死，他都不了解她，很多东西，不过是一再错过的执念罢了。

可有些人偏偏就像夏日里灼热的光，来过你的生命，你原以为了无痕迹，却不知，命运早将其嵌入你的身体。

犹似薄如蝉翼的吻，却触感永存。

那么，在她的心目中，自己究竟算什么呢？想必只有多年后到了地下，他才有可能知道。而在此之前，他只能将她继续比作一轮夏日。

任其在不灭的回忆中，得到永生。

去葡萄园看海

创作手札:

这是我非常喜欢的一个故事，因而放在了最后。

一对谈过一场美好恋爱的璧人，因成全对方而选择分开，不觉得有多悲哀。

仍然觉得爱一个人不是去竭力配合他的步调，一生之中能开开心心地并肩走一段，已是莫大的幸运。

何必执着于拥抱葡萄园中看不见的大海。

如何强求一株古树四处流离，又如何禁锢一朵蒲公英终老一处？有些时候，成全比爱，来得更加可贵。

001 去杂货店做一名酒徒

十六岁的初冬，我忽然迷恋上喝酒。

山城、青岛、雪花，王朝、长城、张裕……我全来者不拒。我的酒肉朋友都说，小镯，你喝酒的时候十分丧心病狂。而彼时喝得半醉的我也并不当真，只是眯起一双眼睛对着他们傻笑。

遇见他是在十一月的某个大风天，我裹紧身上的风衣瑟瑟发抖地在街上走，恰好路过他的小杂货店。

昏黄的灯光映得整条街寂寞而温暖，我的脑子里晕乎乎的，像刚被轰炸过的废墟。我摇摇晃晃地走进店里，伏在他的玻璃柜台上冲他伸出一只手："醋！"

我的声音很有些理直气壮的味道，以至于他不得不分神转过头来看我。柠檬黄的塑料椅，他置身其间，挑起一双浓郁的眉，看得我不禁打了一个激灵，酒醒了三分。

谁规定人不可以瞬间耽溺于美好的事物？我与他初见那时，瞧上的便是他的美貌。后来的我去过许多城市，也见过无数好看的男生，但再也没有谁比他美得更不动声色。

留存在十七岁炎夏里最美好的画面是我坐在他店里的塑料椅上往小腿上涂风油精，风柔柔地拂过，我眨巴着眼问他："嘉意，等我毕业，要不要收了我来做你的老板娘？"

他站在柜台后只是轻笑，没有答我的话。

后来我才晓得，他大概是知道我会食言的，所以才不肯轻易应许我的天真。

而这或许都不是令人最感伤的地方，最令人感伤的其实是——旧的门牌、旧的屋子、旧的人都在，那曾经的小姑娘却长大成人，远走他乡了。

我在玻璃做的柜台上趴了一小会儿，至于是一分钟还是三分钟，已经忘得干干净净了。

好在记忆中他最终还是走了过来，虽然步子极其懒散。陈醋是从货架上拿下来的，他半眯着眼，不慌不忙地为我启了封，然后顺势递给我。

“啧啧，小姑娘家，喝这么多酒。”他抱着手肘笑。

我醉醺醺地挑起眉瞪他，瞪着瞪着半瓶醋就不知不觉被自己匆匆咽下。

“咝——真酸！”我的牙齿开始不自觉地打战。我的动作想来还是有几分趣味的，否则他不会笑得那样开心，甚至连八颗整齐洁白的牙齿都露了出来。

被这样一酸一笑，我的酒十分已经醒了七分。我赌气地把瓶子往柜台上一摔要走，没想到他叫住我：“欸，等等——”

我猛然记起自己似乎是忘记付钱，以为他是要跟我讨钱的，没想到他却进了里屋，端出了一只搪瓷杯。

杯里盛的似乎是清水，他不慌不忙地解释：“醋酸对牙不好，小姑娘都爱漂亮，以后千万别来报复我啊！”

他笑盈盈的模样分外恼人，我没好气地接过杯子，恶狠狠地喝了口水，漱了漱，又顺势将水吐在了水泥地上。

多么没风度的举动啊，后来每每想起，我都恨不得打个地洞钻进去。可他说，那个时候的我最动人。有多动人呢，一个最好年华的小姑娘，在一个社会青年小老板面前借着酒劲撒了一回泼。而酒醒后，她是她，他也还是他。

002 冤家必须路窄

我开始避着那条街、那家店，刻意为之。

闲暇时我还是爱喝酒，喝完了再去做那些已经摞成小山的功课。估计是着了酒鬼诗仙李白的道，我晕乎乎之下写出的习题正确率噌噌地直往上蹿，直到某一天，班主任欣喜若狂地拎着我去办公室表扬，我才醍醐灌顶般醒悟，原来我也是个好学生。

彼时是十一月末，离老爸去世恰好一百天，我放学后特地溜去菜市买了一条鲤鱼，想回家蒸了跟妈妈分享，并告诉她女儿现在十分争气的好消息。

然而，没想到拎着条肥鱼的我却好死不死地被打劫了。

那只白猫生得壮硕无比，一看就是被主人养刁了胃口的那种。可倒霉的是，它的胆子没有随着体积的膨胀而缩小，相反，它穷凶极恶，猛地一蹦跶，就把我攥在手里的装鱼的袋子抢了过去。

肥猫在逃跑的路上狂奔，三步一个趔趄；而我为被一只猫欺负而深深感到羞耻，不得不为了维系自尊踉踉跄跄地跟在后面。

也不记得跑过了几条街，停下来的时候，我却看见那只肥猫七拐八拐地溜进了那家有点眼熟的铺子。

古人说的确实在理，一句“冤家路窄”，详尽地描述了我此刻悲壮的心情。

“大肥，你这只馋嘴猫，又从哪里抢东西吃了！”他从椅子上站起来作势要打那肥猫，不料那猫十足灵敏，噌地一下便窜进了里屋。剩下我与他，你看看我，我看看你，最终不得不像两只傻鸟一样，咯咯地干笑起来。

傻鸟一号没常识地问：“小姑娘酒醒了？”

傻鸟二号对此嗤之以鼻：“都几天了啊，能不醒吗？”

于是，“树林子”里又恢复了一派祥和的宁静。

肥猫从里屋大摇大摆地走出来，身上散发着一股子鱼腥味，我恍然回神："这只死猫，还我鲤鱼来！"

听完我没头没脑的话，他皱了皱眉，蹲下身子一把捞起那只肥猫，做痛心疾首状："大肥，你的眼光，啧啧……"

他故意拿我开涮的样子充满小痞子味，我睨着他，才发现他其实长了双极好看的桃花眼，不由得有些心猿意马。

我蹲下身子正视他的眼睛，和他严肃地讨价还价："你的猫抢了我的鱼，你打算怎么赔偿？"

他觍着脸笑："你拿什么证明那鱼就是你的，每条鱼都差不得一个德行呢。"

我被他胡搅蛮缠的歪理唬得有些发怔，良久，才反应过来他是故意逗我生气，傻了才会跟他认真："你说我现在抢了你的铺子的话，好不好？反正这条街的铺子也都差不多一个德行呢。"

他似乎是强忍着笑意思考着我这句话的可行性，最后笑眯眯地丢下那只肥猫，转身回了柜台："鲤鱼多少钱？"

我抱着手肘对他回以同样甜蜜的笑容："我改主意了，我不要钱，我要鲤鱼，你亲手做的鲤鱼。"

这样有些无理取闹的话当然是不可以当街随便找个不相干的路人说的，只因那时我对他确实是动了点歪心思，所以才胆敢如此肆无忌惮。

可是，他的下句话让我差点把自己的舌头咬出血："好啊。"

003 今天星星真漂亮啊

至此，他亏欠了我一条鲤鱼。至于那条鱼日后是清蒸还是红烧，我想，暂时还没有人想去关心。

那天我两手空空地回家，麻利地用钥匙打开门，果不其然一眼望见了冷冷清清的客厅。我知道这个时间妈妈一定还在卧室里躲着哭，自然不会有心情做饭，所以当机立断，拨了楼下小饭馆的电话叫了外卖。反正外面的东西就算再难吃，多吃吃也就习惯了。

窝在小屋子里暗无天日地做了几个小时的作业，走出房间时才发现今夜漫天星辰美得令人屏息。老妈当然是没那个雅兴和我欣赏这片星空了，于是，我不由得想到他。

匆匆套了件蓝色的呢子外套出门，才发现去他店里的路我其实轻车熟路。他正坐在那把柠檬黄的椅子上看港剧，电视机里叽里呱啦放的全是我听不懂的粤语。

我在他身后无声站了一会儿，他似乎想起身倒水喝，没想到跟我撞了个满怀。

“哟，是你。”他抱着肥猫对我笑。

我尴尬地点了点头算作回应，脑子里几乎空白一片，是回忆了许久，才隐约想起自己此行的目的。

只是，要如何跟他讲起呢？难道真要说“今天星星真漂亮啊，咱们一起看吧”这样的傻话吗，当然不行，所以我选择沉默。

只是，没想到他起身关了电视，走到门口：“今天星星真漂亮啊。”

十四岁的时候，我悄悄和坐在我身旁的女生讨论过“爱情”这个看似广泛实则空泛的话题。

那时的我酷爱装文艺青年，所以我故作高深地对她背诵了一段杜拉斯的至理名言。我说：“爱情于我而言，不是肌肤之亲，不是一蔬一饭，它是不死的欲望，是疲惫生活中的英雄梦想。”

她就这样可怜巴巴地被我唬得一愣一愣的，深以为然。而其实，那个时候，我压根还不懂爱情，直到遇见了他。

爱情是什么？后来我问他。

彼时的他正眯着眼睛晒太阳，似乎有仔细思索我的话。良久，他答道：“大概就是你心里想要看星星，他就刚好拉起你的手说我们去看星星吧。”

那一年，他二十一岁，浮夸到有太多可能性的年纪，却因为对生活没有太大的野心，而选择在高中毕业后始终蜗居在一家小小的杂货铺。而那一年，我十八岁，面临人生的岔路口，有太多太多新鲜的诱惑。

我们坐在他的店里面看粤语的TVB剧集《十月初五的月光》，我幽幽地想起了两年前的星光——

他站在店门口背对着我说："今天星星真漂亮啊。"

于是，我牛头不对马嘴地回应他："喂，我当你女朋友怎么样？"

004 我怕我来晚了，你就被别人拐跑了

他当然是拒绝了我。这样唐突的、不可爱的告白，相信没有几个人愿意当真，但这一次，我却非常认真。

正当我决心苦心钻研如何才能够追到他的时候，我却毫无征兆地被隔壁班的一个叫尹良言的男生告白了。

情书这种已然作古的东西，尹良言不知是怎么想的，竟然塞了两封过来，每一封还都是用黑色的碳素墨水笔工工整整地书写的。

我坐在他的店子里看信，边看边伸手向他讨苹果吃："嘉意，苹果！"

那个时候我已经知道他的名字了，所以，更多时候喜欢大大咧咧地直呼其名。他也不跟我计较，顺手递过一个苹果，还作势凑过脑袋来八卦："在看什么呢，别告诉我说还真有人眼瞎了给你写情书？"

他那副气定神闲的样子让我很不爽，于是，我就算叼着苹果也不忘回头鄙视他："呸！我怎么了，你算是说对了，还真有人给我写情书，还不止一封，是两封呢——"

我把信纸拿在他眼前拼命地晃，他也不恼，把苹果核顺势丢在盘子里，自顾自地揽着大肥看电视去了，弄得我恨不得跳上去掐他的脖子。

本来以为尹良言还算是个内敛的男生，却没想到每个男生都有一个隐形的小宇宙。而好死不死的，我这装傻充愣的行为引爆了尹良言同学的小宇宙，他在某个月黑风高的深夜将我堵在了校门外的巷子口。

"那个，你难道没有什么话想要说吗？"他扶着自己的山地车，试图对我循循善诱。

无奈我是个没胆色的人，只消听他一句，两腿就抖得跟筛糠似的："没，没。"

很显然，我的不配合深深伤害了他那颗青春澎湃的少年心，他的眼睛迅速变得跟兔子的眼睛一样红："你……"

兴许是觉得语言不足以表达他此刻的悲情，他不由自主地加上了动作——放倒自己的山地车，一步一步向我逼近。

我压根没想到小绵羊被刺激了以后会变身成为大灰狼，肠子都快要悔青了，没想到这时，不远处的路灯下响起了一声响亮的口哨。

尹良言同学到底是没见过什么大场面的人，以至于有一些风吹草动马上就草木皆兵。他踉踉跄跄地往后退了两步，愣了一愣，赶紧扶起了自己的山地车——不一会儿，就逃得没影儿了。

"小镯。"他远远地走过来。

我想起这是他第一次叫我的名字，不由得有几分惊喜，然而还是佯装愠怒："你来找我干吗，没见我们正谈得开心？"

他也不反驳，蹲下身子就要背我。

"喂！你要干吗！"我大窘，语无伦次地叫了出来。

"我怕我来晚了，你就被别人拐跑了啊。"他转过头来对我说，声音里都是细细密密的温柔。

005 痛苦要与心爱的人分担

我们就这样开始谈一场恋爱。一场与众不同，却又似乎流于寻常的恋爱。

他的铺子离我家不远，我时常逃掉后半节的晚自习溜去他的店里玩，一起看看电视，喂喂大肥，顺便说几句好听的情话。

交往到第三个月，我妈还是每天躲在卧室里哭。兴许是怕影响我的情绪，她始终极力克制着自己，尽量不发出太大的声音。然而，她不知道，她那类似猫叫的抽噎声反而让我压抑，我情愿她坐在地板上不顾形象地冲我声嘶力竭地咆哮。

我跟他提这件事，坐在他为我新买的那把苹果绿的椅子上。他听了我的描述微微叹了口气，然后伸过手来揉我的头发。

不知为何，我突然神经质地打掉了他的手。可没想到的是，他依旧锲而不舍地伸过来，就好像一个重复播放的DV小短片。最终，画面定格在我终于扑进他的怀里大哭的那一刻。

痛苦是需要与心爱的人分担的，在后来许许多多踽踽独行的岁月里，我恍惚忆起那些温存的片刻，是如此感激。

来年年初的时候，我满了十八岁。作为送给我的生日礼物，他开始计划一次短途旅行。

二月，我终于迎来了属于自己的短暂假期，他把铺子托付给相熟的哥们照看，而我向我妈撒了谎说去朋友的老家做客，就这样，两个人终于踏上了去往北海的旅途。

想来我是始终向往着大海的，否则不会在看见海的时候激动得像个没见过世面的小孩。而跟在我身旁的他，听见我无意识的自嘲，则故意冲我挤眉弄眼："你本来就还是个小孩。"

我抬起眼看他，碧海蓝天下，他依旧好看得不逊色于任何一处风景。然而，我的眼忽然好像被海风灌满，我轻轻叫了一声"嘉意"，他费解地转过头，就看见我哭了。

那是我第一次同旁人谈爸爸的事，尽管在新闻报刊的社会版，他已经成为一段过期的笑谈，但他依旧是我最亲的人。

"你见过这么傻的人吗，做生意亏了本欠了债，就孤注一掷地拿自己的命去豪赌，想要骗保险。他倒是得偿所愿地酒醉毙命，可他不知道，这样其实什么都拿不到啊，反而让整个家变成现在这个样子……"

同嘉意说这些话的时候，我裤袋里的手机忽然响起来，我昏昏沉沉地摸出来看，发现是妈妈的电话号码。

"喂？是宋澜女士的亲属吗……麻烦请立即赶来xx医院，宋澜女士刚才在家中开煤气自杀未遂，被送入医院急救。”

006 梦想是和你千山万水走遍

那个春节过得兵荒马乱。

每天我都必须奔波于家和医院之间，累得几乎虚脱。嘉意来看过我几次，在病房外面的走廊，他静悄悄地坐着，手边的保温桶里往往装着味美鲜浓的鱼汤——想来，他欠我的鱼已经不仅仅是还清了。

日光灯惨白的光线打在我们的身上，我疲惫地靠在他的肩上，絮絮叨叨地跟他说关于妈妈病情的进展。

“她今天醒了过来，只不过不肯说话。”

“外婆过来看我们了，她哭得声嘶力竭，哭过以后没一会儿就睡着了。”

“医生说她的身体差不多痊愈了，至于心病，大概还需要一段时间才能完全治好吧。”

……

妈妈出院的时候是四月天，春寒料峭，她披了件桃红色的针织衫坐在一楼的大厅里等我办理最后的相关手续。

我们携手走出医院，在明媚却透着几丝薄凉的春光里，她幽幽地问我：“小镯，你说你考哪里的大学好呢？A市、B市，还是C市，你爸爸最喜欢C市了，说空气好，不像这里这么干燥，你考去那里好不好？”

我的一颗心在四月不够湿润的空气里猛然失重，咚的一声，跌得粉碎。

我开始旁敲侧击，他脑海中关于未来的构想。

“把这家铺子开下去，帮大肥找个好对象，生上一窝小猫，一年去旅游一两次，有空回乡下陪陪奶奶。”他思忖片刻，这样答我。

看起来是喜乐安康、一派祥和，然而细细推敲，这些规划里，到底是没有指名道姓说到我的。

我不免感伤。

时光晃晃悠悠走得很快，等我回神，高二已到了尾声。七月酷暑，我到学校里去领成绩单，路过教室，才发现高考的倒计时牌子已然悬在了黑板前。火红火红的楷体字分外刺眼，到底还是时间最富有杀伤力。

暑假里，妈妈被外婆接回老家去静养，临行前外婆千叮咛万嘱咐，让我千万别辜负去世爸爸的希望。我沉吟了片刻，最终还是重重地点了点头。

是下午三点，日头最烈的光景，店里没什么客人，我坐在他店里的塑料椅上往小腿上涂风油精，大肥正卧在我的脚下睡得正酣。

风柔柔地拂过，我眨巴着眼问他："嘉意，等我毕业，要不要收了我来做你的老板娘？"

他站在柜台后只是轻笑，没有答我的话。

灼热的暑气蒸得我晕乎乎的，我忽然觉得眼酸，一些不祥的预感渐渐攀上我的心头，我问他："嘉意，你的梦想是什么？"

然后未等他回答，我便自顾自地说下去："我的梦想是，和你万水千山走遍。"

007 终老故乡，还是畅游四方

八月，高三提前上演。

我被夹在教室里中间的位置听老师讲那些大约永远说不完的知识要点，不知不觉间竟然有些走神。

高三正式开始之前年级上再度打乱顺序重新分了一次班，于是，悲惨的我不幸地和尹良言聚在了一起。

当我们一前一后走进这间新教室的时候，我简直连想死的心都有了，恨不得立马将脸贴在墙壁上装作什么都看不见，自欺欺人地图个清静。

没想到尹良言却十分眼尖："许小镯。"

我哭丧着一张脸转过头来对他认命地微笑："有什么事吗，这位同学。"

尹良言先是一愣，而后大概明白了我试图掩盖我们曾经相识这个可怕事实的良苦用心，于是对我会心一笑：“你不要误会，我不是来纠缠你的。而且我已经知道，你有男朋友。”

对于他此番表现出的识趣，我感到十分震惊，惊讶地向他询问为什么骤然间变得如此豁达，没想到他竟然对我苦涩一笑：“这叫作成全。”

我的表情就好像生生吞了一只苍蝇一样，分外痛苦。是啊，我怎么能傻了吧唧地指望从他嘴里听到什么正常的言论呢。

然而，尹良言暂时没有放过我的耳朵的打算，他依旧沉浸在自己的世界里：“可是，小镯，你为什么非要和一个社会青年谈恋爱呢。你以后是要出去读大学的，这座小城没有大学，你难道情愿守在这里终老？那实在是太傻了。”

尹良言这个人缺根筋归缺根筋，但我相信他从不说套话。是啊，就算不去A、B、C城，我总归是要离开这里，出去念书的。而念完书以后，又将是怎样的一片天地，我根本无法预见。

我说过，我的梦想是和嘉意一起万水千山走遍，所以，我自然是不甘愿困于一方的。

然而，嘉意呢，嘉意并没有告诉我，他的未来，是要终老故乡，还是畅游四方。

放学后，我特地去了他的铺子。

盛夏的晚风凉爽宜人，我远远地就看见门口熙熙攘攘地挤着好几个穿着初中校服的小女生，眼神里写满那个年纪特有的顽皮和机灵。

我慢悠悠地走过去，刻意做出一副亲昵的模样。小女生们大约是恍然意识到我们的关系，只好悻悻地作鸟兽散。

他从里屋拿了两个桃子给我，我吧唧吧唧地咬了几口，才忽然想起此行的目的——我想问问他，愿不愿意和我走。

就像武侠故事里的大侠稀松平常地邀约另一个大侠一同闯荡江湖一样，我这样安慰自己，然而，我无论如何也问不出口。

倒是他先喜滋滋地跟我宣告好消息："大肥怀孕了。"

两个月后一个下小雨的傍晚，大肥生了一窝小猫，两只雪白雪白，一只棕黄棕黄。那是我第一次感受到生命降临时的庄严和肃穆，很轻易地被引出了两行清泪。

雨点噼里啪啦地顺着房檐滴落，他伸过手来替我揩眼泪："来，赶紧给小肥们取个名字吧。"

我倏地破涕为笑，思索了片刻，答他："那叫苹果、桃子、葡萄好了。"

他骂我白读了十来年的书，取的名字一点意义都没，但尽管如此，他还是笑纳了我随口说的这几个名字。

苹果、桃子、葡萄长得很快，等到来年六月的时候，已经秉承"上梁不正，下梁歪"的原则，没事就喜欢和大肥一起蹲在门口调戏女顾客了。

而也就是在那个六月，我和妈妈、外婆大吵了一架，最终在志愿上填了 D 城的一所大学。

008 然而，这终究不是我想要的

暑假有长长的三个月，我像被松了发条的娃娃，骤然失去了生活的全部原动力。

我懒散地猫在他的铺子里喂猫，看见他熟练地用算盘算账，不由得想要揶揄："现在都用电脑啦，古代人。"

他的头发湿漉漉的，是刚洗过的样子："可是，我已经习惯了。"

我突然接不上话。

也就是在那个时候，我开始逐渐地意识到我们之间的差异。我正在长大，在告别那场惨痛家变的两年后，我开始学着重新以积极的面貌面对尚且还长的人生。我不再偷偷喝酒，学会了珍惜生命，每时每刻脑子里充满的，都是无数新鲜的、关于新生活的幻想。

然而，这一年二十一岁的他，却与我截然相反。他已经习惯这样平顺的生活，没有太多颠簸，也没有太多刺激，感情和和美美，生活还算丰裕——

应该是老人口中最圆满的那一类。

然而，这终究不是我想要的。

后来整整一个月，他都在陪我张罗外出读书要用的东西。小到指甲钳、毛巾，大到被褥、床单，他都亲力亲为地替我打包。等到八月末，行李已经足足准备了三大袋。

结束这一切，他突然约我去我的母校走走。

这一届的准高三生已经像一年前的我一样开始窝在高三楼里补课，日光灯晃得人眼花，空气里渐渐升起一股焦躁感。

他牵着我的手驾轻就熟地走到那条小巷。

“两年前你就是在这里把我拐回家的。”我笑嘻嘻地用手肘撞他。

“是啊，不过因为太急了，也忘记问一问那个小姑娘是不是真的愿意和我一起回家。”他幽幽地答道。

“我愿意啊！谁说我不愿意！”没想到他会说这样的话，我不由得着急地试图辩解，“等我一毕业，就回来做你的老板娘！”

我的脸涨得通红，在月光下被镀上薄薄的一层柔光。他再度牵起我的手向前走，却并没有回答我。

那其实是我们最后一次牵手，不过，当时的我并不知道罢了。

009 成全比爱来得更加可贵

四年后，我还是时常梦见那年的他。

那个燠热的下午，他为我把所有行李规规整整地放好后，轻轻拉过我的手：“小镯，我有话跟你说。”

潘多拉的盒子被猛然打开，释放出来的东西吓坏了我。

他说：“小镯，你爸爸去世那天是不是穿一件灰色的长风衣，围一条棕色的羊绒围巾？那一天他来我的店里买了很多酒，我当时心中还在窃喜，咦，又是一个酒鬼。”

“小镯，我最近时常梦见他来质问我，问我当时为什么明明知道这么喝酒会有危险，还不及时阻止他。”

“小镯，我们分手吧。”

他的眼睛濡湿而明亮，像三月里裹挟着雾气的春光。我静静地看他，像看一幅熟悉也陌生的风景。忽然之间，我发现，自己身体里最重要的那个部分被抽离了，狠狠地、重重地。

我哭了。

四年，我已经有四年没有见过他。这一年，我在D城的学业进展得很好，最近更是交了好运，被一家心仪已久的公司签走，不用再为毕业就失业担惊受怕。

妈妈的结婚请柬是在一个周末寄来的，那时候我正在公司里为一堆文稿头大。烫金字体的“宋澜”两字被印得十分漂亮，我不禁感叹，四年了，妈妈也终于找到了新的幸福。

我请了假，搭最早的一班火车回家。本来不是什么热门线路，碰上工作日，车厢里更是空旷得可怜。

冷气被调得很低，我冻得直哆嗦，好不容易从行李里找出一件外套披上，才终于昏昏沉沉地睡了过去。

梦中我与他似乎是置身于一片繁茂的葡萄园，我突然扯着他的衣袖兴奋地大叫：“你看，是海！”

然而，葡萄园内终究是不可能有海的，他捂着肚子笑话我，连眼泪都笑了出来。那泪水啪的一声掉落在地，我的梦也由此戛然而止。

到站了。

我一共在故乡待了三天。

第三天婚礼结束后，妈妈被体贴的继父接回了新家，而我则主动提出回老屋睡一夜。

自然是睡不着的，所以，我干脆换了衣服满大街漫无目的地乱走。四年，这里还是没什么太大的变化，城里的居民依旧是热爱早睡早起，夜生活少得可怜。

然而，就是在这样凄清的夜色里，我无意识地走到了有他铺子的那条街。

远远地，我就看见他的那把柠檬黄椅子。小小的电视机里放的还是很早以前我同他一起看过的那部《十月初五的月光》，他依稀是穿着我没见过的一件格子衣服仰卧其间，脚下睡着的，是万年不变的大肥、苹果、桃子和葡萄。

那姿态看来是幸福的吧，然而我还是读出了落寞的味道。也就是在那一刻，我顿悟了他四年前透露给我的真相背后的真相。

灰色的长风衣，棕色的羊绒围巾，这些不难在那张彩色版的报纸上看见。他其实根本没有见过我爸爸，所以才只能编出这样浅显的描述。

他真正想做的，不过是对我的成全。

嘉意是比我先懂得的，关于彼此生命所向往的姿态。他是一株芬芳的古树，根深蒂固，坚守一处；而我，却是一朵飘摇的蒲公英，只有漂泊，才得以诠释生命的全部意义。

如何强求一株古树四处流离，又如何禁锢一朵蒲公英终老一处？有些时候，成全比爱，来得更加可贵。

第四天，我坐火车返回D城。

010 去葡萄园看海

要到很久很久以后的如今，我才知道，他大抵如葡萄园内见到的海，是永不可拥抱的蜃景。

我爱他吗？我当然爱他。

然而，万水千山走遍，我终于学会将他远望。

后记 乐园

能做这本故事集，老实说，蛮意外的。

距离上一本故事集《青春已老》出版已经两年了，没记错的话，那本故事集收录的短篇故事刚好十个，是个挺圆满的数字。

我陆陆续续写了这么多年故事，中间虽然也有过一段半停工的时间，但写过的、自己喜欢的故事，当然不止十个。于是什么时候能再做一本故事集，把其他珍爱的遗珠收录进去，成了我近两年来的小小心愿。

尤其是这一年全面复工后，写出的新故事越来越多，发现自己在写作上的心境也随着年龄的增长有了一些变化，便愈发渴望能做一本这样代表生命刻度的故事集。

因为在某种意义上，它们曾构建起我这些年的精神乐园。

我不算是一个爱好很广泛的人，会玩的游戏不多，擅长的更少；虽然有喜欢的明星，却不曾用力地追逐；乐器只在童年时期学到一点皮毛，且几乎忘光了；画了一些年的画，后来也完全不画了；对茶道、花道没有太大的兴趣，暂时还没有想特地去学……我自然更从没有认为阅读和旅行能算是一种爱好，最多是休闲方式罢了。

这样的我，坚持得最久的一件事，只剩下写作。

一开始也没想过能写出点名堂，更没想过靠写故事吃饭，所以，我才会在十八岁的时候未雨绸缪地报考了师范类专业……出来总能当个英语老师吧，不至于饿死吧，是很俗，但的确真诚地那样想过。

虽然现在的我也还没写出点名堂，但起码能养活自己了，也能偶尔随心所欲地四处转转，像每个拥有世俗意义上稳定工作的大人一样，堂堂正正地靠自己生活着。

说知足，肯定是知足的，问我想不想再努力活得更好，当然也是想的。

和瞻前顾后的十八岁的自己相比，现在的我实在坦率多了。

但这不代表我不喜欢曾经的那个自己。

我是先把从前的故事翻出来看了一遍之后，才主动去联系了我的编辑。

我问她，我想做本故事集，有机会吗？

现在实体出版被网络阅读冲击得太厉害了，对于这种非长篇的故事集，我并没有抱太大期待。

但她的回复让我很感动，她说，行，可以做，我喜欢你写过的故事。

我是一个还蛮在乎编辑个人阅读体验的人，虽然编辑的确代表着一部分市场需求，但站在个人的角度，编辑对自己制作的作品，其实是会有主观感受的。

能把这些故事交给一个喜欢它们的人，我觉得很幸运。

这十七个故事是我自己先筛选过，再拿了一些备选过去给她参考，最后共同决定的。每一个都是我真正喜欢的，我觉得这太难得了。

我甚至得以把一部分故事换成了发表之前的原名。

至于为什么刚好选了十七个，是因为我个人的喜好。

我说，十七是质数。

无法被一与自己以外的任何数字整除，永远保持着孤独。

乐园就该是孤独而快乐的。

至少在我走进这个由文字构建的世界时，我曾感受过那种新鲜而快乐的孤独。

要知道，在我刚开始写故事的那几年，我从未被真正理解过。老师、同学、朋友……我妈竟然算得上是最理解我的人，这一点让我惊讶之余，尤为感动。

在许多年后的今天，我想，他们或许也未必能理解我当初的选择。

不过，已经不重要了。

在舍弃人生中不必要的部分的过程中，我已经完成了把不重要的眼光舍弃掉的动作。

每个人心中的乐园是不一样的，没有必要非要理解对方或被对方理解。

在那些真正青春而非当下后青春的日子里，我发自内心地热爱写故事，也有意无意间，把生命中一点一滴的情感与经历投射在自己写出的文字中。

所以，这些故事，也算是写给那些在我生命中曾出现过的人了吧。

书名取自我喜爱的彭羚小姐的一首歌，而歌词则出自我最爱的词人黄伟文之手。

因为这首歌嚣张可爱至极，我曾一度在朋友圈公开表示，一定要在婚礼上播放它。

当然啦，最后也只是说说而已。

倒不是怕歌词吓坏我的公公婆婆，而是整场婚礼的主题和氛围，实在太不适合这首歌了。

我最后选了泽野弘之的《Aesthetic》作为仪式曲。

但婚礼之后的夜晚就比较放松了，一群年轻人一起去 KTV 唱歌。我终于借着我的麦克风，完成了我曾经许给自己的承诺，唱完了一整首《给我爱过的男孩们》。

那些曾有过的灿烂在脑海中一闪而过，哪怕有过的不仅是快乐，但又如何呢？

回忆起你们的我很快乐。

如果你们有幸看到这本书，请记得笑一笑。

谢谢你们曾出现在我的乐园，希望你们和现在的我一样幸福。

那夏

2017.8.3 于家中